詐欺師と詐欺師

THE SWINDLER and THE SWINDLER

Nanao Kawase

川瀬七緒

中央公論新社

目次

詐欺師と詐欺師

第一章　嗜虐は黒く縁取られる

1

赤味のあるチーク材のカウンターではキャンドルの炎が揺らめき、照明の落とされた空間をなおさら妖艶《ようえん》なものに見せている。鏡張りのバックバーにはカラフルなラベルのワインが並び、この小さな店の個性が表れていた。ワインはすべてスペイン産のもので、シェリーやカヴァのボトルも見受けられる。

小さく流れているのはガブリエル・フォーレの舟歌。彼の初期作品は穏やかかつロマンチックであり思考の邪魔をしない。いささか装飾が華美なアンティーク家具との相性も抜群で、日常からの逃避を手助けしてくれていた。

しかし、先ほどからこの完璧な演出に水を差すようなノイズが垂れ流されている。わたしは、カウンターの内側から男に目を向けた。彼はスマートフォンの動画に真剣に見入っている。バラバラ死体や死後経過などの物騒な言葉が漏れ聞こえ、わたしは小さく吐息を漏らした。現実を忘れるための場所で、俗世の毒をこれでもかと撒き散らしている。

わたしはカウンターをまわり、ブルーのドレスの裾《すそ》をさばきながら男の隣に浅く腰掛けた。ガラス製のコンポート皿に盛られたチーズとドライイチジクを滑らせる。

「物騒な事件ですよね。今朝のニュースを観て驚きました」

男はちらりとわたしに目をくれ、再びスマートフォンに視線を戻した。

「自由が丘のコインロッカーから切断されたヒトの両足首が発見された。南口改札の脇だよ。場所自体が少し奥まってるんだが、さらにそのいちばん奥のスペースだな」

「よくご存じですね。そこまで報道されました？」

「わたしの地元だから嫌でも耳に入る。まったく、厄介事が持ち上がったものだ」

男は目頭を指で押し、スマートフォンの動画を終了した。ジャケットの襟には金の菊花が配された議員バッジが鈍い光を放っている。

松浦秀和《まつうらひでかず》は四十七歳の若さで法務大臣に任命された世襲議員だ。東京の一等地にいくつもの不動産と土地を所有する資産家に生まれ、三代続けて政治家を輩出している家柄だった。当人は日本とカリフォルニア州での弁護士資格をもち、そのうえ見た目もそれなりに洗練されているとくれば与党のよい広告塔となるだろう。選挙に強く政策通、そして常に世論を読んで弱者側に立つという自己プロデュース力に長《た》けている男。が、わたしから見れば不誠実や女癖の悪さが全身から煙のように立ち昇っている人間だ。生まれた瞬間に大当たりのくじを手にした苦労知らずの若様にしか見えない。

わたしは自身のグラスを引き寄せ、渋みの強いワインを口に含んだ。松浦はその様子をじっと目で追っている。そして出し抜けに言った。

「ここだけの話、切断された足首には生活反応があった」

わたしはグラスを置いて松浦と目を合わせた。彼はオールバックの髪を手で梳《す》き、どこかいたずらっぽくにやりとした。

「男性のものでＤＮＡの登録はないそうだ」

「つまり生きながらにして両足を切断されたわけですか」

すると男は片方の眉だけを器用に上げた。

「その通りだが、きみは怖くないの？」

「ええ、奇妙だとは思いますけどね。事件もあなたも」

「奇妙？　事件はともかくわたしが？」

松浦は、ははっと笑った。

「わたしにはあらゆる伝手《つて》がある。警察が発表していない事実を知ることはさほど難しくはないんだよ。このことを奇妙と言っているならだけど」

「その情報は警察が犯人を特定するための切り札なんでしょうに、完全に機密事項の漏洩《ろうえい》ですね」

「きみがわたしとの会話を漏らすとは思えない。世離れしたセンスのいいバーを経営するママ。しかもきみには計り知れない見識の広さと落ち着きを感じる。本来、こういった職業の人間ではないと踏んでいるんだがね」

松浦はわたしの手に触れ、海のようなグラデーションのネイルで整えられた爪を指先でなぞった。

「興味から聞くんだが、きみの出身校は?」

「UM」

その答えに、彼は自分の推測が当たったとばかりに口許をほころばせた。

「ミシガン大学、名門州立だね。ということは、きみはアメリカで育ったわけかい?」

「ええ。ミシガンのアップノース。湖畔の観光地ですよ。もともとは両親がデトロイトの文社に赴任したんですけど、湖の魅力に取り憑かれてなぜかアウトドア用品の専門店を始めた。そこでわたしは生まれたんです」

「おもしろい生い立ちだ。何を専攻していたの?」

「心理学です」

「ほう。じゃあ、自由が丘バラバラ遺棄《いき》事件をきみはどう見る?」

わたしは高く結った髪の後れ毛を耳にかけた。

「あいにく犯罪心理学には精通していないんですよ。ただ、この事件にメッセージ性があるのは間違いないでしょうね。生きながら切断された両足と自由が丘という場所。猟奇的だけどおもしろ半分の犯行ではない。特定のだれかに宛てているのかもしれません」

「なるほど。その推測を引用させてもらうよ。明日、後援会と地元の商工会議所へ行くから話の種にね」

「どうぞ」

わたしはにこりと微笑《ほほえ》んだ。虚栄心が強く自信家。女にだらしがないとはいえ、見た目だけ美しい人間は歯牙にもかけない強烈な選民思想がある。要するに安全な刺激を厳選したいのだ。まずは教養のあるなしを線引きして自身のプライドを満足させ、次にわきまえられる女であることを確認してから都合よく使う。

わたしは話題を変えた。

「わたしの話よりも先生のことを聞かせてください。お会いしたのはまだ二度目ですし。そういえば、あのパーティーはその後たいへんだったみたいですね」

そう言うや否や、松浦は唇の端をぴくりと動かした。

「まったく、馬鹿な区議会議員のせいでこっちにも飛び火だ」

「政治家の失言は今や命取りですものね。女の仕事は今も昔も男を立てること……でしたっけ？　おもしろいほど時代に取り残された方のようですね。でも、先生のフォローはお見事でしたよ。SNSでも絶賛されていました」

「いやいや、今の時代はどこで足をすくわれるかわかったもんじゃない。味方に背後から撃たれるなんてこともザラだからね」

「本当にご苦労さまです」

わたしは照明のせいでことさら彫りが深く見える横顔に目を細めた。

仕立てのよさそうなダークグレーのスーツに身を包み、左手首にはジャガー・ルクルトのアンティーク時計が馴染《なじ》んでいる。地味でそれほどインパクトのない時計だが、今ではプレミアがついてマニアが高額取引をしているものだった。名家で資産家だが、それにも満足できずに野心が燃えさかっている。反面、自身の立ち位置に少しでもひびが入れば、もろくも崩れ去るのではないだろうか。

松浦は再びわたしの手を握った。

「それにしても、きみはお世辞抜きに美しい。パーティー会場で目が釘づけになったよ。飾り立てた見てくればかりの女が多いなかで、きみは凜として強い目をしていた。それにこの色の白さ」

男はわたしの手の甲に指を這《は》わせた。

「日本人の白さではないように見える」

「ええ。母方の祖母がスイス人なもので、それを受け継いで全体的に色素が薄いんですよ」

「そうだろうと思ったよ。この店もすばらしい。品のいいアンティークでまとめられてクラブ特有の艶めいた安っぽさがない。開店はいつだい？」

「二週間後ですよ。まだ完璧ではないんですが、ぜひ先生を一番目にお招きしたくて」

わたしが熱をこめてそう言うと、松浦は満足げに頷《うなず》いた。

「開店には必ず花とワインを贈らせてもらう。小さい店だが、きみがママなら間違いなく成功するだろうね。きっとレベルの高い男が通う店になるはずだ。いっそ会員制にしたらどうだろうか」

「ええ、ゆくゆくはそれも考えています」

「じゃあ、会員第一号はわたしだな」

松浦はわたしの腰に腕をまわし、おもむろに引き寄せてきた。仕種や表情、態度や語り口調がすべてにおいて傲慢《ごうまん》だ。特別扱いに慣れている。が、こういう男は嫌いではない。悲劇的な結末がありありと透けて見えるから可愛げがある。

男がぎらついた目で顔を近づけてきたとき、店のドアが開く音がした。松浦は素早い身のこなしでわたしから離れ、重厚な扉へ不服そうな顔を向けた。そこにはいかにも場違いな女が立っており、わたしは腰を上げてドアのほうへ足を向けた。

「こんばんは。お店はまだ営業していないんですよ。それとも入るお店を間違えちゃった？」

わたしの言葉を聞いても表情を動かさない。着古したグレーのパーカーをTシャツの上に羽織《はお》り、足許は薄汚れたスニーカー。ジーンズの膝は大きく破れて膝小僧があらわになっている。ひと昔前のアメカジといった格好《かっこう》だ。

わたしは小首を傾《かし》げて口を開きかけたが、彼女はそれを遮《さえぎ》るようにかすれた声を発した。

「オープニングスタッフの募集をネットで見てきました」

「……ああ、そうなのね。でも、もう夜の十時をまわってるし今取り込んでるのよ。先に電話してほしかったんだけど」

「電話しろとは書いてなかったので」

わたしは口をつぐんで彼女の全身に目を走らせた。すると背後で噴き出すような音がし、こもった笑い声も聞こえてきた。

「いいじゃないか。せっかく来てくれたんだし、面接してあげたらどうだい？」

「でも……」

松浦は乾杯でもするようにワイングラスを掲《かか》げ、一気に呑み干した。

「僕も協力するよ。人を見る目はあるほうだからね」

松浦は立ち上がって椅子を移動させ、突っ立っている彼女に手を向けた。

「さあ、どうぞ。座ってください」

彼女は表情の乏しい顔を松浦に向け、無言で歩いてリュックサックを背負《せお》ったまま椅子に腰掛けた。わたしも腰を下ろすと、彼女はつっけんどんに履歴書を差し出してきた。

「鈴木《すずき》さん、二十二歳ね」

わたしは女の顔をまじまじと見つめた。化粧気はなくセミロングの髪は無造作に下ろされている。散髪をしたのがいつなのかはわからないが、伸び放題の前髪はまるで顔半分を隠すように垂れていた。一重《ひとえ》まぶたの目は警戒心が煽《あお》られるほど鋭く、痩せていて少年のように体が薄い。どこをどう見ても男に愛想笑いを振りまけるタイプの女ではないだろう。わたしが質問しようとしたとき、松浦が横から口を挟んできた。

「まず、こういう店の面接にその格好はないだろうね。破れたジーンズにTシャツなんて、なかなかおもしろみはあるがみずから採用確率を下げていると思うよ」

彼女は下を向いたまま松浦の話を聞いていた。

「こういう店に来る客は、聡明で美しい女性との時間に投資するわけだ。ああ、きみも整った顔立ちだよ。だが、原石を見つけたいタイプの客はここには来ない。ところで、きみはなぜこの店で働きたいと思ったの？」

「ほかより時給がよかったから」

端的な答えに、松浦は憐《あわ》れみと蔑《さげす》みの入り混じった笑みを浮かべた。

「いいかい？　世の中には適材適所というものがある。それに道理というものもね。面接の予約もなしに店に押しかける、しかも夜の十時過ぎに訪ねるなんていうのは感心しない。厳しいようだけど、まずきみが身につけるべきは常識じゃないかな」

　至極真っ当な意見だが、部外者の余計なお世話としか言いようがない。わたしは曖昧《あいまい》な微笑みを目の前の女に向けたが、その刹那《せつな》、彼女はパーカーのポケットに手を入れてすっと立ち上がった。無表情だった顔が急に強張《こわば》り、決意のようなものを覗かせている。そしてポケットから出されたその手には、小振りなナイフが握られていた。

「ちょ、ちょっと！　あなた何を……」

　わたしは椅子から立ち上がってすぐさま退いた。それと同時に、女は椅子を跳ね飛ばしながら松浦のジャケットを鷲摑《わしづか》みにした。顎《あご》をぐっと引きながら、なんのためらいもなく右手に握られたナイフを振り上げる。わたしが悲鳴《ひめい》を上げてよろめいた瞬間、松浦はナイフを持つ手を弾いて彼女を思い切り突き飛ばした。女はなぎ倒された椅子とともに吹っ飛ばされ、重厚なテーブルに頭を打ちつけたような鈍い音が店内に響く。顔を蒼くした松浦は状況が把握できずに「な、なんだおまえは！」と怒鳴っていたけれども、わたしは床に流れているどす黒い血に目を剝《む》いて咄嗟《とっさ》に彼女のもとへ駆け寄った。

　乱れた髪が顔にかかり、横を向いて倒れている女は微動だにしない。頭の下にできた血だまりがじわじわと広がっていく。わたしがおそるおそる手を伸ばして肩に触れたとき、彼女の左胸の下に深々とナイフが突き刺さっているのが目に飛び込んできた。

「う、嘘、どうしよう」

　見ている光景が理解の範疇《はんちゅう》を超えている。しかし、床を舐めるように広がっていく血の臭いに怯えつつも、わたしは女の首許に震える手を当てた。

「た、たいへん。息をしてない！　早く救急車！」

つんのめるようにして立ち上がりカウンターへ入ろうとしたが、腕を掴まれてがくんと引き戻された。松浦が引きつった顔でごくりと喉仏《のどぼとけ》を動かしている。

「……もう手遅れだ」

「な、何言ってるの！　あなたは弁護士でしょ！　救護を放棄しないで！」

「弁護士だからこそこういう事例はよく知っている。あの位置だとおそらくナイフが心臓に達してるし出血量が多すぎる。ショック状態だ。こ、ここからの蘇生は無理なんだよ」

「だったらなおさら早く救急車を呼ばなきゃ！」

再び翻《ひるがえ》ろうとしたが松浦はわたしの両肩をがっちりと掴み、汗の流れる顔を真正面から向けてきた。

「いいか？　救急車を呼べば騒ぎになる」

「騒ぎになって困ることなんて何もないでしょう？　あなたは殺されかけたのよ？　そもそもこれは正当防衛で、彼女は自分で持っていたナイフを誤って刺してしまった」

「問題はそこじゃない」

松浦は歯の隙間から絞り出すような声を出した。

「いくら正当防衛でも、貧相な若い女が死んだとなれば過剰防衛になる。稀《まれ》に見るスキャンダルだぞ。今後の政治生命は間違いなく絶たれるだろう」

「そんなこと……」

「聞いてくれ。わたしの破滅を願ってる連中が黙っていないってことだ。メディアを使って派手に情報操作される。若い女に命を狙われるなんて、それだけでも人間性を疑われる事態なんだ。派閥にとっても大ダメージになるし、何より支持者が納得しない」

　この状況でも保身のみに全力を尽くそうとしている。彼女に触ろうともしないのも、できる限り現場にいた証拠を残したくないからだ。つまりはこのまま立ち去るつもりらしい。人間のクズだ。

　松浦は手の甲で額《ひたい》の汗を乱暴にぬぐい、わたしの肩を摑む手に痛いほど力をこめた。

「聡明なきみならわかるだろう。この女はわたしを潰すために送り込まれた刺客だ。間違いなく敵対勢力が嚙んでいる。こんなところで潰されるわけにはいかないんだ。国の未来がかかってるんだぞ？」

　男は声をうわずらせながらも話を大きくし、なおも見苦しく続けた。

「わたしはこれを企てたやつを特定する。きみにも協力してほしい。そのためには僕がここにいなかったことにするしかないんだ。頼む。わたしの名前は出さないでくれないか」

「先生。本当に黒幕がいるのなら、先生がこの店に入る場面はきっと押さえているはずでしょう。それをばら撒かれたほうが、取り返しのつかないスキャンダルになる。いえ。死体遺棄罪に問われます」

　松浦は目を泳がせながらわたしの言葉を吟味し、震える息を吐き出した。

「そ、それも一理ある」

「どちらかを選ばなければならないなら、今あなたがすべきは通報することです。そのほうがずっと傷は浅い。弁護士なら当然おわかりでしょうが」

「それは駄目だ！」と男は語尾にかぶせながら言い切った。「こんな女のせいで人生設計を変えるなんぞ言語道断だぞ！」

先ほどまでの余裕がなくなり、もはやいつ泣き出してもおかしくはないほどの醜態《しゅうたい》だ。わたしは急にすべてが面倒くさくなってため息をつき、強張っている男の腕を無造作に振り払った。

「わたしの知り合いに、こういう事態を収拾してくれる人間がいる。つまり、この女性が初めからいなかったように後始末をしてくれるプロですよ」

「プロだって？　裏社会の人間か……危険すぎる」

「なら先生みずから死体を処理されますか？」

松浦は口を結んで顔をこすり上げた。

「彼女に狙われた客は逃げた体《てい》で警察に通報してもかまいませんが、事件現場からあなたの痕跡を完璧に消し去るのは不可能です。というより、わたしが殺人やら現場偽装やらの容疑をかけられるなんてごめんですよ」

わたしは突き放すように顎を上げた。もはや八方塞《はっぽうふさ》がりだろう。現職の法務大臣が死体遺棄をするなど前代未聞だが、今やこの男の頭にはそれ以外の選択肢がないはずだ。地位と権力が自身を形作るすべてであり、それを奪われた未来に心の底からおののいている。

踏ん切りがつかないのであろう男に、わたしは淡々と決断を迫った。

「あなたに今できることは救急車を呼んで警察に通報するか、隠蔽のために死体遺棄という犯罪に手を染めるか、わたしにすべてを任せてここを立ち去るかの三つしかない。わたしはいちばん目をお勧めするけど、あなたにしてみれば絶対にないわけよね」

土気色の顔をした松浦は無言のまま同意を示した。

「スキャンダルよりも重犯罪を選ぶなんてわたしには理解できないけど、あなたにとっては地位が何よりも大事。まあ、そういう価値観もあるのかな。協力してあげるわ」

「ね、念のために聞きたい。わたしを殺そうとしてる人間ときみはグルか？」

わたしは弱り切って見える男の頬に手を当て、慈悲深く微笑んだ。

「グルならもっとうまくやれたでしょうね。お酒に何かを仕込むだけですべてが終わった話だから」

男は目を合わせて、偽りがないかどうかをじゅうぶんすぎるほどに窺《うかが》った。そしてハンガーにかけてある薄手のトレンチコートを引っ摑んだ。

「今日、わたしはここにはこなかった。後始末にかかる金は出す。フリーメールのほうに連絡を入れてくれ」

振り返らずに早口で捲《まく》し立てた男は、そのまま逃げるように店を出ていった。

2

わたしは店のドアに鍵をかけ、大きく息を吸い込んでから踵《きびす》を返した。倒れている女の脇に膝をついて肩に手を置く。

「無茶しすぎだよ。頭をかなり強く打ったよね」

彼女の頭部を素早く確認すると、右耳の上あたりが切れて血があふれ出していた。わたしは夕オルを何枚か持って戻り、真一文字の裂傷に押し当てた。

「吐き気とか物が二重に見えるとか、手足が痺れるとかはある？」

「ない」

女は傷に当てたタオルを手で押さえながらのろのろと起き上がった。胸の下に突き刺さっているナイフを摑み、ぞんざいに引き抜いて床に放る。そしてTシャツの裏から血糊《ちのり》の仕込まれたビニール袋とスポンジを引きずり出した。わたしはその様子を目で追いながら首を横に振った。

「ナイフの偽装だけでじゅうぶんだったのに、あんたは派手にやりすぎなんだって。だいたい、男を本気で刺そうとしてなかった？」

「もちろん刺すつもりだった。そのほうが向こうも本気になる」

わたしは深々と息を吐き出した。

「ホント血の気が多いね。こういう場合は返り討ちに遭わない程度に仕掛けるんだよ。今だって打ちどころが悪ければたいへんなことになってた。あんたのやり方では命がいくつあっても足りないよ」

「わたしは常に命を懸けてる。欲しいものを手に入れるためだったらなんでもする」

タオルを傷に押しつけている女は、揺らぎのない目をまっすぐに合わせてきた。欲しいもののために命を失ったら元も子もないだろう。わたしは小さな救急箱を取り上げた。傷口からタオルを外すと、固まった血が髪を巻き込んで束になっていた。脱脂綿に消毒薬を含ませ、そっと傷口の周りをぬぐっていく。傷自体は浅く出血もほぼ治まっているのを見て、縫合の必要はなさそうだと判断した。

　手早に応急処置を済ませ、倒れている椅子を起こして大仰に腰を下ろした。久しぶりの仕事は考えていた以上に気疲れした。そのうえ完全にペースが乱されている。セットされた髪からピンや花の飾りを抜き取り、頭を振りながら長い髪を手で撫でた。

「それで、自分の名前を教える気になった？」

　床に座り込んでいる女に目を向けると、彼女は長い前髪の隙間からわたしを見据えた。

「あの政治家からいくら取れるの？」

「話が通じないにもほどがあるね」

　わたしは皮肉めいた笑みを浮かべた。

「予定では五千万。人ひとりを遺棄する手間と危険を金で買うとすればこのあたりが妥当だろうね」

「五千万？　もっと搾《しぼ》り取れるはず。あの男は政治家で資産家だし、最大の弱みを握ったんだから五千万は少なすぎる」

　彼女は語尾に力をこめた。

「ここの見極めは重要だよ。向こうが無意識に納得できる金額イコール、こっちの安全の保証だと考えていい。度が過ぎた欲には危険が伴うからね」

「危険ならすでに冒してるんだから、あんな男は死ぬまで脅して巻き上げればいい」

「じゃあ、あんたとはここでさよならだ」

　わたしはぴしゃりと撥《は》ねつけるように言った。

「すべてこっちに従う約束をしたはずだよ。さっきの個人プレーといい今といい、あんたがどうこう言える立場だと思ってる？　だいたい、強請《ゆす》りたかりなんて下品だし性に合わないんだよ」

顎を上げて女を見下ろすと、彼女は苛々《いらいら》を隠さずに右手薬指の爪を噛みはじめた。

彼女は喉から手が出るほど金を欲している。まだ二十代だが、若さの輝きは皆無で中身は死んだセミのようにからからに干からびていた。考えるまでもなく、この手の人間とかかわるリスクは計り知れない。自分の利のためなら、かまわず人を巻き込み危険に晒《さら》すはずだ。けれどもなぜかひと目見た瞬間から、この女がわたしの心に住み着いて出ていってはくれない。

わたしはトルマリンのイヤリングやネックレスなどのアクセサリーをすべて外し、身軽になった首をまわして大きく伸びをした。

「ところで、こないだの政治資金パーティー。どうやって潜り込んだの？」

爪を噛んでいた女は、目だけをこちらに向けてくぐもった声で答えた。

「知り合いにパーティー券をもらった」

「へえ。限られた人間だけが入れるクローズドのパーティーだったと思うけど、意外に特殊な伝手をもってるんだね」

彼女はぎゅっと眉根を寄せて、ことのほか険しい表情をした。「知り合い」には少なくはない嫌悪感を抱いているらしい。

「垢抜けない花柄のワンピース姿で、急遽《きゅうきょ》親の代わりに来ることになった内向的なお嬢さんって雰囲気だったよ。ああいう時代錯誤な男が多い場では悪くないチョイスだったね。もしかして、だれかに助言してもらった？　今のあんたとはかけ離れてるから」

穴の開いたデニムに目を向けると、彼女は口だけを動かした。

「服も知り合いからもらった」

「パー券をくれた人？」

その問いには無言のままひとつだけ頷いた。

「なるほど。的確なアドバイスをくれる知人が存在する。当然、あんたがお金目当てでパーティーに潜り込むことを知ってたわけだよね。なのに、ああいう場所でお金を稼ぐ肝心な手段は教えなかった。おかしな関係だよ」

「おかしくはない。向こうはわたしの要望に応えただけだよ。金になる場所の情報をわたしが金で買った」

聞けば聞くほど彼女の日常が見えなくなっていく。荒《すさ》んでいるのは明らかだが、周囲との関係性がわからない。わたしは先を続けた。

「これは興味から聞くんだけど、なんで現職の法務大臣に目をつけたの？　あんたはずっとあの男を目で追ってたよね。パーティー会場にはふさわしくない殺気立った視線でさ。もしかして本当に恨みがあるの？」

「ない。松浦はあの会場でいちばんの悪党だった」

またわけのわからない答えだ。首を傾げて話の先を促すと、彼女はぼそぼそとかすれた声を出した。

「わたしはとにかく金が欲しい。ちまちま働いて稼ぐ程度の額じゃなくて、まとまった金がすぐにでも欲しい」

「まあ、うん。お金が欲しいことだけはわかってる。でも、それと悪党はどんな関係があるの？」

「わたしには悪人がわかる。昔から見るだけで悪人かどうかがわかった。だから、金は悪人から巻き上げればいいと思ってる」

突飛すぎて話についていてはいけないけれども、これだけ金に執着している人間なりの理屈があるのは理解できる。しかも勘や想像を語っているのではない。ましてや頭がおかしい者の戯言《たわごと》だとも思えなかった。

わたしはなおさら興味を惹かれていささか前のめりになった。

「あの会場は見るからに悪人であふれてたよね。国からの見返り目当てで高額献金してる製薬会社の社長とか、そんな利権絡みの人間を優遇する政治家とか、善人面した超ブラック企業の経営者とか、小児性愛ＤＶ都議とか。そもそもあんたから見た悪人の基準ってなんなの？」

「人を殺したかどうか」

彼女は一本調子の声で言い切った。わたしは一瞬だけ考える間を置いたが、両手を上げて話を止めた。

「ちょっと待った。その理屈からいけば、法務大臣の松浦が人を殺してることになるけど」

「そう、何人も殺してる」

「いや、何人もってそれもう連続殺人鬼だから。さっきの無様なうろたえようを見たでしょ？あんな小心者に殺しは無理だよ」

「でも殺してる。あの会場のなかで人殺しは松浦だけだった」

瞬きもせずに見つめてくる鋭い目に、わたしの背筋がぞくりとした。

政治資金パーティーに参加すると決めたときに、まず名の通った政治家や経営者についてはひと通りの情報を集めていた。法の抜け穴を利用した汚職に手を染める者が多い印象だったが、松浦はそうではなかった。大衆から支持を得ているのもそこで、彼には金への執着が見えない。差別思想の持ち主ではあるが、基本的には血統のよい生真面目《きまじめ》な部類に入る男だ。

わたしは膝を抱えて床に座っている女に目を向け、探るように言葉を送り出した。

「人を見ただけで人殺しかどうかがわかる。それはテレパシー的なもの？」

「さあ。輪郭が黒く縁取られて見える。漫画みたいに。殺人犯の写真なんかも同じように見えた。あれはきっと嗜虐《しぎゃく》の色だ」

「嗜虐は黒く縁取られる……か。ということは、嗜虐性がない殺人には縁取りは見えないわけだよね。世の中、正当防衛で殺してしまったり、ついかっとなって殺してしまったり、そういう事件が後を絶たないと思うけど」

彼女は切れ長の一重の目でゆっくりと瞬きした。

「わたしに見えるのは殺しを楽しんだやつだけだよ」

輝きの乏しい彼女の瞳をじっと見つめた。殺しの縁取りが見えるという言葉を素直に受け入れるなら、松浦はどこかで嗜虐的な殺人をおこなったことになる。しかし、今さっきの男を思い返してみても、加害を楽しむような精神性とは思えなかった。

わたしは目を逸らさない女を腕組みしながらも窺った。自分自身をこれっぽっちも疑ってはいない。信じるも信じないもすべて相手に委《ゆだ》ね、そこになんの感情も抱いてはいなかった。そして他人への期待が怖くなるほど皆無……おもしろい。

わたしは立ち上がってカウンターをまわり、二個のグラスとスペインワインのボデガ・モルカを持ってきた。流れるようにコルクを開けると、オークのような心地よい香りが鼻をくすぐる。

「呑む？」

ルビーと紫の中間のような深い色味の液体をグラスに注ぎながら言うと、彼女は「酒は呑まない」と突き放すように即答した。わたしはグラスに口をつけ、滑らかなタンニンとリコリスのような風味を舌先で楽しんだ。急に上機嫌でワインを呑みはじめたわたしを彼女は訝《いぶか》しげに見つめ、わけのわからない者特有の呆けた面持ちをした。

「お互いに自己紹介をしようか。いろいろ探るのに疲れた」

グラスにワインを注ぎ足してから、わたしはそれを持って彼女の目の前に屈《かが》んだ。

「わたしは伏見藍《ふしみあい》。三十三歳独身。アメリカと日本の二重国籍。一昨年に日本に帰ってきた」

「二重国籍？　違法だ」

「多重国籍の場合はひとつを選択しなさい……っていう努力義務が日本にはあるけど、別に決めなくても罰則とか国籍の剝奪《はくだつ》はほぼないよ。アメリカは二重国籍でも問題ないし」

わたしはしゃがんだままワインに口をつけ、彼女に作り笑顔を送った。

「ほかに聞きたいことは？」

「何で生計を立ててるのか知りたい」

「主に詐欺《さぎ》」

わたしは立ち上がって窮屈なヒールを脱ぎ捨て、冷たい床に座り込んだ。

「ずっと欧米で稼いでたんだけど、今向こうにいると危険な目に遭いそうだったから一時的に避難してんの」

「まさか指名手配犯？」

わたしはちびちびとワインに口をつけながらにやりとした。

「どこの国の警察もわたしのことなんてまるっきりノーマークだよ。だってわたしはあんたと同じだから」

警戒して眉根を寄せた彼女に目配せし、わたしはワイングラスを床に置いた。

「悪どい連中から金を巻き上げるのがわたしのポリシーってこと。金を取られた側が警察に届け出ることはできない。自分たちの犯罪も露呈するからね。ゆえに泣き寝入りか報復か、彼らにはこの二つしか選びようがない」

もっとも、マフィアなど手に負えないレベルの巨悪に手を出したことはなかった。政治家や企業経営者、医師または御用学者などがターゲットとしては最適だ。世間からの評価と信頼を隠れ蓑《みの》に大儲けしている偽善者は、わたしを訴え出た瞬間にすべてを失うことを痛いほど理解している。

彼女は射抜くような視線をまっすぐわたしに向け、猜疑心《さいぎしん》の宿る目をした。

「海外が危険になったから、この国で稼ぐことにしたの？」

「そんなつもりはないよ。お金なら一生遊んで暮らせるぐらい持ってるし」

「じゃあ、政治資金パーティーに潜り込む必要はなかったはずだ」

「お金目当てじゃなくて、日本での伝手をもっといても損はないかなと思ってね」

「松浦をハメて金を取ることが伝手？」

わたしは質問が途切れない彼女に笑みを投げかけた。

「今日のことで松浦とわたしの間には切っても切れない縁ができた。ある種の運命共同体だけど、彼にとってわたしは死神だよね。自分の人生をぶち壊しかねない死神」

「殺されるよ」

「殺しはそう簡単じゃない」

「簡単なんだよ」

彼女は語尾にかぶせて低い声で言い切った。心なしか息が上がって肩を震わせ、迸《ほとばし》るほどの怒りを必死に抑えている。わたしは至近距離から顔を覗き込んだ。

「そろそろあんたの名前を聞かせてよ。見た感じ、金さえあれば幸せになれると考えてるような腑抜《ふぬ》けではない。でも、だれよりも金を欲してる。理由は？」

「それを話してなんになる」

わたしは肩をすくめて見せた。そしてカウンターの下から紙袋を取り出し、彼女に手渡した。

「とりあえず、これはあんたの取り分ね」

そう言うや否や彼女は紙袋の口を勢いよく開いた。その瞬間、息を吸い込んでむせ返りながらも使い古された紙幣の束を前のめりで数えはじめた。

「……二千万」

「とりあえず手付けってことで。松浦からは確実に五千万引っ張るつもりだし、あんたの体を張った演技に感動したからあと一千万ぐらい上乗せしてもいいかな」

彼女は無意識にごくりと喉を鳴らした。骨の髄まで金の魔力に取り憑かれているさまを見て、よく今まで無事に生きてこられたな……となんの気なしに思った。このぶんだと、金絡みで危険な目に遭ったことは一度や二度ではないはずだ。これほど金に執着する理由は借金などのありきたりな理由ではないのだろう。覚悟の決め方が常人のそれではないし、どう転んでも幸せとは対極にいるような女だった。なのに、否が応でも興味が掻き立てられるから困る。

　未だ札束から目が離せない彼女に、わたしはつっけんどんに言い放った。

「あんたは何も話したくないみたいだし、残りを受け取ったら二度とわたしの前には現れないでね。親切心でひとつ教えてあげるけど、あんたの人生は今が頂点だよ」

「何が言いたいの」

　彼女は鋭く返してきた。

「何がって、わたしには金を生むスキルがごまんとある。あんたには一切それがない。今後は苦労してせいぜいはした金を摑む程度だよ。その袋に入ってるお金があんたの生涯の最高額で、あとは落ちぶれるだけだって予言してあげてんの」

　唇を歪《ゆが》めて憎々しげに睨《にら》みつけてくる彼女に、わたしは飄々《ひょうひょう》と言い募った。

「だからこれがラストチャンス。お金がほしい理由におもしろみがあるなら、もう少しだけ協力してあげてもいいよ。今暇だし」

「……ふざけてる」

「ふざけてたら、こんな大掛かりなことやってないって」

　わたしはこぢんまりとした薄暗い店に目を向けた。

「松浦をハメるためだけにこの舞台を用意した。そこらの下等詐欺師にこんな真似ができると思う？　というか、日本の詐欺師ってつまんないよね。壮大な物語もバリエーションもないうえに結局は運任せ。群れで狙うのはいつも自分より弱い者。大勝負できない雑魚《ざこ》ばっかり」

「偉そうに。自分だって犯罪者なのに」

「あんたもね」

そう切り返すと、彼女は小さく舌打ちした。

「とにかく、わたしはどっちでもいいから選んでよ。あんたに任せる」

彼女は血糊のついたナイフをじっと見つめて逡巡しているようだった。どうにもわたしを信用できないが、かといって瞬く間に数千万を作り出したのはまぎれもない事実。それに今後自分ひとりで手にできる金はたかが知れているというのも決して間違いではない……という結論に至った悔しさを噛み締めているような面持ちだ。そんな堂々巡りの葛藤《かっとう》は思ったよりも長かったけれども、結論は初めからわかっていた。

彼女は紙袋の口を閉めて抱き締めるように胸に押しつけた。

3

「上条《かみじょう》みちる、二十七歳」

出し抜けに名前を口にした彼女は、まるで言い慣れていないような素振りではっと口許に手を当てた。この短い動作から、ほとんど本名を名乗らずに生きていることがわかる。わたしが手を向けて話の先を促すと、みちるは苦しげに眉根を寄せながらぽつぽつと重い口を開いた。

「家は東白楽《ひがしはくらく》」

「東白楽？　そこって東京？　ごめん、まだいまいち地理を把握できてないんだよね」

「東白楽は横浜の神奈川区。東横線沿線にある街」

わたしは頭のなかにある地図にピンを立て、先をどうぞと首を傾げた。

「金が必要な理由は実家を買い戻すため」

「なんだ。そうならそうと初めから言ってよ。別に隠すような理由じゃない。実家が人手に渡ったってこと？　両親は？」

みちるは一度だけかぶりを振った。

「死んだ。二十年前に」

「ということは、祖父母あたりに育てられたのかな」

「違う。四人の祖父母はだれもわたしを引き取らなかった」

彼女はある種の憤りや悲しさを目に宿した。それは見逃してしまいそうなほどわずかの間の出来事だった。

「苦労したんだね」とわたしは頷いた。「七歳で両親を失って、住んでいた家は売られてしまった。親類縁者はあんたを引き取ることを拒否し、施設に入るしかなくなった。で、悪党から金を巻き上げながら日陰を生きてきたと」

大まかな要約に対し、みちるは「そんな単純じゃない」と即答した。

「もちろん、何事も単純ではない。ひとつ質問したいんだけどさ」

みちるの返事を待たずにわたしは先を続けた。

「あんたの必死さから察するに、買い戻したい実家って一等地に建つ大豪邸ってことだよね。何十億もするような」

「東白楽駅から徒歩二十分のところにある建売住宅。四ＬＤＫ築二十九年」

わたしはきょとんとし、首を傾げて口を開いた。

「いくら日本の地価が高いとは言っても、その程度のコンディションなら危ない橋を渡るまでもなく楽に買い戻せるでしょうよ。真面目にこつこつ働いて三十年ローンでも組めば済む話だよ」

「だから、そんな単純な話じゃない」

みちるは苛々を隠そうともせずに語気を強めた。

「わたしは人を捜してる。高校卒業して施設を出てからずっと。その人間が見つかっていろんなことに決着がついたあとで、わたしは実家を買い戻す」

「ちょっと話が複雑になってきたね。捜してるのは初恋の人かなんか？」

彼女は軽口を叩くわたしを睨みつけた。

「親の仇《かたき》を捜してる。そのために金がいる」

わたしはワイングラスへ伸ばした手を止めた。

「親の仇かあ。まさか両親は殺されたとか」

「自殺した」

「つまり、両親を自殺に追い込んだ人間を捜していると」

みちるは顎を引いて目を合わせてきた。

「自分たちが死んだら、残されたわたしがどんな目に遭うか両親は知っていた。折り合いの悪い祖父母が引き取るわけがないし、もし引き取られてもわたしが幸せになれないのはわかってたはず。貯金もほとんどなくて、家も売却手続きが済んでいた。あれほどかわいがっていた七歳の娘を路頭に迷わせた両親はまともじゃない」

「まあ、自死を決意した人間の心理状態なんてみんなまともじゃないと思うよ」

「そうだよ。おかしくなるまで追い詰めたやつがいる」

「うーん……」

わたしは戸惑いの声を漏らし、ヘアスプレーで固まっている髪を強引に指で梳いた。これは思っていた以上に面倒な展開になりそうだ。幼い自分を残して親が自死した現実を受け入れられず、彼女はだれかを仇に据えることで生きる原動力を得てきたということではないのか。いや、仇はまったくの架空である可能性すらある。つまりは娘を置き去りにして身勝手に死んだ両親への恨みと根深いトラウマだ。幸せだったころの実家を買い戻すという目標、そして仇を捜すというがむしゃらな行動が、自身に降り注いだ理不尽な境遇から目を背けさせてくれる唯一の救いだとしたら、これほど哀れで馬鹿げたことはない。

みちるは乾いた唇をたびたび舐め、また右手薬指の爪を嚙みはじめた。心を安定させるための癖《くせ》らしい。わたしは幼い子どものようなその仕種を見つめた。

不幸な生い立ちを跳ねのけ、苦労のすえに大成功を収めたという美談はそこらじゅうに転がっている。しかし、不幸なまま一生を終える者のほうがはるかに多いはずだろう。真面目にがんばってさえいれば、いつか報われる日が訪れるという言葉は強者の戯言だ。癌《がん》細胞のように巣食う不幸はあらゆる不運を呼び寄せて転移するうえ、心の深いところでは自身ですらこれが運命なのだと納得している。だから人道を外れるのだ。

「うーん……」

わたしはまた声を漏らした。この女にかかわることは、おそらく自分にとってプラスにはなりそうにない。みちるは金さえ手にすれば満足できる類の人間ではなく、どろどろと発酵《はっこう》した情の部分が思考のほとんどを占めているからだ。依然として興味は掻き立てられるが、おもしろみという点では皆無といってよかった。

「自分から誘っといてなんだけど、愉快で楽しい仕事にはならないね」

わたしがため息混じりに正直な気持ちを漏らすと、みちるはいささか慌てたように口を開いた。大金が稼げる可能性を見てしまった以上、わたしとこのまま別れるのは惜しいと考えを素早く切り替えたようだった。

「わたしは金が手に入ればそれでいいし、人捜しを手伝ってもらうつもりもない。それに、そっちが望むなら楽しくなるようにする」

「どうやって」

表情の乏しい荒んだ顔に目を向けた。こんな面立ちの彼女から愉快な言動が出るなど想像もできない。みちるは楽しさの定義を目まぐるしく考えているようで、薬指の爪を嚙みながら真剣な面持ちをした。

「し、しりとりするとか、クイズやるとか」

みちるにとっての楽しみの上位がこの二つなのだろうか。娯楽の感覚が小学生ぐらいで止まっている事実が物悲しさを誘ってくる。わたしは鷹揚《おうよう》に微笑んで見せた。

「案外、この歳でしりとりってのもありかもね。無駄に知識があるから簡単には決着がつかなそうだし」

「そ、そうかな」

突拍子もない意見がすんなり受け入れられたことを気恥ずかしく感じているようで、みちるはさっと目を逸らして意味もなく咳払いをした。攻撃性しか感じなかった今さっきとはまるで違い、そこにいるのは愛や承認に飢えた幼い子どもだ。わたしもそうだが、幼少期の満たされない経験というのは、きっと死ぬまで引きずる負の遺産となるのだろう。

わたしは立ち上がって呑みかけのワイングラスをカウンターに載せた。

このままみちると別れ、連絡を断ってすべてをなかったことにするのは簡単だ。すでにじゅうぶんすぎるほど金を渡しているのだし、しばらくは憤慨するだろうが諦めはつくだろう。しかし、わたしはおもしろ半分に深入りしてしまった。彼女をこのまま野に放てば、いずれ金が尽きたときに松浦を強請るのは目に見えている。わたしに被害が及ぶことはないだろうが、松浦の出方次第では最悪みちるが命を落とす可能性も捨てきれない。

「まいったね……」

わたしは小さくつぶやいた。帰国してからは平穏続きで勘が鈍っているようだ。よりにもよって、みちるのような女を引き当てたことがわたしの人生にどう影響するのか……自分でもよくわからない。

わたしはごわついた髪をかき上げ、しきりにこちらの様子を窺っているみちるに目を向けた。

「とりあえずホームパーティーしようか」

「え？」

「仕事の前には必ず相棒とパーティーを開く。これが長年やってきた勝利へのルーティンなんだよね。ちなみに今回の仕事の前にもあんたと乾杯したでしょ。政治資金パーティーでさ」

みちるは、どういう表情を作っていいのかわからないようで唇の端を震わせた。

「パーティーは家でやったほうがお互いにわかり合える。住んでる場所にはその人間のすべてが出るからね。生き様も性格も収入も。だから、あんたの家に招待してよ」

「さっぱり意味がわからない。長年のルーティンって、今まで何人の相棒がいたの？」

「ひとり」

わたしは即答した。

「絶対的に信じられる人間って滅多にいないからさ。あんたも知っての通り、内情を知る人間は少なければ少ないほどいい」

「それは理解できる。その相棒は今どこに？」

「イギリス。まあ、いろいろあったから帰国したんだ。そして今あんたと手を組もうとしている。こっちにメリットはなさそうだけど、イギリスにいる相棒なら協力しそうな気がしたから」

半分は嘘だ。元相棒はわたし以外の人間を絶対に受け入れないし、いくら金を積まれても協力することはない。

みちるは話の流れについてこれず、理解し難い箇所はどこかと必死に炙《あぶ》り出そうとしている。自身は破滅的かつ暴力的でありながら、人にはある程度の常識を求めようとする矛盾のあるタイプのようだ。彼女は爪を噛みながらしばらく黙り込んでいたが、やがて陰気な顔を上げた。

「他人を家に入れることに抵抗がある。ついこないだ会ったばかりの人間ならなおさらだし、あんたといるといつものペースを乱される。でも、金を稼ぐ条件がそれなら呑むしかない。ただし……」

みちるは急にぎらぎらと光る血走った目を合わせてきた。

「わたしを裏切ったら許さない。絶対に」

何を裏切りと捉えているのだろうか。視線だけで人を殺せるような目を見つめながら考えたが、彼女にとってのさまざまな基準は謎だった。問うたところで謎が深まりそうだし、わたしは早々に考えることをやめた。

「怖いなあ。とにかく、細かい詰めはホームパーティーでしょう。これからあんたのことは名前で呼ぶから、わたしのことも藍って呼んで。パーティーは明日の昼でいい？」

全身で嫌だと表明しているみちるは、その気持ちを押し殺してひとつだけ頷いた。そして住所を早口で伝えてきた。

4

日本特有とも言える木造の古びたアパートに足を踏み入れるのは初めてだ。わたしは玄関の狭い三和土《たたき》に立って室内に目を走らせた。いや、走らせなくとも全体が視界に入ってくるほど狭い。右手には一口のガスコンロが置かれた手狭な台所があり、左側にあるドアはユニットバスだと思われる。中央には卓袱台《ちゃぶだい》が置かれ、ポテトチップスやチョコレートなどの菓子《かし》が並んでいた。奥にある締め切られた襖《ふすま》の先が寝室だろうか。１Ｋといったところで、玄関ドアを開けて目に飛び込んでくるクロス張りの空間は、四畳半程度だと思われる。

わたしは両手に抱えている紙袋を床に下ろし、努めて愛想よく微笑んだ。

「今日はお招きありがとう」

みちるはシンクの前に無言のまま突っ立っており、わたしの顔をじろじろと無遠慮に見つめている。訝しげという言葉がぴったりの探るような表情だ。頭から爪先まで何度も目で往復していたが、やがて抑揚のないかすれた声を出した。

「……あ、藍さんの格好」

「藍でいいって」とすかさず言うと、みちるは咳払いをして羞恥心《しゅうちしん》を吹き飛ばした。

「藍の格好……昨日とはまるで別人だ」

わたしは黒縁のメガネを押し上げ、ひとつに束ねた髪を払いながらスニーカーを脱いだ。その動きを逐一目で追っているみちるは、再び口を開いた。

「たぶん、道ですれ違ってもわからない」

「そうだね。わたしの見た目は武器だから、それをわざわざひけらかしたりはしない。不特定多数の人に美人って評価されても、わたしには何ひとつメリットがないからさ」

「メリットがない？　美人は得することだらけだと思う」

生真面目な言葉にわたしは笑った。

「じゃあ言い方を変える。不要なところで目立ちたくないんだよ。印象の薄さこそが生き残る秘訣だから」

わたしはパーカーの袖《そで》をたくし上げ、玄関先に置いてある四つの大きな紙袋をみちるに渡した。

「適当にサイドディッシュとケーキを買ってきたから。今住んでる場所の近くに評判のベーグルショップがあってね。気になってたから買ってみたよ」

「どこに住んでるの？」

「今は日本橋のホテル」

シャンパンとワイン、そしていくつかのジュースが入ったエコバッグも床を滑らせる。

「この辺りは坂が多いし、こんなに大荷物を一人で持ってこれたのがすごいと思う」

「まさか。ホテルからタクシーだけど」

当然のことを言うなりみちるは微かに薄い唇の端を震わせ、初めて見るのであろう高級店の食べ物に目を落とした。パーティーと聞いてみちるが用意したのは、スーパーかどこかで調達してきた安価な菓子類だ。小学生の誕生日パーティーだってもう少しましなものを考えるだろう。それが悪いとは言わないが、彼女の意識を変える必要があった。

わたしは腰に手を当て、顎を上げてみちるを見やった。

「これを見てどう思った？」

「どうって、無駄だと思った。人気の店なんてバカみたいに値段が高いのに量は少ない。ホテルに住むのもおかしいし、日本橋からここまでタクシーに乗るのもあり得ない」

「あり得ないって、ここまで一万五千円ぐらいだったよ」

「い、一万五千？　電車なら千円もしないのにバカげてる」

みちるは眉根を寄せて吐き捨てるように言った。彼女は金を遣うことへの嫌悪感が激しい。いや、金を持つ者への憎悪と言うべきだろうか。嫉妬《しっと》や羨望などとは質が違い、ただただ持つ者や使う者へ怒りを向けるさまは異様だ。

わたしは腕組みをして、不服そうに棒立ちしているみちるに目をやった。

「わたしと一緒に仕事するなら、まずはその貧乏臭い価値観を変えてもらう」

みちるは睨むように顎を引いた。

「高級なものを食べる。高い服を着て広い家に住む。日本橋からこんなとこまでタクシーに乗る。これは贅沢とか無駄なんかじゃなくて、この道で生きるための投資だよ。悪どい金持ちから金を奪うときに、同じ土俵に立つための最低限のスキル」

「ただの浪費がスキルなわけない」

これでは話は先へ進まない。わたしは唐突に話を変えた。

「根本的なことを聞くけど、今までみちるはどうやってお金を作ってきたの？」

その質問に、彼女は一重まぶたの目を曖昧に泳がせた。そして右手薬指の爪を噛み、いささか恥じ入ったような声を出す。

「ヤクの売人から売上を置き引きしたことがある」

「あとは？」

「男をホテルに誘って財布を持ち逃げする」

そうだろうなとは思う。わたしは腕組みしたまま細く長く息を吐き出した。今のみちるが不法に金を手に入れる手段は、強盗やスリなどの古典的で危険を伴うものしかない。知能犯系統の犯罪を企てるだけの能力はないし、自分でも無理であることを承知していた。みちるの信念どおり金を奪う相手は悪人だけに限定するなら、いつ手に負えないほどの凶悪犯罪者を引き当てるかわからないことになる。死と隣合わせのリスクだった。

わたしは額に手を当てた。

「みちるがわたしと組んでお金を稼ぐには圧倒的に知識が足りない。さっきも言ったけど、金持ちが常日頃やってることをこっちもできないと、騙すことなんて不可能なんだよ」

「それが無駄遣いってことなの」

「違う。例えば大臣の松浦は生まれついての資産家で、一般市民なんて視界の隅にも入っていない。付き合う人間は自分と同レベルか一緒にいて恥にならない者に限られるし、品性の部分を何よりも大事にしている」

「なんでそう思うの」

「身につけているものを見れば、成金とはまったく質が違うことがわかる。ひと目で高級ブランドだとわかるものは一切身につけていなかった。なんでだと思う？」

みちるは神妙な面持ちで考え込み、意見を口にした。

「高いから」

「いや、なんでそうなる！」

わたしはずっこけそうになった。

「松浦家は東京の大地主で政治家。彼もそうなるべく徹底した教育を受けている。名の知れたハイブランドよりも、さらに良質のものを知ってるんだよ。彼が着ていたスーツはオーダーの一点物でイギリス製だし」

「そんなの見ただけでわかるはずがない」

「わかるんだって。裏地に縫い取られたタグには、手刺繍《てししゅう》でブランドネームが入ってた。イギリスにある名門テーラーのもの。革靴はジョンロブでロンドンのオーダー品。腕時計はベルトだけ新しいジャガー・ルクルトのアンティーク。祖父か曽祖父に譲ってもらったものじゃないかな。なかなか手に入らない古いデイデイトだったよ」

　みちるは、わたしの口から流れるように出る言葉に息を呑んでいた。

「質のよいものを長く使うことが品格につながると信じているし、凡人との違いはそこだと自負している。それこそがあの男の隙なんだよ」

「隙……」とみちるはつぶやき、わずかに考える間を取ってから顔を上げた。「そういえば政治資金パーティーで、藍が松浦と話したのは一分もなかったように見えた。初対面なのに、あの短い時間でどうやって店まで誘い出したの？」

　感情のまま突っ走るタイプではあるけれども、みちるは意外にも物事をよく見ているらしい。

わたしは目を細めて微笑んだ。

「わたしが松浦にかけた言葉は『ドイツ語表記のデイデイト、一九三〇年代のものですね』。たったこれだけで、あの男はわたしから目が離せなくなった。自分は高貴で視野が広いと思ってるんだろうけど、わたしから見れば典型的な井の中の蛙《かわず》だよ。だからこうやって簡単に足をすくわれる」

　もちろん、わたしの容姿に興味を抱いたことも理由だろうが、代々受け継がれたであろう腕時計の製造された年代を当てたことが大きい。ポケットに忍ばせた名刺に連絡がきたのは、その日の夜だった。

「詐欺には二種類ある。仕掛ける相手を徹底的に調べてから近づく方法と、松浦みたいに即興で仕掛ける方法。こんなときに必要なのが人やものを見る目だよ。身につけているものとか立ち居振る舞いからターゲットの人間性を素早く推《お》し量《はか》る」

　もっとも、これは一朝一夕にできることではない。みずから貪欲に知識を摑みにいくこと以外にも、そばで的確に指南してくれる人間がいなければそうそう身につくものではなかった。

「ちなみにみちるは、あの会場で松浦にどうやって近づこうとしてたの？」

「政治の話をしようと思った。政治に疎《うと》いから教えてほしいみたいな感じで」

「それから先は？」

「あの男がわたしに手を出すように仕向けて、それを録音して強請るつもりだった」

　まあ、一般的には成功確率の高い王道だ。女を武器にするならこれがいちばん手っ取り早い。が、それが通じない男がいることをみちるはわかっていなかった。

「スタート地点から間違ってるね。松浦は無知を嫌うタイプだし。というか、あの会場にはみちるの策に簡単に引っかかるおじさんが他にたくさんいたと思うけどね」

「いちばんの悪人は松浦だった。人を殺してる」

　わたしは肩をすくめて見せた。人から金をせしめる基準はいかなるときも揺るがないというわけだ。

「とにかく立ち話もなんだし、パーティーを始めようよ。こういうの、日本では女子会って言うんだってね。初めての経験だよ」

わたしはクッションを置いて、ビニールクロス張りの床に座り込んだ。紙袋の中から惣菜《そうざい》類やケーキを取り出して開封し、みちるが差し出してきた紙皿に載せる。彼女は実物を初めて見たと言わんばかりに卓袱台をじっと見下ろし、急に座り込んで半分にカットされたベーグルサンドへ手を伸ばした。スモークサーモンやクリームチーズを挟んだベーグルをさらに食い入るように見つめ、ゆっくりと口許へ運ぶ。そしてすぐに動きを止めた。

「おいしい？」

わたしも半分のベーグルサンドを手に取って大胆にかぶりついた。生地はほんのりと甘く、噛みごたえのある弾力がすばらしい。若干酸味の強いクリームチーズを使用していることで、平凡なベーグルとは異なる独特のバランスを印象づけていた。

「これからもっと人気が出そうな感じだね。みちるの感想は？」

「餅《もち》みたい」

「いや、確かにもちもちはしてるけど」

わたしは笑いながら言った。

「ベーグルはもともと東欧ユダヤ系、アシュケナジムの食べ物なんだよ。卵と牛乳とバターなんかは使わない。このベーグルはモントリオール式だね」

「モントリオール？　それ、ヨーロッパじゃなくて北アメリカじゃないの？」

「そう、そう。キーウから北アメリカに入ってきた移民が作ったベーグルをベースにしてる。はちみつを入れたお湯で生地を茹でた後に窯《かま》で焼くから、甘みが出てこの食感になるんだよ。たぶん、酵母も自家製だな」

みちるは歯ごたえを楽しみながらベーグルサンドをあっという間にたいらげた。

「いい？　この味を覚えるんだよ。背景も含めてね」

「味はともかく背景も？」

「うん。食と酒の知識は必ず役に立つ。ここぞというときに、その他大勢とは違うんだっていう印象を相手に与えるための一手だから」

みちるは素直にひとつだけ頷いた。

それからケーキやさまざまなサイドディッシュを彼女に食べさせ、味と使われている食材についての講釈をした。みちるの食生活は貧困そのもので、ただただ腹を満たすためだけの摂取に過ぎないのは想像に難くない。流行《はや》りのカフェやＳＮＳなどには敏感な年代だろうに、そんなものは存在しない別の世界線を生きている。

みちるは急に立ち上がって奥にある襖を細く開け、その隙間をすり抜けるようにして隣の部屋へ入っていく。雨戸を締め切っているのか昼間だというのに真っ暗で、部屋の内状がわからない。すぐに出てきた彼女は後ろ手で襖をぴしゃりと閉め、向かい側に座ってノートに何やら書き込みはじめた。どうやらわたしの話した食材や産地についての蘊蓄《うんちく》をメモしているようで、握るように持っているペンで箇条書きにしていった。攻撃性が高くて頑固だが、真面目な性格でもあるらしい。

わたしはみちるを眺めながら、シャンパンを口に含んだ。

「書いて覚えるよりも、経験で体に染み込ませたほうがいいよ。いろんなものを食べて、いろんなところへ行って、いろんなものを見る。そのためにお金を使う」

「無駄遣いは嫌いだけど、藍の言うこともわかるような気がした。どんな人にも合わせられるようにすれば、仕事の幅が広がるとは思う」

わたしはにこりと微笑んだ。

当人も、ずっと行き詰まりを感じていたはずだ。体を張った悪事は危険な割に実入りが少なく、おのずと回数をこなさなければならない問題が出てくる。そのループに陥れば抜け出すことは難しい。心身ともに荒み、ますます視野が狭くなって危険行為に走るのは必至だ。あのパーティー会場でわたしと出会わなければ、そう遠くはない未来に間違いなく破滅していたはずだった。

みちるはペンを持ったまま前髪の隙間からわたしを見やり、上目遣いにしばらく視線を合わせてきた。そして何かに踏ん切りをつけたようにごくりと喉を動かし、かすれた声を出した。

「なんで聞かないの？」

「何を」

「わたしがここまでして金を欲しがる理由」

シャンパンの入ったグラスを置き、わたしは小首を傾げた。

「実家を買い戻すためなんでしょ。あとは人捜し」

「だから、なんで詳しく聞かないのかってことを言ってる」

「急におかしなこと言い出すね」

わたしは再びグラスを取り上げ、わずかに残っていたシャンパンを呑み干した。

「聞いてほしいなら素直にそう言いなよ」

みちるはとたんに口ごもって答えを探すように目を伏せた。

「わたしとみちるは利害が一致した仕事のパートナーってだけで、お互いのプライバシーに踏み込む仲ではない。仕事って本来そういうドライなものだしね」

「……だけど」

「もちろん、話したいことがあるなら言ってもらってかまわない。ただし、それによって想定されるデメリットがメリットを上まわるようなら、わたしは即座に手を引くよ。ボランティアやってるわけじゃないから」

突き放すようだが、これは本心だし繰り返しそう教わった。情に感化されることは美徳であると同時に極めて愚かなことでもあるからだ。

みちるは自分でもどうするべきなのかわからなくなっているようで、まるで助けを求める目でちらちらとこちらを見てくる。そして爪を噛みはじめ、蒼白い顔をして口を開いた。

「真面目に働いて金を貯めようと思ったこともあった。生活を切り詰めて貯金すれば、なんとかなるかもしれないと考えたこともある。でも、現実はその程度の稼ぎでどうにかなるものじゃない。金がなければ一歩も前に進めないまま人生が終わる」

みちるは苦しげに目を細めて歯を食いしばった。もどかしさ、自己嫌悪、疲労、そして世の中に対する妬みが仄見え、見事に負の要素だけで彼女は構成されている。在りし日の思い出だけが美しくきらめいているせいで、完全に脚を引っ張られている状況だった。

わたしは小さくため息をつき、踏み込んでほしがっているみちるの要望に少しだけ応えることにした。

「昨日も言ったけど、普通に働いていればいずれ中古の家ぐらいは買い戻せる。すでに二千万を手にしてるわけだしね。なのにみちるはまだお金が欲しいと言う。つまり、人捜しにかかる経費が莫大だってことを言ってるの？」

みちるは眉根を寄せたまま頷き、襖のほうへ目を向けた。

5

「これまで、人を捜すために二千万円遣ってる」

みちるは立ち上がり、奥にある襖を勢いよく開いた。真っ暗な空間がぽっかり口を開けている。彼女はついてきてと目で示し、闇の中へ消えていった。嫌な予感しかしないうえにその部屋を見たら引き返せないような気がしていたが、自分のなかにある好奇心を抑えることができない。

わたしも立ち上がり、まるで操られているかのように禁断の部屋に足を踏み入れた。古い紙とインクのような匂いが立ちこめている。そのうえ埃《ほこり》っぽさを感じ、わたしは二度ほどくしゃみをした。そして暗闇に目が慣れてくるにつれて信じ難い光景が視界に飛び込み、足を止めてその場に立ち尽くした。

「……何これ」

わたしは六畳の畳敷きの部屋を見まわした。壁も窓も天井までも、新聞らしき記事や写真で埋め尽くされている。隙間なく紙が折り重なっているため厚みのある層になり、今にも上からどさりと落ちてきそうなほどの重量感があった。何よりも異常なのは、部屋の真ん中にぽつんとベッドがあることだ。みちるは日々、ここで寝起きしていることを意味している。

わたしは軽いめまいを覚えてメガネを外し、手で顔をこすり上げた。

「今さら『実はシリアルキラーです』なんて告白はやめてよね。巷《ちまた》を騒がせてるバラバラ殺人はわたしの作品だとかさ」

そう言いながらメガネをかけ直したとき、蛍光灯が瞬きながら点灯した。

「わたしは人殺しじゃない」

「じゃあストーカーだ」

わたしは目を細めてみちるを見つめ、あらためて壁や窓に貼りつけられている写真に目を走らせた。ほぼ同じ女の写真であり、雑誌の切り抜きらしき色褪せたものも多い。女は四十代後半ぐらいだろうか。華やかな笑みを浮かべている写真がほとんどだが、喪服姿の憔悴《しょうすい》しきったものも散見していた。

一方で、望遠レンズで撮られたとおぼしき写真が天井にずらりと並んでいる。それらの被写体すべてが車椅子に乗る小柄な老女……。ピントの甘さやひどい手ブレを見ても、プロのカメラマンが撮影したものではなく明らかに盗撮だった。どれも大きく引き伸ばされ、天井板が見えないほど隙間なく貼りつけられている。みちるがベッドに横になるたび、この不気味な老女と相対する構図だった。

わたしはぞくりとして突っ立っているみちるに目をやった。天井から下界を見下ろしている白髪頭の老女に生気は感じられず、色素の薄い虚ろな雰囲気と半開きの唇が不安感を加速させている。離れ気味の目や眉間にある特徴的なホクロなどから察するに、年齢は異なるもこの部屋に貼られている女はすべて同一人物なのだろう。自信に満ちて快活だった女性の成れの果てが、このシワだらけの老女のようだった。

わたしはメガネを押し上げて目頭を指で押した。みちるが普通ではないことはわかっていたはずだが、正直、ここまで常軌を逸しているとは思っていなかった。これはわたしの手に負える範囲を超えている。

「この車椅子のミセスが捜し人なの？」

わたしの問いに、みちるは険しい面持ちで首を縦に動かした。

「部屋の状況を見るに、捜し人というよりも完全にターゲットだよね。あれなんて顔に釘が打ち込まれてるし」

大写しされた横顔を貫いている釘を指差し、むっつりとしているみちるに目を向けた。

「あまりにも情念がすごすぎる。アメリカでは事故物件の概念はないけど、日本では律儀にも告知義務があるって聞いた。次にこの部屋を使う人にはぜひとも告知してほしいよ。この和室は呪われてるって」

「他人のことなんてどうだっていい」

みちるは一本調子の声を出し、真正面から老女を捉えた一枚の写真に目を据えた。

「この女をずっと捜してる。高校卒業してからずっと。でも、未だに居所がわからない」

「で、調査に二千万もつぎ込んだのにまだ足りないと」

望遠で撮られた素人じみた写真は興信所の手によるものだろうか。

わたしは劣化して黄変している新聞記事に顔を近づけた。山梨の県道での単独自動車事故、子どもを含む二人が死亡、ひとりが重体とある。平成十四年、今から二十一年前の記事だった。週刊誌らしい派手な見出しのついた誌面には、大破してボンネットがひしゃげたＢＭＷが画質の悪い白黒写真で収められている。

わたしは別の記事に目を移した。世界的企業に成長した戸賀崎《とがさき》グループトップの早すぎる死を惜しむ内容だ。それと同時に、社長のワンマンで有名だった企業はこの事故を境に経営が大きく傾くだろうと締めくくられている。

「戸賀崎グループか……」

わたしが顎に指を当てながらつぶやくと、みちるはかすれた声を出した。

「藍はアメリカにいたから知らないでしょう」

「いや、戸賀崎グループは知ってる。リゾート開発からホテル経営、レストランや豪華客船なんかの多角的経営を成功させてる大企業。最近ではバイオテクノロジーの分野に進出して進化を遂げてるね。グループの総資産は兆を超えてるんじゃないかな」

わたしは頭の引き出しにある情報を素早く取り出した。アメリカとインドの大学に巨額を投資し、最先端の研究室をもっていたはずだ。発酵技術と微生物学を中心に、食品とエネルギー産業界を開拓している。過去にターゲットにした研究所が同じ分野だったこともあり、戸賀崎のことはよく耳にしていた。

「このゴシップ誌は盛大に予測を外してる。戸賀崎グループの勢いが落ちたことはないよ」

「ずいぶん詳しいんだね」

「あらゆる情報の更新がライフワークみたいなとこあるからさ。職業病だよ」

あいかわらずみちるは老女の写真を睨みつけるように見つめ、目に怒りをたぎらせながら言葉を絞り出した。

「……この女が両親を殺した」

「だろうね。これだけ憎んでるわけだし」

彼女は振り返って顎をぐっと引いた。

「この女は戸賀崎喜和子《きわこ》。事故死した経営者の妻だよ」

「事故の生き残りか……。みちるの両親との関係は？」

「わたしの父は戸賀崎リゾート開発の本社に勤めていた。あとからわかったことだけど、父は社長秘書に抜擢《ばってき》されて将来を約束されていた」

抑揚なくそう語ったみちるは、おもむろに枕の下から一枚の写真を取り出した。ラミネート加工の施された写真を悲しげに見つめ、わたしに手渡してくる。それは、三人で撮られた家族写真だった。幼いみちると手をつないでいる両親は、二人ともこざっぱりとした感じのいい若者だ。シンプルだが質のよさそうな洋服をまとっている姿は、若くして認められた者特有の満ち足りた気配を漂わせている。深刻な挫折を知らず、自分の能力を微塵《みじん》も疑ってはいなかっただろう。こういう人間は何人も見てきたからわかる。

そして四、五歳ぐらいであろうみちるは幸せの絶頂にいた。弾けるような笑顔には少しの憂いもなく、ただそこに存在することを心の底から喜んでいる。現在の彼女とは残酷なほどの対極だ。両親亡き後の人生は、笑顔や素直さを根こそぎ奪うほど過酷だったことを物語っている。

わたしはひとしきり写真を見分してからみちるに返した。

「両親は若かったんだね」

「三十一で命を絶った」

「ということは、パパは二十代で戸賀崎グループの社長秘書に抜擢されたんだ」

　みちるはどこか誇らしげにひとつだけ頷いた。

「事故死した戸賀崎洋一《よういち》は、有望な若手を側近にして育てることで有名だったらしい。そういう人たちを幹部社員にして、ますます会社を成長させた。能力さえあれば年齢は関係ないという考え方を徹底してたみたい」

「日本では珍しいタイプの経営者だね。ママは？」

「戸賀崎グループ系列会社の事務。父とは大学の同期で付き合いは長かった」

　わたしが考えていた以上に、みちるの両親は戸賀崎とのかかわりが濃い。しかし、事故からたったひとり生還した喜和子をここまで憎む理由がまだ見えてはこない。

　両親との思い出の扉を人前では決して開けなかったであろうみちるは、戸惑いと警戒をないまぜにして先ほどから身じろぎを繰り返している。わずかでも本心を見せなければ、わたしの信頼を得ることができないと感じているのもわかっていた。要するに、ここにきて見捨てられることに恐れを抱きはじめている。

　わたしは急《せ》かすことをせずに、根気強く次の言葉が出るのを待った。心の整理にいささか時間がかかったけれども、彼女は家族写真を枕の下に滑り込ませて口を開いた。

「あっちの部屋に戻りたい。ここにいると頭がおかしくなる」

「自分でもわかってはいるんだね」

「もちろんわかってる。でも、憎しみを忘れないために必要な部屋だ」

歪んではいるが、その気持はわからなくもない。

わたしたち二人は卓袱台が置かれた台所に座り込み、同時に大きく深呼吸をした。みちるは殺気立ったまま紙コップに水を注ぎ、一気に呑み干して顔を上げた。

「事故は社長一家が山梨の別荘へ行く途中で起きた」

出し抜けにそう言って、みちるはシンク下の戸棚から分厚いファイルを取り出した。

「山道でハンドル操作を誤ってガードレールに激突。運転席の夫と助手席にいた六歳の娘が即死した。後部座席に乗っていた妻の喜和子だけが命を取り留めた」

「ひどい事故だね」

「確かにひどい事故だった。でも、もっとひどいのはその後だよ。生き残った喜和子が、会社が混乱しているさなかにわたしの父を横領で告発した。これはわたしが中学生のとき、ネット検索で初めて知った」

急な展開に首を傾げると、みちるはぎゅっと唇を引き結んだ。

「子会社に勤めていた母と結託して、長年、広告費の架空請求のキックバックで裏金を作っていたという書き込みを見つけた。当然、父は否定した。社長の側近として務めてきたのに、言いがかりもいいところだった。でも、証拠を突きつけられたらしい。身に覚えのない証拠を」

「キックバックはよくある手口だよ。取引先に協力者がいれば発覚に時間がかかる。だいたいは感覚が麻痺《まひ》して金額が大きくなるから見つかるんだけどね」

「父も母もそんなことはやってない」

　みちるは語気を強めて言い切った。

「わたしは当時小さかったけど、あのときの家の雰囲気はよく覚えてる。父も母も毎日頭を抱えて泣いていたし、弁護士らしき人間が代わる代わる訪ねてきた。だけど、大企業相手に戦うには不利なことだらけだった」

「待って。当時、戸賀崎グループで横領があったこと自体は事実なんだよね？」

「事実だったらしい。証拠もあったと聞いてる」

「となると、他のだれかがみちるの両親に罪をなすりつけたことになるけど」

「そうだよ」

　みちるはひときわ低い声を発した。腹に響く弦楽器のような低音だった。

「喜和子が死んだ夫の罪を両親に着せたの」

「いやいや」

　わたしは両手を上げてみちるを遮った。

「どこからそういう話になる？　不正取引が洗い出されたのは、金をプールしていた口座が発覚したからだと考えるのが筋だよ。口座の出納《すいとう》履歴から芋づる式にかかわった人間がわかる。この時代も今も、無関係の人間に一切をなすりつけるのは難しい」

　みちるはかぶりを振った。

「でもあいつらはそれをやった。探偵の調査によれば、戸賀崎社長が裏金を作っていたって噂が昔からあったのは間違いない」

「その情報の出どころは？」

「事故のあった二年前に退職した元経理からだよ」

彼女はファイルをめくって該当箇所の記録を指差した。三十五歳の男で、会社には不明な金の動きが確かにあったと証言している。どうやら二重帳簿で巧妙に税務調査をかいくぐっていたということらしいが、わたしにしてみればだからどうしたという程度の情報でしかなかった。企業があの手この手で裏金を作ること自体は珍しくもなく、むしろ大企業ならば必ずと言っていいほどやっているはずだとわたしは思っている。逆を言えば、清廉潔白を頑なに貫く生真面目な企業は、残念ながらすべてが頭打ちになることを経験上知っていた。世の中は矛盾に満ちている。しかし、みちるはそれを理解していない。

わたしはファイルの報告書を目で追いながら口を開いた。

「みちるはこの元経理の証言が決定的な証拠だと思ってるの？」

「思ってない。でも推測することはできる」

「何を」

「事故で生死の境を彷徨《さまよ》った喜和子が、ベッドの上からわたしの両親を告発した。どう考えてもなんらかの不都合を隠すためだ」

みちるはまるで、ひと言ひと言に憎しみをこめるような強い発音をした。

「社長が死んだと同時に、ワンマンだった経営の中身が露見する危機に陥ったとすれば、対応には一刻を争う。きっと喜和子は裏金の件を知っていた。あの女は、夫と娘の死を悼むよりも先に隠蔽を選んだ鬼畜なんだよ。しかも、無関係の人間を躊躇《ちゅうちょ》なく破滅させた」

わたしは、興奮気味に捲し立てるみちるを見ながら考え込んだ。彼女の言い分が正しかったとして、企業のトップが裏金作りを単独でおこなっていたとは考えにくい。信頼のおける者に相応の金を摑ませて共犯関係にしているか、あるいは親族でプールのスキームを構築しているかの二択だろう。確かに社長が急死して妻も重体となれば、裏金の存在がどこで表沙汰になるかわからない。

「そうなれば特別背任と法人税法違反で摘発か……」

わたしは興信所がまとめた報告書に目を落としながらつぶやいた。

「みちるの両親は刑事告発されなかったの？」

「されなかった。だから両親には反論の機会すらもなかった。喜和子に都合のいい証拠だけが積み上げられて、どうやっても勝ち目はなかった。こ、こんなことが許されると思う？」

みちるは固く握り締めた手を震わせ、真正面から目を合わせてきた。

「許される許されないは関係なく、世の中は強い者が勝つようになっている」

「な、なんの罪もない二人が死ぬまで追い込まれたんだ！　知ったようなこと言わないでよ！」

わたしはふうっと細く息を吐き出してから、あらためて彼女と視線を合わせた。

「みちる、感情を切り離すことを覚えな。今すぐに。怒りを先行させれば重要なことを簡単に見落とす。今までにもいろいろ見過ごしたはずだとわたしは思ってるよ。あんたは自分に都合よく事を進めすぎている」

不意討ちのような真っ向からの指摘に、彼女は信じられないと言わんばかりに身を震わせて怒りをたぎらせた。もともと吊り気味の目が一層吊り上がり、顔は真っ赤で呼吸も乱れている。被害者の立ち位置を批判されたのは初めてだったと見える。探偵は依頼を事務的に受けているに過ぎず、両親の死を悲しみ憤る身内もいない。今までの人生は、いわばみちるの願望を通すためだけにあったはずだ。あまりにも視野が狭い。

今にも摑みかからんばかりのみちるは、歯を食いしばってわたしを睨みつけてくる。怒りのために目が潤んでいる姿が、幼い子どものようで胸の奥がちくりと疼《うず》いた。

「まあ、落ち着いてよ。みちるを否定してるわけでも、喧嘩売ろうとしてるわけでもないからさ」

「……頭にくる。藍は人の心がなさすぎる」

「そうでもないよ」

わたしは立ち上がって食べ終えた紙皿や紙コップを重ねて袋に入れた。そして再び腰を下ろし卓袱台に肘をついた。

「みちるの目的は戸賀崎喜和子に対する復讐。一般的に、復讐はなんの解決にもならないと言われているよね。死んだ者が生き返るわけでもない……とか」

「めんどくさいからありふれた説教なんかやめて。復讐で幸せになれないことなんて初めからわかってる。でも、今何もしなければ死ぬまで不幸なままだ」

「ああ、勘違いしないで。わたしは何も復讐を止めようと思ってるわけじゃない。ところで、みちるは何をもって復讐とするつもりなの？」

「戸賀崎喜和子には死んでもらう。むごたらしく殺す」

みちるはわたしが言い終わらないうちに言葉をかぶせてきた。誇張はない。そして彼女は、矢継ぎ早に早口で言った。

「保護施設にいたころ、児童カウンセラーがわたしの考えを見抜いていた。ことあるごとに、復讐なんて正気ではできないと言っていたよ」

「あたりまえだろうに」

わたしは笑った。

「正気のままではできないからこそ復讐なんだよ。カウンセラーって気楽な仕事だね。自己啓発本とかネット検索で上に出てくるようなきれい事しか言わない。世界共通みたいだ」

みちるは宙を見つめて嫌なやり取りを回想しているようで、心もち顔を歪ませた。

「過去に何があったにせよ、全部水に流して許すべきだとも言われた。他人を許すことで自分自身を解放してあげられるんだって」

「許すかどうかを決められるのは被害を受けた当事者だけだよ。許すことは美徳でもなんでもないのに、妙にもてはやす風潮がある。これも世界共通かもしれない」

みちるは、そう言いたかったのだとでもいうように目を光らせた。いつも無表情のようでいて、実際は感情が手に取るようにわかる。ある意味一途で素直な性格だからこそ、他人からの影響を受けやすい。

わたしは慎重に彼女の心の奥底を探り、本音の部分をわずかに刺激した。

「みちるに少しでも迷いがあるならやめたほうがいい。失敗するから」

「迷いはない。子どものころから迷いをひとつずつ潰しながら生きてきた。だから必ず目的を果たす」

これは不安を和らげ、恐怖心を抑えつける自己暗示のようなものだろうか。カウンセラーの言葉を今でも覚えているあたり、自問自答を繰り返してきたことが窺える。

わたしはみちるの顔を見つめながら話を進めた。

「わたしは手を引かせてもらうよ。最終目的が殺しなんて話は聞いてないし、わたしの流儀に反する」

唐突に突き放されたみちるは、卓袱台に手をついて身を乗り出した。

「殺しを手伝わせようとは思ってない。資金集めに協力してほしいし、助言もしてほしい」

「いや、考えてみな。殺しのアドバイスをすればわたしは殺人の共謀犯になる。こんなとこで警察にマークされるとか、わたしの人生設計には入ってないんだよ」

「すべての証拠を隠滅する。絶対に藍の名前は口にしない」

わたしはため息をつきながら首を横に振った。

「忠告その一。物事を過小評価してはいけない。証拠隠滅が簡単にできるなら、世界中の犯罪者は逮捕されてないはずだよ」

「だ、だったら捜査を攪乱《かくらん》する」

「忠告その二。いかなるときも客観的視点を徹底させること。そもそも戸賀崎喜和子が殺されたとなれば、みちるが長年調査を依頼してきた探偵が真っ先に通報するに決まってる。それとも、かかわった人間すべてを消すつもりなの？」

とたんにみちるは口ごもり、考えあぐねて無意識に右手薬指の爪を嚙みはじめた。感情が先走った結果がこれだ。おそらく、彼女のなかではターゲットさえ殺すことができれば逮捕されようがかまわないと考えているのだろう。しかし金の面でわたしに協力させたい手前、それを気取られないよう振る舞っているに過ぎない。わかっていたことだが、人を利用するスキルが拙《つたな》いにもほどがあった。

八方塞がりで身動きが取れなくなっているであろうみちるに、簡単な質問をすることにした。

「みちるはビジネスがよくわかってない。お互いのメリットがあって初めて契約は成立するものだよ。とすると、わたしが協力する利点はなんだと思ってる？」

「金が入る」

みちるはぼそりと言ったが、わたしは手をひと振りした。

「どこかの悪党から小金を巻き上げたとして、それはメリットというより労働対価でしかないよね。でもみちるにとっては、金が入って喜和子も見つけられるという二重のメリットがある。つまり、わたしがみちるに協力してもこれといった利点がないんだよ」

言葉を返せないみちるに、わたしは言い募った。

「ここで忠告その三。物事を多方面から考え尽くす癖をつけること。みちるは目的のためなら無理してでも最短距離を行こうとする。だから無茶で危険なことも平気でするし、リスクを甘く見すぎている」

「危ない橋を渡らなければ復讐なんてできるわけない」

「それが思い込みなんだよ。だいたい、ターゲットを殺すことが復讐になるの？　拷問して殺したとしても、喜和子は一時の痛みと恐怖しか感じないわけだし」

「あの女が、痛みと恐怖に震えて死ぬところが見たいんだよ」

勢いにまかせてそう吐き出した彼女に、わたしはにこりと笑いかけた。

「ほら、それが本音だ。要するに、物事のすべてはみちるがいかに満たされるかのアイテムと化してるよね」

わたしはトートバッグからスマートフォンを取り出し、いくつか検索して内容に目を通した。

「個人的な意見だけど、復讐と言うからには相手にとっていちばんのダメージを選択すべきじゃない？」

「殺されることは、だれにとっても最大のダメージだよ」

「そうかな」

わたしは首を傾げた。

「ターゲットは七十の老人で、わざわざ殺さなくても死はそう遠くない未来にやってくる。なすすべもなく絶望しながら、苦しみのなかで残りの寿命を全うさせることが最大の復讐じゃないのかな」

わたしはスマートフォンに目を落としながら続けた。

「戸賀崎一家が事故に遭った直後、葬式も出さないうちにみちるの両親を告発した。自分も重体で身動きが取れなかっただろうに、何を措《お》いても告発を優先した。なんでかな」

「さっきも言ったでしょう。死んだ社長の悪事が表沙汰になるのを防ぐためだよ」

「それはだれにでも見える表面上のことだ。その裏側にはどんなものが見える？」

わたしは上目遣いにみちるを見たけれども、彼女は質問の意図を測りかねているようだった。

わたしは再びスマートフォンに目を落とした。

「喜和子がみちるの両親に猶予を与えて、横領した十四億の返済を迫ったと探偵の報告書には書かれている。莫大な資産を持つ戸賀崎グループトップが、夫と娘の死よりも先にたった十四億のことで騒ぎ立てた」

「だから、社長の悪事を隠すためなんだって」

みちるはじれったそうにそう言ったが、わたしは首を捻った。

「社長の犯罪行為を隠蔽することの本質は、会社の負のイメージを回避するため。ああいう大企業は株主だの取締役会だのファンドだの、そういう連中には逆らえないようになっている。喜和子は、総会で解任決議されて代表権を失うことをいちばんに恐れたんじゃないかな」

「代表権？」

「うん、わたしにはそう見える。先手を打って被害者の立ち位置を確保しなければ、保有してる莫大な不動産と株価の下落にもつながるはずだからね。会社で犯罪行為に対する取得条項が設けられていたのかもしれない。喜和子は夫と娘の死を悲しむよりも前に、戸賀崎グループと自分の権利を守らなければ持ち株も立場も失う可能性があった」

みちるは怒りに震えながらも耳を傾けていた。

「これでいろんなことが見えたでしょ」

「何が」とみちるは未だ周りを見ようとはしない。わたしは苦笑いを浮かべた。

「喜和子がもっとも恐れているのは会社に関われなくなることだよ。夫と二人で築き上げてきた会社を追われることが、絶望であり死よりもつらいダメージなんだと思う」

みちるはむっつりとして考え込んだが、やがてかぶりを振った。

「戸賀崎喜和子は認知症で、今はグループの経営を甥《おい》が握っていると調べがついている。もうすでに会社を追われたも同然の老いぼれだよ」

「違うね。追われるどころか、喜和子はグループにとっての脅威そのものだよ」

わたしはスマートフォンの画面をみちるに向けた。

「なんせ戸賀崎グループの筆頭株主は喜和子だから」

「筆頭株主って、いちばん株を持ってるってことだよね」

「そう、大株主のなかでいちばん保有数が多い。事実上、認知症の老人が会社の経営権を握ってるのと同じだよ。喜和子にさっさと消えてもらいたい人間は内外にうじゃうじゃいるだろうね。身を隠さないと危ないぐらいに。だから見つからないんだよ」

どの程度の認知症なのかは知らないが、株主総会で議決権を行使することに問題はないと見える。そうでなければ、取締役会議によってとうの昔に解職されているはずだからだ。あるいは、取締役会が自分のシンパのみということもある。要するに、喜和子にはまだ資格喪失事由が生じてはいないのだった。

わたしはスマートフォンを卓袱台の上に置いた。

「どうやら、ターゲットを追ってるのはみちるだけじゃなさそうな展開だよ。それで、何か心境の変化はあった？」

眉根を寄せて腕組みしているみちるは、一瞬だけわたしと目を合わせた。

「心境の変化はない。でも、わたしが喜和子を殺せば知らないやつが得をするかもしれない。そんな状況は作りたくない」

「いいね。メリットを独占したいって考え方、嫌いじゃないよ」

わたしが満面の笑みを浮かべると、みちるは急にすっと立ち上がってシンクの前にある小窓を細く開けた。そして隙間を指差す。

「あそこ、あの白っぽい家」

わたしも立ち上がり、みちるの隣に立って指差す方向へ目を細めた。二階建ての洋風家屋で、モルタルに吹き付けを施した外壁が劣化でくすんで汚らしい印象だ。玄関脇にはどぎつい色のペチュニアの鉢植えが並び、子ども用の自転車が無造作に横付けされている。

わたしは食い入るように家を見つめているみちるに声をかけた。

「あの家が何？」

「わたしが生まれた家」

わたしは思わずおかしな声を出し、信じられない思いでみちるの顔を見た。

「買い戻したい実家ってあれなの？」

こくりと頷いたみちるは、懐かしさと切なさを同時に味わっているようななんともいえない表情を浮かべていた。わたしは無言のまま小窓をぴしゃりと閉め、みちるの肩に手を置いた。

「ここを引っ越しな」

「嫌だよ」

「精神衛生上よくないから言ってんだよ。別の家族が幸せそうに暮らす実家を、どんな心境で眺めてんの？」

「毎日、おかしくなりそうなほど嫉妬してる」

わたしはメガネを雑に押し上げ、みちると間近で目を合わせた。

「そういう負の感情が復讐の原動力なんだろうけど、まずは自分のやるべきことに集中しないと。今のみちるには雑念が多すぎる。だから感情のまま突っ走るんだよ」

わたしはため息をつき、顔にかかる後れ毛を耳にかけた。是が非でも我が物にしたい元実家の目の前に住みつき、それによる嫉妬で日々苦しみ、なおかつ写真だらけの寝室は憎しみが渦巻く地獄と化している。若い女の生活ではないどころか、まともな人間の暮らしではない。

わたしは彼女の肩をぽんと叩いて定位置に腰を下ろした。

「わたしがいるホテルにおいで。当面は隣の部屋に住めばいい」

「そんなのは金の無駄だ」

「わたしが借りてる部屋だよ。見たことないだろうけど、世の中にはいくつもの部屋がある客室が存在するの」

わたしだってプライベートはひとりでいたい人間だし、過去にも同居や同棲は一度も経験がない。しかし、パートナーには少しでもまともな感覚をもってもらわないと困るのだ。

わたしは決定事項として彼女に告げた。

「今後も一緒に行動するなら、一旦ここを離れてもらう。常に怨念を撒き散らしてる人間と仕事しても愉快じゃないからね」

「それは脅しだと思う」

「そう受け取ってもらって結構。ところで、みちるが調査を依頼してる探偵に会わせてもらえる？　話を聞きたい」

みちるは主導権を握られて不服そうだったけれども、損得を勘定してわたしに従うことを選んだようだった。賢明な判断だ。

第二章　探偵と詐欺師

1

五月も後半に入ると夏の匂いが一段と濃くなり、ずいぶん傾いた西日が道路沿いで花を咲かせているピンク色のツツジをひときわ鮮やかに見せていた。沿道では紺色のつなぎを着た作業員が街路樹の剪定《せんてい》に勤《いそ》しみ、整頓された街作りにひと役買っている。噂に違《たが》わず、この国の人々はみな勤勉で規則正しく見える。だれもいない赤信号でも確実に車は停まり、滅多なことでクラクションも鳴らさない。治安のよさは驚くほどで、帰国してから危険を感じたことは一度もなかった。が、どこへ行っても似通った景観に見え、いささか物足りなさを感じてしまう自分がいる。人間の愚かさや汚らしさほど刺激的なものはないうえに、それこそが自分の生きるステージだと思っている。みちるの復讐劇に首を突っ込んでいるのも、行きがかり上ではなく無意識の必然なのだった。

狭苦しい軽自動車の助手席に収まり、わたしはクッション性の乏しい硬いシートにもたれていた。窓を細く開けると、ジャスミンであろう濃密な匂いが風とともに吹き込んでくる。みちるは背筋をまっすぐに伸ばしてハンドルを握り、周囲への注意を怠らない模範的な運転に終始していた。本来の彼女は、決め事を遵守《じゅんしゅ》する生真面目な性格であることは間違いない。

「日本は湿度の高さが異常だよね。ジャカルタへ行ったときもこたえたけど、体感的にここはそれ以上のような気がする」

わたしが外を眺めながら口を開くと、みちるはちらりと視線だけを向けてきた。

「花粉もすごい。帰国したとたんに花粉症になったし、まだ体が慣れないよ」

「質問したいんだけど」

いつものごとく、みちるは出し抜けに切り出した。会話のキャッチボールをするつもりがないらしい。

「藍は一生遊んで暮らせるだけの金をもってるって言ってたけど、どうやってそれほど稼いだの？　まだ三十三なのに」

みちるは赤信号で静かに停まり、助手席に顔を向けてきた。あいかわらず血色が悪く、目にかかるほど長い前髪が鬱陶《うっとう》しい。飾り気のないTシャツに穴の開いたデニム姿はもはやみちるの制服だ。不思議と不潔感はないものの、近寄らないほうがいいと警戒される雰囲気を醸し出していた。

わたしは運転席のみちるをひとしきり観察してから反問した。

「参考までに聞くけど、みちるの予想は？」

「結婚詐欺とかハニートラップ。藍は美人だし、資産家の男を騙してまわったのかなと思ってる」

「まあ、王道だよね。そのあたりの詐欺は手っ取り早いしスキルもそれほど必要ない。でも、結婚詐欺は対象の男と恋愛関係にならなきゃならないよ。心の底から無理」

「金のために割り切ればいいだけだと思う」

「そういう自分は？」

とたんにみちるはもごもごと言葉をにごし、意味もなく目をこすった。切実に金に困っている女にとって、身を売るという手段が脳裏をよぎる瞬間はあるだろう。売春はライフライン的な意味合いをもつ場合もあると思っているし、一概にすべてを否定できるものではない。しかし、一度足を踏み入れれば後戻りできないという恐怖やジレンマに晒されることにもなる。わたしには到底向いてないし、みちるもその部分の価値観は似通っているようだった。

しばらく考え込んでいた彼女は、「自分にはできない」とあらためて確信したかのようにはっきりと口にした。わたしはひとつだけ頷いた。

「そもそも、資産家との結婚は言うほど簡単ではないんだよ。警察に足がつくのも速いしね」

みちるは首を傾げながら、青に変わった信号を見て緩やかにアクセルを踏み込んだ。

「じゃあ、藍は細かい詐欺の数をこなしたの？」

「それも性に合わないな。大多数の詐欺師が群がってるような市場は避けてる。めんどくさいし興味もないし、何より手間ばっかりでたいしたお金にならない」

みちるはナビに従いながら新横浜駅を左折し、ビルの建ち並ぶ大通りを直進した。土曜日のためか軽い渋滞が起きている。わたしは運送屋のトラックや営業車に目を細め、話の先を続けた。

「今までだれにも話したことがないんだよ。うっかり知人に手の内を明かしたことで、あっという間に逮捕されたり報復されたりした同業者をさんざん見てるしさ」

「わたしなら心配ない。口は堅いから」

わたしはふふっと笑った。

「さっきまでパーティーをやってたとはいえ、みちると会うのは三回目だよ。まだ信頼関係もできてないし、企業秘密を話すにはジキソウショウ……あれ、ジキショウソウだっけ。ニホンゴッテムズカシイネ」

おどけるわたしを冷ややかに見やり、みちるは小さく舌打ちした。

「わたしの秘密は洗いざらい告白させたくせに、自分は何ひとつ話さないってフェアじゃない。もしかして、わたしに手口を盗まれるのを恐れてるの？」

「ぜんぜん恐れてない。だって、どう足掻《あが》いたってみちるには無理だもん」

わたしは無邪気な素振りでにこりとし、眉根を寄せて不快感を示している彼女に言った。

「今後、みちるがわたしを脅してお金を要求しないとは言えない。あるいはほかのだれかと組んで、わたしを陥れるかもしれない。お金に執着しているみちるにとって、手っ取り早く稼ぐ方法はこれだしね」

「わたしを舐めてるの？」

みちるは車線を変更しながら低い声を出した。

「たった三回でも、藍を見てれば簡単に金を出すような人間じゃないことぐらいわかる。いくら脅しても陥れても、どうやったって金にはたどり着けないように工作してるに決まってる」

「なんだ、よくわかってる。理解力のある子は好きだよ」

わたしが腕を伸ばして頭を撫でると、みちるは素早く手で払って横目で睨みつけてきた。

「まあ確かにフェアじゃないし、少しだけ教えてあげよう。数年前、わたしは水中考古学者になり切って、アトランティス大陸の発見をぶち上げた」

みちるは予想もしていなかったであろう言葉になおさら訝しげな顔をした。

「アトランティス大陸って、エーゲ海に沈んでるっていうあの大陸？」

「だいたいはその認識で合ってる。大昔から、大陸発見を主張する者は大勢いた。でもまあ、個人的にアトランティス大陸は実在しないと思うよ。消えた文明にはロマンを感じるけどね。わたしはあえてそこを狙った」

「それがどうやったら金になるの……」

みちるは半信半疑どころか、自分を煙に巻くための口からでまかせではないかと疑っているようだ。わたしはのろのろと走る車列を眺めながら先を続けた。

「大多数の者にはどうでもいい話でも、そこに大金を積む酔狂な人間もいる。わたしはアラブの悪徳石油王をターゲットにした。彼はトレジャーハンター気取りで、世界各地の歴史的遺産を荒らしまわっててね。表向きは発掘隊に出資してる企業家なんだけど、お宝が見つかれば独占する。足がつかないように作業員を殺してるって噂もある外道《げどう》だったよ」

「よくそんなやつを見つけたね」

「詐欺は標的の選定がいちばん重要。ここが間違っていなければ高確率で成功する」

このときのターゲットは生まれついての富豪であり、望むものはなんであれ手に入れられる環境で生きてきた。だからこそ、自分でも手の届かないものへの憧れと執着が並外れていた。その物欲やある種の支配欲を満たすものが歴史に埋もれてしまった財宝だ。この男にとっては宝探しゲームと一緒で、歴史や文化に興味があるわけではないというってつけのカモだった。

「わたしは、アトランティス大陸はエーゲ海じゃなく黒海に沈んでると人伝《ひとづて》に富豪に吹き込んだ。世界的な大発見だけに、出資者を慎重に選んでるってね。そのうえで、大企業をバックにつけた発掘チームに権利を主張される前に、公表に踏み切るしかないと匂わせた。これを聞いた富豪は前のめりで食いついたよ」

「本当に？　明らかな詐欺にしか聞こえない。しかも穴だらけの陳腐な詐欺」

「プロットだけ見ればそう思うよね。でもわたしは大規模な調査報告書を捏造《ねつぞう》したし、肩書きも完璧に作り上げた。テキサス大学で船舶考古学の学位を取得し、多くの発掘プロジェクトにも参加。引退した恩師と組んで活動し、最新技術を駆使してアトランティスらしき遺跡群を発見した」

「全部デタラメなの？」

「もちろん」

わたしはにっこりと笑った。

「でも、何を聞かれても答えられるだけの勉強はしたんだよ。フォトグラメトリを使用した３Ｄ水中地形図のこととか、基本的な沈没船の知識、それに発掘に参加した設定の場所の知識だね。ギリシャのフルニ島とか、コスタリカの奴隷船《どれいせん》とか、十六世紀のポルトガルの造船技術なんかも頭に入れたなあ。ドローンの操縦もこのとき習得したしさ」

「いくらなんでも無理がある。学者の知識と経験を乗っ取るとか、並大抵のことではできないよ」

「そう、そう。だれにでもできないからこそ価値があるし利益を独占できるんだよ。準備には一年以上かかったけど、完璧に筋を通したからね。論文を発表したら有名ジャーナルもうっかり騙されて掲載すると思う」

みちるはハンドルを握りながら渋い顔をした。

「準備に一年以上もかけたら割に合わない。結局それでいくら稼いだの？」

「約三千万ドル。日本円にすると三十三億ぐらいかなあ」

運転席の彼女はがばっと横を向き、「三十三億……」と口許をぴくぴくと引きつらせた。

「まあ、そのときはいくつか偽の財宝を掴ませる必要もあったから、もろもろの経費を引けば純利益は三十億ってとこかな」

「……信じられない。こんなインチキくさいことに三十億も出すとか」

「だよね。でも相手は石油王なわけだし、彼からすれば小銭みたいなもんじゃない？　だからほかのダメージも与えておいたよ。この富豪の悪事を、証拠つきでＣＮＮとＢＢＣ、それに各国の新聞社なんかにも送った。なかなか派手な騒ぎになったから、結果的に王族から追放されたらしい。宗教にも反してたみたいだし」

彼がわたしを血まなこで捜しているという情報は得ているが、見つけられるわけがない。国籍も経歴もすべて偽りだし、何より変装には自信があるからだ。たとえわたしが目の前に立っても気づかないだろう。

みちるはわずかに頬を赤くし、まっすぐ前を見据えながらわたしに対する考えを再検討しているようだった。どこまでが事実なのかと疑っている節はあるけれども、俄然、興味が膨れ上がっているように見える。

わたしはシートにもたれて顔だけを彼女に向けた。

「どう？　詐欺って安っぽい犯罪のイメージあるけど、実は奥深いと思わない？」

「奥深いも何も、普通はそんな手口を実行しようとは思わない。いや、ボロが出るからやりようがない」

「まあね。自分の能力以上のことはやらないほうが無難ではある」

「ほかにはどんな手口があるの？」

みちるは我慢できないとばかりに問うてきた。わたしが大金を稼ぎ出したことへの羨望と、特殊な手口への好奇心が隠せないでいる。

わたしは少し考え、もうひとつだけ口にした。

「ニワトリの胚《はい》がもつＥＳＰ、つまり超感覚的知覚の研究証明かな」

「わけがわからない」

「ニワトリの卵は安全に孵化《ふか》できるように特殊な能力を使って環境を変化させる」

「ますますわからない」

みちるは急くように言い、話の続きを待ちわびた。

「孵卵器《ふらんき》に卵を入れたまま電源を切ると、生命の危機を感じ取った卵がみずから外気温を調整して温度を一定に保とうとする。胚による無意識の超能力。簡単に言うとこんな感じ」

「バカげてる」

みちるは即答したが、どこか期待に胸膨らませているのがわかった。

「一見バカバカしいけど、生命には理屈では測れないことがある。こういう超常現象を真面目に研究してる団体は意外に多いんだよ。日本にも超心理学会ってものがあるからね。アメリカにも無数にあって、霊感商法まがいで荒稼ぎしてる研究所をターゲットにしたわけ」

心霊や宗教といった結論の出ない分野は何かと金になる。逆にわたしは学術的なアプローチをすることで研究所に資金提供を促し、結果的に低級な詐欺師どもをまとめて刑務所送りにした。

「懐かしい……あの研究所の人たち、今ごろどうしてるんだろうな。ニワトリの胚ESPを大々的に発表して各所から顰蹙《ひんしゅく》を買って、信者には高額訴訟を起こされて最後には逮捕されてたけど」

「藍は悪人を裁くことを目的にしてるの？」

「そんなわけない」

わたしは笑った。

「彼らは単なる出がらしだよ。お金をむしり取ったあとは、用なしだから目の届かないところへ行ってもらっただけ」

中原街道を進んでいたみちるは、小さく頷きながらも神妙な顔をした。

「霊感商法にしても悪徳石油王にしても被害者が大勢いる。藍が奪った金はもともと被害者のものだよ」

わたしはため息をつき、あらためてみちるの顔を見た。

「取ったお金を被害者に返すべきだってことを言ってるんなら、とんでもない偽善だよ」

「偽善じゃなくて事実を言ってる」

「何事も元をたどって救済してたら世の中は機能しなくなる。自力で這い上がれない者は、苦しみのなかで生きるしかないんだよ。これが世界共通の現実だし、大昔から変わっていない。だからみちるは苦労してるんじゃないの？」

彼女はぐっと顎を引き、否定も肯定もせずに口をつぐんだ。

「そもそも詐欺師をやってる時点で倫理観は崩壊してるんだし、そんな人間に道理を説くのはナンセンスだと思うけど」

「でも藍は悪人からしか金を取らないし悪党を滅ぼしてもいる。被害者を思ってるからじゃないの？」

「単に連中が目障りだからだよ。でも、みちるがそう思いたいならそういうことにしておく。悪党が破滅するさまを見れば、被害者もちょっとはすっきりするかもね」

納得していないみちるは静かにアクセルを踏み込んだ。生真面目で道理を重んじ、余裕がないくせに弱い者を思いやる心まで備わっている。これがみちるの本質だ。それを思えば、今の状況に身を置いていることは彼女にとって耐え難いはずだった。両親の死や横領の罪を着せられた事実がなければ、世の中の裏側など気にもせずに生きていたことが想像できる。が、世界はある日突然、簡単に裏返るものだ。そうなれば親しかった者は曖昧な顔をしながら去り、自身の悪意だけが日に日に膨らんでいく。

わたしはメガネを押し上げ、ぎゅっと目をつむって頭に湧き出した雑念を追い払った。

「ところでさ。なんで高速使わないの？　下は混んでるし苛々するんだけど」

「電車なら溝の口まで四十分もかからないし、往復で千円を切る。それなのに藍がレンタカーを借りたんだよ」

「プライベート空間は何よりも大事だからだよ。電車だったら話もできない。というか、なんで軽を借りるかな。もっとクッション性のいい車がよかったんだけど」

「金の無駄だから」

みちるはにべもなく言った。金を使うことへの抵抗感がなかなか根強いようだ。

2

混んでいる厚木街道を通って国道へ進み、探偵事務所のある溝の口に到着した。

いくつかの路線が乗り入れているようで、複合施設のある駅ターミナル近辺は賑わっていた。商店街にも活気があり、再開発されたらしいこの土地は隙なく整備されている。交通の便や行き交う人々の印象から察するに、ファミリー層に人気の場所なのだろうか。小さな子ども連れやベビーカーを押す母親が目につき、みなそろって穏やかな面持ちをしている。満たされた者が傍目にも多かった。

そんな駅前を横目に、わたしたちを乗せた車が向かったのは古い戸建てやアパートの建ち並ぶ一角だった。みちるは突如として現れたコインパーキングに車を入れ、エンジンを停止した。

「雰囲気がこうもがらっと変わるとはね」

車を降りたわたしは、伸び上がりながら周囲に目を走らせた。苔《こけ》むしたブロック塀や枯れた生け垣に囲まれた一軒家が点在し、もう夕方の四時をまわっているのに集積場に積まれたゴミ袋がそのままだ。ルールを無視してゴミを出す者が多いらしい。アスファルトはすり減って路面標示が消えかけており、デコボコした道路工事の跡も放置されていた。加えて年季の入ったアパートも多く目につく。視界に入るすべてがすすけ、茜色の西日がなおさら町並みを寂しく見せていた。

　みちるのあとについて観察しながらぶらぶらと歩いていると、彼女は右手にある箱型の雑居ビルの前で止まった。

「ここ」

　そう言って四階建てのビルを見上げる。海老茶色《えびちゃいろ》に塗られた外壁には雨水が滴《したた》ってできたとおぼしき筋が無数に走り、大胆に入ったひび割れの修繕跡も無造作だ。築四、五十年は経っているだろう。ベランダの柵には錆《さ》びが浮き、コンクリート剝き出しの内階段には立ち枯れた植木鉢がいくつも並んでいた。

「帰国してからこういう場所に初めて来た。雰囲気あるね」

　わたしはそう言いながらあらためて薄汚れた雑居ビルを見上げた。二階の窓には「浮気調査、家出調査、素行調査」と白抜きのゴシック体で書かれた紙が貼られ、黄色と黒の警戒色で「秋重《あきしげ》探偵事務所」と掲げられている。ここへ来る道すがらネットで調べた限りでは、公安委員会から探偵業の証明書は確かに発行されていた。この胡散臭《うさんくさ》い見た目ながら営業形態はまともなようだ。

「よくこんなとこ見つけたね。検索してもずっと下のほうにしか出てこないのに」

　わたしは足を踏み出しながら言った。みちるも続いて雑居ビルのエントランスをくぐる。

「都内近郊の探偵事務所でいちばん安かった。有名なところだと倍以上は違ってくる」

「へえ。やっぱりみちるの感覚はおかしいと思うわ。いや、これはもう日本人特有なのかな。安いのは安いなりの仕事しかしないからだろうに」

「そんなことない。安くてサービスも品質もいいものなんていくらでもある」

「ほとんどの場合、安くていいものは道理に反するからできるもの。そのツケがどこにまわってくるのかをよく考えな」

みちるはむっとしてわたしの脇をすり抜け、寸詰まりの階段を駆け上がった。わたしも後を追うと、彼女は錆びの浮いた鉄板のようなドアの前で立ち止まっている。ネームプレートには「秋重探偵事務所」と書かれた折れ曲がった紙が挿し込まれており、これを見ても依頼する気持ちを保っていられたみちるにはほとほと驚かされた。

みちるが鉄板を二回ほどノックすると、ほどなくしてきしみながらドアが開かれた。

「ああ、こんにちは。急にどうしたんですか？　留守電に『これから行きます』なんて入ってたから驚いたんですよ。なんだか深刻な様子だったし」

顔を出したのは無精髭《ぶしょうひげ》がむさくるしい中年男だった。色落ちしすぎたダンガリーシャツに膝の抜けたチノパンを穿《は》き、足許は履き潰したような黒いスニーカーだ。髪はこざっぱりと短く整えられているものの、痩せぎすで猫背の姿勢からは貧相という言葉しか浮かばなかった。四角いフレームのメガネが鼻先までずり下がり、なおさらだらしなさを煽っている。依頼を破格の値段で請け負う探偵は、五十代の半ばといったところだろうか。眉間には三本の深いシワが刻まれ、剃り残された髭と髪には白いものが混じっていた。

秋重は中指でメガネを上げ、みちるの背後に立つわたしに気づいて顎を出すようなお辞儀をした。

「ええと、そちらは新規のお客さん？」

「上条さんの付き添いですよ」

すかさずわたしが言うと、秋重はくどい二重の目をぱちくりさせてしばらく口を閉じた。

「ああ、すみません。上条さんがだれかを連れてくるのは初めてだから、ちょっとびっくりしてしまいまして」

男は目尻にシワを寄せて薄く笑い、「どうぞ中へ」と室内へ手を向けた。

秋重探偵事務所は、引っ越してきたばかりなのだろうかと思うほど段ボールがあちこちに積まれていた。十畳にも満たない空間の中央には安っぽい応接セットが置かれ、窓側に事務机とパソコン、そしていくつものファイルが収まった収納棚が目に入る。出入り口の脇には小さなシンクと電子レンジ、申し訳程度の吊り戸棚……ざっと内容はこんなものだ。わたしは一瞬のうちに室内の様子を把握した。

満足に窓を開けたこともないのではないだろうか。空気が重く淀《よど》んでかび臭く、射し込む西日が埃に反射してきらきらと光っている。ねずみ色のカーペット敷きの床に綿埃が溜まっているのが見え、わたしは発作的にくしゃみをした。

わたしたちが促されるまま合成皮革の黒いソファに腰を下ろすと、秋重はいそいそとシンクへ向かって吊り戸棚からグラスを用意した。ペットボトルのお茶を注いでお盆に載せ、せかせかと引き返してガラス張りのローテーブルに置く。

「あいにくコーヒーを切らしているもんで」

「おかまいなく」

わたしは儀礼的に目礼し、とても口をつける気にはなれないほど曇り切ったグラスを眺めた。が、みちるはかまわずすぐさまお茶を呑み干し、秋重は慌てたようにペットボトルから再び注ぎ足した。

「今日はどういった用向きですかね。次回の報告は来月の二日ですけど、何かまずいことでも起きましたか？」

秋重は使い古された手帳とペンを持って大仰に向かい側へ腰を下ろし、何度か座り直してから革ベルトの腕時計に一瞬だけ目を落とした。

ロレックス、チェリーニプリンスのホワイトゴールドウォッチ。わたしは素早く確認した。ロレックスにしては地味な薄型時計はドレスコードを意識して選ばれることが多く、価格帯も比較的安い。もっとも、袖口が擦り切れるほど洗い晒したダンガリーシャツを着る美的センスの人間が選ぶような時計ではなかった。ある種の厳格さを求める者が、あえて手にする時計ではないだろうか。

わたしはしょぼくれた男を真正面から観察した。姿勢が悪いためにどこかおどおどとして見え、どう考えてもこの探偵に金を払って何かを依頼する気にはなれない。

みちるは二杯目のお茶を半分まで呑み、わたしに目で合図を送ってから小さく息を吐き出した。

「今後、この人と一緒に戸賀崎喜和子を捜すことにしました」

「はい？」

秋重は前置きのない断言に首を傾げた。みちるはもうすべての説明を終えたとばかりにソファにもたれている。わたしは苦笑いを浮かべた。

「すみません、急で。わたしは佐々木です。彼女が人捜しに苦労しているのを見て、何か手伝えないかと思ったもので」

当然のように偽名を伝えながらおもむろに立ち上がり、社名や広告で埋め尽くされた窓辺へ行った。秋重は訝しげにじっと目で追っている。わたしはきょろきょろと周囲を見まわしながら茶目っ気のある笑みを作った。

「探偵さんを見た瞬間から『名探偵ジョーンズ』を思い出したんですよ。この事務所も雑然としていかにもって感じだし。ああ、これは褒め言葉です」

「名探偵ジョーンズって……あの年寄りが主人公のアメリカのドラマ？」

「よくご存じで。渋い魅力のある男性が主人公のドラマですよ」

わたしが言い直すと、秋重はメガネを中指で上げながらますます怪訝な顔をした。

「失礼ですが、あなたはおいくつなんですか？　あれはかなり古い作品だし、若い女性が見てもつまらんと思いますが」

「そんなことないですよ。古典作品には現代にはない魅力がありますから。というか、あなたこそ見てらっしゃるんですね。さすがは探偵さん」

わたしは窓に貼りつけられた広告の隙間から、表を窺うような格好をした。同時に、ずらりと棚に挿し込まれているファイルへ目を走らせる。背表紙に年月日と「調査報告４－２」と書かれた黒いファイルだけが、わずかに棚から飛び出していた。わたしは物珍しいとばかりに周囲を眺めながら歩き、何気ない調子で棚から飛び出した一冊のファイルを上から覗き込んだ。

やはり、思った通りだ。わたしはふうっと息を吐き出しながら心の中で頷いた。バインダーには何も挟まれていない。この棚に並んでいるファイルの大半はダミーなのだろう。立ち居振る舞いなどから、探偵という業務をこなしているような雰囲気が微塵も見えないのは思い違いではないはずだ。この事務所のすべてが、営業を偽るためのアイテムに過ぎないと思われる。

そのまま事務机の方へ目をやると、天板にうっすらと埃が積もっているのが見て取れた。わたしはにこりとして振り返った。

「探偵業ってお忙しいんでしょうね。ほかのスタッフは調査に出ているんですか？」

「ええ、そうです。張り込みとか尾行とか、何かと手間暇のかかる業務がほとんどですからね」

わたしは頷きながら元の位置へ腰掛けた。そして男の顔をまっすぐに見つめた。

「上条さんの依頼の件ですが、率直にお聞きします。ちゃんと調査はされていますか？」

その言葉に秋重は一瞬だけ顔を強張らせたが、すぐ情けない笑みを見せて頭を掻いた。

「ずいぶんと率直ですね。質問の意味はわからんですが、もちろん調査はおこなっていますよ」

「相場にくらべてかなり安いし、質のほうはどうなんだろうと思ったもので」

「ああ、そのことですか」

探偵はさらに目尻を下げた。

「うちは少人数でやってるんで、はっきり言ってしまえば大手のような人海戦術はできません。当然、時間もかかってしまうんで、そのぶん料金を安く設定しているというわけですよ」

「なるほど、納得しました。ただ、上条さんがおたくに人捜しを依頼してからすでに七年が経っている。調査に時間がかかるとはいっても、彼女に渡した報告書がファイル一冊分しかないのは常識的に考えてもおかしな話ですよ」

　秋重は乾いた唇を舐めてグラスを取り上げ、お茶を口に含んで言い訳をひねり出そうとしている。みちるは急な話の展開に言葉を失い、探偵の顔をじっと見て固まっていた。今までさまざまな事態に追い詰められてきた彼女は常に余裕がないし、常識の観念からも大きく外れている。だからこそ、こんな初歩的な詐欺にも簡単に引っかかるのだ。

　わたしは追究の手を緩めなかった。

「七年間で調査費はおよそ二千万。探偵さん、いくらなんでも小娘だと思って舐めすぎでしょう。あなたが寄こした調査報告は、週刊誌だの新聞だのを見ればわかる程度のものしかない」

「い、いや、それは言いがかりというもんですよ。それに費用は正当です。よそに依頼したとすれば、この倍では済まない金額になるはずですから」

「それは、『正当』に調査していればの話です。あの報告書は半月もあればわたしでも書ける。この七年間、あなたの稼働時間は半年にも満たないんじゃないかな。それでまんまと二千万をせしめた」

　すると「待って」とみちるが横から話を遮った。突然のことに相当混乱しているのが見て取れる。

「わたしは騙されてない。この人のことは嫌いだし肩を持つつもりもないけど、金さえ渡せばわたしのほしい情報を探してくれたことは間違いない。こないだの政治資金パーティーも、この人がすべてを手配したわけだし」

　ここで騙されたのだと認めることは、みちるの人生を否定することにもつながる。二十代に入ってからの泥水をすするような七年間、実は一歩も前に進んではいなかったという事実を受け止めるのは彼女に限らずそう簡単ではない。

わたしは、落ち着いて見えるけれどもどこか必死さが透けているみちるを憐れな思いで見つめた。今、酷な現実を受け入れなければ、求める真実から遠ざかるだけだ。

そのとき、秋重が咳払いをして口を挟んだ。みちるだけなら丸め込めると確信したようで、ぎょろりとした大きな目には安堵と小狡《こずる》さが浮かんでいた。

「何か誤解があるようですが、うちは営業許可もある真っ当な興信所です。依頼料や調査日数なんかは依頼主が納得していればいい話ではないですか。だいたい、急に出てきてあなたは何者なんですか？」

「それを説明する義務はないですよ。あなたもおわかりの通り」

秋重はメガネを指で押し上げ、呆れたとばかりに空笑いをした。わたしはいささか身を乗り出し、首を傾げて探偵の顔を下から覗き込んだ。

「彼女のようなカモを、ほかに何人ぐらい囲ってます？」

「もう議論する価値もないな」

秋重はかぶせるように言い、腕時計に再び目を落とした。穏便に話が進むことを願っていたが、まあ、そう都合よくいくはずはない。

むっつりとグラスを片付けはじめ、もうさっさと帰ってくれと態度で示している秋重に再び問うことにした。

「この事務所には段ボール箱がたくさんありますけど、これは全部調査資料とか仕事にかかわるものなんでしょうね」

「……当然そうだが、あなたの話は脈絡がなくて疲れます。信じられないぐらい無礼でもある。これはどう見ても名誉毀損だよ。あなたには社会通念というものがないようだ」

秋重は警告めいた低い声で言った。わたしはふふっと笑った。

「いかにも世間知らずな連中はちょっと脅せばどうにでもなる。法をちらつかせて駄目押ししてやろう。おそらくこんなことを思ってますよね？　若い女ってだけで頭が空っぽだと考えないほうがいい」

図星かつあまりの腹立たしさでぴくぴくと目尻を震わせている秋重を横目に、わたしはみちるに言葉をかけた。

「こんな状況だけど、忠告その四。周囲をよく観察して違和感を炙り出すこと。世の中、ちょっとしたところに情報は隠されてるからね」

「藍、いくらなんでもやりすぎだよ。わたしから見ても失礼の域を超えてる」

みちるは秋重とわたしを交互に見ながら、この探偵に見捨てられたらどうしようという不安に苛まれている。わたしはそんな彼女の腕をぽんと叩いた。

「みちる、わたしを信じな。まず手始めに、あそこに積まれてる段ボールの中身を確認してきてくれない？」

唐突に事務所の隅を指差したとき、「え？」と先に声を出したのは秋重だった。ソファからわずかに腰を浮かせ、段ボール箱のほうを振り返って驚きと焦りを顔に出している。今さっきまでの強気な態度から一変したさまを見たみちるは、瞬時に疑念を抱いたようだった。無言のまま立ち上がり、一直線に箱のほうへ向かう。

「いや、ちょっと！　勝手に何やってんの！」

秋重は慌てて止めようとしたが、無造作なたとう折りで閉じられている箱の口をみちるが開けるほうが早かった。そして彼女は動きを止めた。

「新聞紙だ……」

みちるは無表情のままぽつりと言い、いきなり箱を放り投げて下にあった箱の口も素早く開ける。そのまま埃をかぶった箱を次々に開封していったが、探偵業を裏付けるような資料はもとより、仕事を匂わせるような紙切れ一枚すらも見当たらなかった。なにせすべてが古新聞なのだから。

みちるは青褪《あおざ》めた険しい面持ちをし、身を翻して窓際にある古びたスチール製の棚へ足を向けた。

「ちょ、いい加減にやめなさい！」

秋重が制止しようと進行方向に立ち塞がったけれども、みちるは無言のまま押しのけて足を止めようとはしなかった。そして棚に収まっている無数のファイルを乱暴に引き出して中身を確認し、下に落とすという作業を機械的に繰り返す。彼女の足許は背表紙に年月日の入った空のファイルで埋め尽くされていき、みるみるうちに鬼気迫る顔へと変わっていった。

みちるは最後のファイルを棚から引き抜いて開き、それを粗雑に足許へ落とした。おろおろとするばかりの秋重の脇をすり抜け、今度は脇目も振らずに元いた場所まで戻る。そしてガラステーブルの上に置かれていたボールペンを引っ掴み、棒立ちになっている秋重の胸ぐらを掴んで引き寄せた。ペンの先を筋張った首に強く押し当てて、息がかかるぐらい近くで探偵に問うた。

「……わたしを騙したの？」

完全に目が据わっているみちるは、声にはならないかすれ声を出した。

「騙したの？」

すぐに、一字一字を抑揚なくはっきりと発音し直した。秋重は額に汗を浮かべながらペンを握っているみちるの手首を摑んで引き離そうとし、「お、落ち着いて」と何度も繰り返して目を泳がせている。しかし、彼女は聞く耳をもたなかった。いや、怒りのせいで一気に血が沸き立ち、探偵の声など聞こえていないようだった。

質問に答えない秋重を見据えたまま、みちるは怖いほど静かすぎる声を出した。

「騙したのか騙してないのか。それ以外を口にしたらこのまま刺す」

秋重は怯える目で助けてくれとこちらに訴えてきたけれども、わたしはソファにもたれたままただただ成り行きを傍観した。みちるの怒りは正当だ。七年もの間、この男は彼女が捨て身で作った金を搾取し続けたのだ。このまま刺されて殺されたとしても、それだけのことをやっている。が、だからこそ今の状況は絶好の好機だとも言えた。

秋重はこめかみからだらだらと汗を流しながらみちるを振り払おうともがいているが、煮えたぎるような怒りからくる力は女だろうが相当なものなのだろう。このまま刺されれば、位置的に頸動脈《けいどうみゃく》を傷つけて大出血を引き起こすかもしれない。そのさまを肌で感じているようで、探偵は懇願するようなうわずった声を発した。

「だ、騙してない。ち、誓って騙してないから落ち着いてほしい」

「質問にだけ答えろと言っている」

みちるが唇を動かさずに警告するなり、身体を強張らせている秋重は小刻みに首を縦に動かした。

「わたしを騙してないなら、段ボール箱とかダミーファイルを置いて事務所じゅうを工作してる理由は？」

「こ、公安対策だ」

「公安？」

「に、日本には探偵業法第十三条ってものがあって、年に一回、警官の立ち入り検査がある。そ、それ以外にも、犯罪捜査協力の名目で連中が頻繁《ひんぱん》に立ち入ることがあるもんだから、さっさと帰ってもらうために忙しさをアピールするためのものなんだよ」

秋重は何度もつっかえながら説明した。が、みちるはまったく信じてはおらず、首筋に押し付けたペン先にさらなる力をこめた。

「従業員を雇って探偵業を営んでいるなら、工作なんてするまでもない話だ。理由になってない」

「ほ、本当だ。客の調査資料は自宅にある。あ、空き巣に入られたことがあるから、重要なものは持ち帰ったんだよ」

わたしは硬いソファに身を預けながら鼻を鳴らした。

「そんな無用心な事務所はいらないね」

「あ、ああ、その通りだ。ここは近いうちに引き払うつもりだった。信じてほしい。ただ一点、ちょ、調査報告書を出し惜しみしていたことは認める」

みちるは一気に気色ばんだが、秋重は彼女の腕を摑んで懇願した。

「き、聞いてくれ。謝るから聞いてほしい。この業界ならどこでもやってることなんだ。調査を引き延ばして依頼人から金を引っ張るのは大手でも普通にやってるんだよ」

これは事実だろう。わたしは頃合いを見て立ち上がり、ふたりのそばへ行った。これ以上はみちるが勢い余って刺してしまいそうだ。

わたしは逃げ道のない探偵と間近で目を合わせた。

「ちなみに、みちるに渡してない調査報告書はすぐに出せる？」

秋重は過剰なほど何度も頷いた。

「事務机の下に鞄がある。今までの調査報告はそこに入ってるぶんで全部だ」

3

みちるは探偵が摑んでいる右手首を勢いよく振り払い、散乱しているファイルを踏みつけながら窓際の事務机に向かった。キャスターつきの椅子を撥ね飛ばして机の下を確認する。奥には使い込まれた黒革のブリーフケースが置かれていた。みちるはそれを引き出してねずみ色の天板の上にどさりと置き、急くようにファスナーを開けて中身をぶちまけた。

彼女の肩越しに覗き込むと、事務机の上には大量のクリアファイルが散乱していた。マーカーで日付や見出しが直書きされ、細かく仕分けされているように見える。ファイルの中身は書類もあるが、ほとんどが写真らしかった。

　みちるはクリアファイルをかき集め、それを抱えてガラステーブルに置いた。秋重は、血の気の失せた顔でわたしたち二人が腰掛けるさまを目で追うことしかできなくなっている。

「説明して。すぐに」

　みちるの毅然とした言葉に観念したのか、探偵はシャツの肩口に顔の汗をなすりつけてから元いたソファに腰を下ろした。

「そこにあるのは、す、すでに渡している写真の別アングルとか、同じものがほとんどだと思う……」

「わたしが見てないものを出して」

　秋重は止まらない汗をたびたびシャツの袖口でぬぐい、微かに震える手でクリアファイルを選別していった。みちるは瞬きもしないで手許を凝視し、この男に対する激昂をなんとか抑え込もうと腐心している。本当は騙された怒りや切なさで取り乱しそうだろうに、彼女はぎゅっと唇を引き結んで耐えていた。

　秋重は一枚のクリアファイルを抜き出し、みちるの顔色をたびたび盗み見た。

「か、上条さんは、両親が戸賀崎に殺されたに違いないと考えていますよね。自殺はあまりにも不自然だと」

「今でもそう疑ってる。自殺なら、手紙とか何かしらをわたしに残したはず。それもなく、ある日突然消えるように死んだなんて考えられない」

　探偵は小さく頷きながら、一枚の写真をみちるの前に置いた。それを見た彼女は目をみひらき、口を半開きにして引ったくった。

「何、この写真……」

写真は車を運転している彼女の父だった。助手席には母親の姿もある。真正面から捉えられたそれは鮮明で、写真の隅には二〇〇三年の六月十九日、二十三時四十三分という日時が印字されていた。わたしは写真を横から見ながら口を開いた。

「これは防犯カメラの画像？」

秋重は大きくひとつ頷いた。

「長野の松本インターで撮られた写真だ。料金所のレーンを減速しないで走り抜けたことで撮影された」

「入手ルートは？」

わたしの問いに、秋重は言いたくなさそうに口を開いた。

「ルートは警察だ。これはオフレコにしてほしいが、知り合いの刑事に金を握らせて流してもらった」

「……六月十九日の夜中に両親は長野にいた」

みちるは見たままを口にした。

「上条さんの両親の持ち物と車は、福井にある岸壁で見つかっている。ＥＴＣの記録も見せてもらったが、東名から中央自動車道、長野自動車道と現地へ向かうルートを使っていた。写真を見てもわかるが、自分たちの意志でそこへ向かったのは明白なんだよ」

みちるは言葉を失った。だれかに拉致《らち》されて連れて行かれたとも考えていたようだが、写真に残された二人はまっすぐ前を見据えている。これは証拠としては弱いが、少なくとも何者かに拉致された線は消えた。第三者の影がない。みずからの意志で現地へ向かった事実を隠し、調査を引き延ばしていた秋重の計算高さや不誠実さは醜悪の極みだった。

探偵はちらちらとみちるの様子を窺い、いつ声を荒らげて摑みかかってくるのかと気が気ではないようだった。しかし彼女は秋重のことなどすでにどうでもよくなっており、「両親は自分を捨てて身勝手に死んだのではない」という歪んだ心の支えが揺らぎはじめていた。

この一枚の写真は、幼い娘が眠った後の状況が克明に記録されていると言っていい。何者かに呼び出されたのか死へ向かったのかはわからないが、この時点で自宅を売却していたのだから、戻る意志はなかったはずだ。手紙などに思いを記すこともなく、みちるの人生を酷なものにした。

みちるは二十年前に写真に焼きつけられた両親を長いこと見つめていた。思い出のなかの二人とは異なるであろう姿を、必死に理解して受け入れようとしている。これでますます戸賀崎喜和子への憎悪が増すだろう。こうなったすべての原因が喜和子にあると強固に刷り込まなければ、自分のやってきたことの意味がなくなってしまう。

秋重は静まり返った事務所でごくりと喉を鳴らし、みちるの顔色を確認しながら小さく咳払いをした。

「これを出さなかったのは申し訳ない。自分の考えが足りなかった」

「……あんたの考えなんてどうだっていい。戸賀崎喜和子の居場所は？」

「いや、それは本当にわからない」

「七年もかけてわからない？」

みちるは両親の写真から目を逸らさずに平坦な声を出した。実に冷え冷えとした声色だ。秋重は額の汗をシャツの袖口でぬぐい、再びクリアファイルを見分しはじめた。

「本当に居場所が摑めないんだ。あの事故以降、彼女はほとんどの表舞台から姿を消しているんだよ」

「株主総会は？」

わたしが口を挟むと、秋重は汗染みのできたダンガリーシャツの袖をまくり上げた。

「総会は代理人を立てている。一度だけ松濤《しょうとう》にある自宅付近で姿を捉えて写真を撮ったが、そこから先は追い切れなかった。それ以降は見かけていない」

「それを追うのが探偵の仕事だと思うし、ほかのスタッフと連携するのは難しいことではないよね」

わたしのもっともな指摘に、秋重は目に見えてうろたえた。もはや初めの威勢やふてぶてしさは皆無で、追い詰められた小動物のようにきょときょとと目を動かしている。そしていきなりテーブルに手をつき、頭頂部の薄い頭を深々と下げた。

「も、申し訳ない。実は、うちには従業員なんていないんだ。自分ひとりで切り盛りしてるんだよ」

探偵は頭を下げたまま告白した。まあ、予測はつくというものだ。ざっと目を通した報告書は複数人で調査したような内容ではない。みちるは未だに写真を凝視していたけれども、微塵も表情を変えずに口を開いた。さらなる憤りを原動力にして喜和子に挑む覚悟を決めたようだった。

「もう、あんたのすべてが嘘でもかまわない。でも、わたしの依頼は最後まで責任をもってもらう」

「当然ね。これからは無償で働いてもらうよ。報酬は全額前払いしたのと同じだから、それでいいよね？」

わたしの横槍に秋重は唇の端をぴくぴくと動かして不条理を嚙み締めていたようだったが、やがてうなだれたままひとつだけ頷いた。

「……わかった」

「もしも逃げたら」とみちるは言葉を切って一瞬だけ探偵に目を向けた。「どこにいても必ず捜し出す」

脅しではなく本心だろう。みちるの執拗《しつよう》さをだれよりも理解している秋重は、険しい面持ちのまま飛び出した喉仏を動かした。そして「自分が持っている情報はそれほど多くない」と早口で前置きをしてからクリアファイルの束を取り上げる。中から二枚の写真を抜いてテーブルに置いた。

人通りの多い繁華街を撮影した写真だ。いかにも今ふうのナチュラル感を売りにしたカフェはオープンテラスになっており、着飾った若者で席が埋め尽くされている。店先にも順番待ちの列ができ、流行りか人気の店らしかった。

「こういう道路っぱたのオープンテラスって、排気ガスとか埃がすごいから嫌いなんだよ」

わたしが見たままの感想を述べると、秋重は鷹揚な笑みともつかない曖昧な顔をした。

「これは道玄坂にある店で、開店から閉店まで客が途切れない」

「すぐに潰れるよ。この手の店は寿命が短い」

「これは一昨年の九月に撮影したものだが、確かにこの店は年末にはなくなってたよ」

「だろうね。このカフェがどうしたの？」

探偵は大きく息を吸い込んだ。どこか緊張しているようで、手を握ったり開いたりしながら平常心を取り戻そうとしている。そして写真に目を落とし、若者で渋滞しているような歩道の端を指さした。

「この店自体は戸賀崎となんの関係もない。ここを見てくれ」

秋重が指し示している箇所には、この場所には到底そぐわないような地味で老け込んだ女が写り込んでいる。ゼブラ柄の大きなエコバッグを肩にかけた女は、人波をかいくぐるようにして顎を前に出しながら歩いている様子だった。化粧気のないくすんだ顔色と白髪混じりのひっつめ髪が所帯じみており、若さが弾けているような明るい街にひとり辛気《しんき》臭さを振りまいている。口はへの字に結ばれ、疲れた風貌に拍車をかけていた。

秋重は手垢のついた滑革《ぬめかわ》の手帳を開いてページをめくり、びっしりと書き込まれている細かい文字に目を走らせた。

「この女は里村芳江《さとむらよしえ》、六十五歳。戸賀崎邸のお手伝いだった女だ。三十年以上も住み込みで働いていた」

「へえ。よく見つけたね。そんな人が渋谷で何やってたの？」

秋重はすぐさま別の写真を追加した。白い外壁の大きな家だ。屋敷を取り囲む背の高い塀もブラッドストーンを敷き詰めたアプローチもすべて白で統一され、シンボルツリーである涼しげなオリーブの緑色が蒼穹《そうきゅう》によく映えている。閉じられたガレージの扉のみに使われた重厚な木目の一枚板が存在感を放っており、究極まで色数を減らして建てられた洗練された家だ。繊細な細工の施された鉄製の白い門扉を見ても、かなりの金がかけられた家なのは言うまでもない。塀や門付近に設置されたいくつもの防犯カメラが通り全体をカバーしていた。

「これが松濤にある戸賀崎邸だ」

「ギリシャのミコノスにある家みたいだね。質感も色も。中はあまり見えないけど」

「現実離れして浮き上がって見えるような家だよ。一昨年の九月、裏手にある勝手口から出てきた里村芳江を捕捉した」

「今も住み込みで働いてるの？」

豪邸の写真を見ながら問うと、秋重はわずかに首を傾げた。

「自分が調べた限りでは、住み込みでもないし毎日通ってきているわけでもない。この女を確認できたのは月に二回だよ。直近では先月の二十九日にも確認している」

「それだけ確認できれば、もう決まりだと思う。喜和子がこの家に出入りしてるから、家政婦が通ってるんだ」

みちるは前のめりで断言したが、秋重は首を横に振った。

「家主はここにはいないし、立ち寄ることもないと思っている。夏場は夕方の六時、冬は四時に屋敷全体の電気が一斉に点灯するシステムで、日が昇ると同時に消える。機械的に点滅が繰り返されているだけの家だ。人の気配がまったくないんだよ」

「ということは、お手伝いさんは月に何回か掃除に入る契約なのかね」

「おそらくそうだろう。この女は戸賀崎邸で働いて長いし信頼もある。あれだけ広い家の勝手をいちばんわかっているのが里村芳江だ」

「わかった。じゃあ、この女に喜和子の居場所を吐かせればいい」

出し抜けにみちるが発言したが、わたしは手をひと振りした。

「みちる、よく考えてみな。大企業の社長宅で三十年以上も家政婦として勤めることができたのは、何よりも口の固さがあるからだよ。個人情報はもちろんだけど、見聞きしたことを漏らすような人間性じゃないからこそ信頼関係が成り立ってる」

「そういうことだ。主人の居場所を知らされていないとも考えられるしね」

秋重が間《あい》の手を入れ、先を続けた。

「こっちから接触すれば、全部が喜和子に筒抜けになると思っていいだろう」

「そうなっても知ったことじゃない。そもそも、喜和子は認知症なんだから何を聞いてもわけがわからないはずだよ」

「上条さん。前にも話したが、戸賀崎喜和子はごく軽度で認知機能は正常範囲内だ。株主総会で解職されていないことを考えれば、単なる噂の可能性もある」

わたしは腕組みしながら秋重の話に耳を傾けた。この男が故意に調査を長引かせていたのは間違いないが、ことのほか情報の質はいいと感じる。依頼人にとって耳触りのいい情報だけ与えることをしておらず、客観的に見てデタラメを吹き込んではいない。それなりの調査をしてきたということを物語っていた。

みちるは歯がゆそうに家政婦の写真に目をやり、じゃあどうやって喜和子の居所を捜すつもりだと探偵に無言の問いを投げている。わたしは秋重に顔を向けた。

「当然、親族は喜和子の居場所を知ってるよね」

「いや、俺は知らないと見ている」

「その根拠は？」

秋重はメガネを外して顔を片手でこすり上げ、再びかけて目を合わせてきた。

「戸賀崎グループの取締役社長は、死んだ戸賀崎の弟だ。そして経営を一手に任されているのが専務取締役の甥。この甥はかなりのやり手で、喜和子の居場所を探るために人を雇ってる。松濤の自宅付近で鉢合わせしたことがあったんだ」

「喜和子は一回も総会には出席してないの？」

「ずっと代理人を立てているから直接現地へ赴《おもむ》くことはない。親族も長い間、喜和子には直接会ってないらしいんだよ。電話なりリモート通話なりで生存確認は取れているみたいだが」

事故を境に表舞台からは潔く引いたというわけだ。しかし身内にまで居所を隠すということは、やはり自身が筆頭株主だという事実が大きいのだろう。いつ喜和子にクーデターを起こされるかわからない経営陣としては、何よりも危険で鬱陶しい存在でしかない。喜和子が身の危険を感じるのは当然のことだった。

わたしは少し考え、光り輝いて見える屋敷の写真を指さした。

「この白亜の豪邸のほかにも、彼女名義の家があるはずだよね」

秋重は即座に親指を舐め、手帳のページをめくった。

「戸賀崎喜和子名義の不動産は、人に貸しているものも含めればかなりの数にのぼる。別荘やコテージなんかが世界じゅうに散らばってるよ」

「そのあたりの調査は？」

「さすがにすべてを当たるのは難しい。日本以外にいるのかもしれないし、自分名義ではない賃貸マンションに入居している可能性だってある。なんせ金はあるからね。年齢的に高級老人ホームの線もあるな」

　みちるは探偵の見解に歯嚙みしていた。喜和子は身辺に注意しながら暮らしているのだろうし、調査するには一軒一軒訪ね歩いて目で確認していくしかない。国内に限定されているならまだしも、海外にも拠点があるとなれば途方もない作業になるのは明らかだった。湯水のように調査費用を使える環境があるなら別だが、ここから先へ簡単に踏み込めないのもわかる。

　みちるは押し黙って喜和子へ通じるさまざまな線を検証していたが、早々に八方塞がりだと結論を出したようだった。あらためてお手伝いである芳江の写真を引き寄せ目を据えた。

「結局、このお手伝いしか手がかりがない状況だと思う」

「確かにね……」

　わたしは腕組みしてソファにもたれかかった。徹底的に自身の痕跡を消して、地下深くに潜ってしまった人間を捜すのは容易なことではない。戸賀崎グループが金をかけて捜索しているのに行方が摑めない以上、秋重がたったひとりでできることはほぼないに等しかった。みちるの言うように芳江が唯一のつながりなのには違いないが、当然、戸賀崎グループもすでに接触していると考えるのが妥当だ。しかし、そのうえでも喜和子が見つかっていない意味は、芳江が本当に何も知らないか主人から大金を受け取って口を噤《つぐ》んでいるか、そもそも戸賀崎喜和子がすでにこの世にはいないかの三択ぐらいしかない。

わたしは渋面を作っている秋重と目を合わせた。

「念のために聞くけど、あなたが戸賀崎グループに雇われてる探偵なの？」

「は？」とおかしな声を発した秋重に、わたしはたたみかけるように問うた。

「そしてもうひとつ。戸賀崎喜和子は今も生きてる？」

その言葉を聞いたみちるの顔色が変わり、秋重は目を剝いて口を半開きにした。

もし喜和子が戸賀崎グループの放った刺客に命を奪われているとすれば、ゆくゆく事が表沙汰になったときの対処が必要になってくる。つまり、みちるにすべての罪をなすりつける算段だ。両親の事件がある以上、ひとり娘による報復という動機は難なく成立するだろう。その動機を補強する役割が探偵の秋重であり、みちるの執拗な調査依頼は殺意の裏返しとして証明されることになる。戸賀崎グループにとってはさまざまな問題を一気に解決できる人間がみちるなのは間違いなく、秋重も大金を手にすることができるという構図だ。

急な問いかけに探偵はしばらく言葉を出すことができなかったが、やがて角張ったメガネを外してにごった目をしばたたいた。

「喜和子の死亡届は出されていない」

「そりゃあ、人知れず遺棄でもされてれば出せないでしょ」

「話が飛躍しすぎだ」

秋重はメガネをかけ、いい加減うんざりしたような声を出した。

「いくら邪魔だとはいえ、社会的地位のある戸賀崎の親族や会社関係者が喜和子を手にかけるとは考えにくい。それを想像しているならおかど違いもいいところだ」

「わたしの両親は邪魔だから罪を着せられて死へ追いやられた。金持ちの強者が、同じようなことをやらない理由がない」

　みちるは自分のなかで決定しているストーリーを口に出したが、秋重は首を左右に振って一蹴した。

「何度も言ってるが、きみの両親は自殺した。今のところ、横領の罪を着せられた証拠はない。戸賀崎前社長に裏金があったことが事実だとしても、それを隠蔽するためだけに二人の人間を自殺に見せかけて殺すことは現実的に難しいよ」

　この点はわたしも同意見だ。みちるは今にも嚙みつきそうなほど身を乗り出していたが、秋重はまったく顔色を変えず、いくぶん諭すような口調で言った。口先だけではなく心配する気持ちが見え隠れしているのがわかり、わたしは男に意外性を感じて印象を書き換えた。

「上条さんはもう自分の人生を歩いたほうがいい。何をやっても過去は変えられないんだ。すべての真実を知ったところで、得るものは何もない」

「だから！」

　みちるはテーブルに手を叩きつけて声を荒らげた。

「余計なことに踏み込むなと最初に言ったはず！　あんたの仕事は喜和子を捜すことなんだ！　わたしの人生をどうしようとわたしの勝手なんだよ！」

「そりゃあ勝手だが、犯罪行為に加担させられるのはごめんだよ。今までは金が入るから黙っていたが、どう見てもきみは喜和子に復讐するつもりだ。しかも、歪んだ思い込みで悪人像を作り上げている」

秋重はきっぱりとそう言い、斜向かいに座るわたしに向き直った。

「それで、あなたは何者ですかね。急にしゃしゃり出てきて上条さんを丸め込んだようだ。彼女の復讐心を知っているようだし妙に頭がまわる」

「それはどうも。ちなみに探偵さんの予測は？」

「詐欺師」

そう言い切った男の顔を見て、わたしは華やかに見えるであろう笑みを浮かべた。

「探偵さんはなかなか人を見る目があるみたいですね」

「それほどでもない。だが、あなたは物事の裏側を常に考えながら言葉を選んでいる。一般人が考えつかないようなことをね。何事も善悪を基準にしていないし、むしろ悪側の視点に冴えがある」

「急に饒舌《じょうぜつ》ですね。たぶん、まだ隠してる重要情報があるから、わたしたちを怒らせて追っ払いたい一心なのがわかります」

秋重は小さく舌打ちして睨みつけてきた。

「人の不幸につけ込んで金儲けする人間は最悪だよ」

「それをわたしに言う？」

探偵はひとしきりわたしと視線を絡ませ、はあっと盛大に息を吐き出してから立ち上がった。窓際の机に向かい、施錠されている引き出しを開けて一通の封筒を持ってくる。それをガラステーブルへ放った。

「里村芳江の最新情報だ」

みちるはＢ４サイズの封筒をかぶりつくように取り上げ、急いで中身を出した。何かをプリントアウトしたものが数十枚は入っており、画質があまりよくはなかった。

「戸賀崎グループのなかで、喜和子名義になっている営業中のホテルを洗い出した。日本国内に三ヵ所、あとはタイとベトナムの計五ヵ所だ」

「これはＳＮＳの投稿？」

みちるはシワのよった紙を手で伸ばしてじっと見つめた。アカウント名やコメントなどがそのままプリントアウトされている。

「五ヵ所のホテルはどれもリゾート地にあって、宿泊した客がこぞって写真をネットに上げていた。ホテル名で検索すると山ほど出てきたよ。そのなかの何枚かに家政婦の芳江が写り込んでいるのを見つけたんだ」

わたしはみちるがもっているプリントアウトに顔を近づけた。若い女性がだれもいないビーチでくつろぐ姿があり、シンプルで洗練されたホテルのロビーや開放感のある客室など、見る者の羨望を誘うような非日常的な雰囲気の写真がそろっている。そのなかで、ホテルの駐車場と思われる場所で撮影された写真に見た顔が写り込んでいた。

里村芳江だ。渋谷でも持っていたゼブラ柄のエコバッグを持ち、ハイビスカスやプルメリアといったリゾート地特有の派手な花々の間をかいくぐっている。ホテルに宿泊している客には見えないし、かといってこんな場所で働いているような身なりでもない。渋谷と同じようにその部分だけがモノクロに見えるぐらい色味がなくてくすみ、陽射しの強い明るい雰囲気のなかでは異質の空気を放っていた。

「写真が投稿されたのは去年の九月か……。この人が働いてる可能性もあるわけだよね。ホテルは裏方仕事が山のようにあるわけだし」

わたしはそれはないだろうと思いつつ質問した。ひとつひとつ言葉に出して潰していかないと、この男には隙あらば隠そうという気配が見えるからだ。

秋重は腕組みし、わたしの意図を察して不満げに口角を下げた。

「人伝に裏を取ったが、里村芳江がホテルに雇われている事実はなかった。ちなみに芳江の実家は藤沢にあり、もう二十年以上、帰っていない」

「この人はどう見てもリゾートを楽しんでいるような顔をしてないよ。だとすれば、今も家政婦として喜和子の世話をしていると考えるのが自然だよね。このホテルに喜和子がいるのかもしれない」

わたしの言葉を受けた秋重は浮かない顔をした。

「松濤の屋敷の管理を任せていることを考えても、身内の人間が信用できなくなった喜和子にとって、唯一、信頼の置ける人物が里村芳江なんじゃないかと思っている」

「このホテルの場所を教えて」

みちるが目をぎらつかせながら早口で言った。秋重は彼女を覗き込むように首を傾げ、半ば苛立ったように頭を掻いた。

「もう一度言うが、今日の選択を後悔する日が必ずくる。きみはすでに七年も無駄にしているんだぞ」

「精神論には意味がない。それに、無駄になったのは情報を隠したあんたのせいだ」

みちるは努めて無感情に言い捨て、探偵を目で威嚇《いかく》している。秋重は白髪混じりの短髪を撫で上げ、諦めたように手帳のページをめくった。

「そのホテルは南伊豆《みなみいず》にある『ピレウス・ヴィラ・キワエナ』。一部会員制の高級リゾートホテルだ」

みちるはすかさずスマートフォンで検索し、大胆に動画の配されたホテルのホームページを睨むように見つめた。伊豆半島のほとんど先端に位置するリゾートホテルは、周囲に景観を邪魔するような建物や店などが一切なく、ただただ眼前に広がる透き通ったブルーの海を望むだけの真っ白なホテルだ。ワンランク上のリゾート、というありがちな謳《うた》い文句に違わず、何もしない時間を過ごすという究極の贅を提供しているようだった。

わたしは潮騒の環境音を聞きながら、ちらりと秋重を見やった。

「ここに喜和子がいると思う？」

「さあな」

「オーケー」

わたしはスマートフォンの画面に視線が釘づけになっているみちるの肩を叩いた。彼女は薄い笑みをたたえており、吊り上がり気味の鋭い目許がなおさら上がって見えた。獰猛《どうもう》な面持ちだ。

そして、この場所にはもう用なしだと言わんばかりにすっと立ち上がった。

4

帰り道も渋滞していた。多摩川に架かる橋をようやく通り過ぎたかと思えば、今度は数キロ先の事故で車がずらりと連なっている。わたしは助手席で脚を抱えてちんまりと座り、どれほどの渋滞だろうが有料道路は決して使わないとの信念があるみちるを恨めしい思いで見つめた。

「時は金なり。Time is money. Le temps c'est de l'argent. Il tempo è denaro. ドイツ語だと、Zeit ist Geld. 世界じゅうにこの手の金言があるわけだよ」

みちるは前の車の尾灯を見ながらのろのろと進み、ちらりとわたしに目を向けた。

「そんなことわざは金のある人間の戯言だよ。金がなければ時間がかかっても遠まわりせざるを得ない」

「そういう現実的なことを説いてるんじゃないでしょうに」

わたしはメガネを外し、ポケットから取り出した目薬を差した。

「ところで、着替えは持ってきたの？ リュックサックひとつしかないみたいだけど」

後部座席に置かれている黒いナイロンリュックへ目をやった。大振りではあるが中身が少なくしぼんでいる。みちるは淡々と答えた。

「着替えは入ってる。三着あればじゅうぶんだし」

「うん、まあ、最低限ならそうだね」

みちるは突然ウィンカーを出して中吉通りを右折した。田園都市線の踏切を越えて瀬田の住宅地へ入っていく。大渋滞を回避するつもりらしかった。

「珍しい。初めてナビに逆らった」

わたしの言葉に、みちるは一瞬だけ目を合わせた。

「この辺りの抜け道は知ってる。前、パパ活狂いの中学校教頭から財布を盗んで逃げたから」

「理由が地獄だね」

抜け道を利用しようと横道に逸れてきた車を横目に、みちるは細かく道を折れながら迷いなく進んでいく。マンションや一軒家が並ぶこの辺りの道幅は比較的広く、運送屋のトラックや何かの業者のワンボックスなどが路側帯に何台も横付けされていた。

わたしはデジタル表示の時計に目を細めた。夕方の六時半をまわり、日暮れがすぐそこまで迫っている。夕焼けで赤に染まっている空を眺めているとき、みちるは無言のまま車を路肩に寄せて停止した。今日一日でさまざまなことが露呈したためか、非常に顔色がすぐれない。さすがに疲れたのだろう。

「運転代わるよ」

シートベルトを外しながら言うも、みちるは何も答えずに右側のサイドミラーを凝視していた。目許に鬱陶しくかかる前髪を払い、顎をぐっと引いて睨むように見つめている。何事だと後ろを振り返ったが、一台の白いワンボックスがわたしたちの乗る軽を追い抜いていくところだった。側面には「みやこ介護タクシー」と書かれている。みちるは過ぎ去ったタクシーには目もくれずに、依然として後方に目を据えていた。

「何かアクシデントの予感？」

「予感じゃない。もう起きてる」

　みちるは声を低くし、刻々と薄暗くなる道路から目を離さなかった。

「首からネームホルダーをかけてこっちに歩いてくる男」

　みちるは、通りの後ろからやってくるマスクをした男へ鏡越しに顎をしゃくった。紺色のポロシャツにベージュ色のパンツ、鼈甲縁《べっこう》の個性的なメガネをかけている男がこちらへ向かってくる。遠目にも肩幅のあるがっしりとした筋肉質の体軀なのはわかったが、身長は低くて弾むようなガニ股で歩いていた。うつむきがちに歩を進める姿はどこにでもいるような中年であり、取り立てて警戒心が煽られるようなところもない。が、みちるはみひらいた目を男から離さずに言った。

「あの男は人殺しだ」

「は？」

　彼女のほうを振り返ると、みちるはサイドミラーを見たまま口だけを動かした。

「さっきの介護タクシーが停まってた家。あそこに狙いをつけたんだと思う。強盗する気だよ」

「強盗って、今、殺人の気配が見えてんの？　身体の輪郭が黒く縁取られているように見えるって言ってたあれが」

　みちるはゆっくりと頷いた。

「介護タクシーはほとんど名前を公開して走ってる。犯罪者にカモを教えてまわってるのと一緒だよ」

「確かに介護タクシーを使う人間は、老人か身体の不自由な人に限られるもんね」

「そう。利用者は老夫婦とかひとり暮らしが多い。あの男は、あそこの竹垣のある家を狙ってる。介護タクシーの運転手は名札をつけてることが多いから、前もってそれを確認したはずだよ」

わたしは左側のサイドミラーで男の様子を窺った。確かに介護タクシー会社と運転手の名前がわかれば、家主に鍵を開けさせることが可能だ。みちるの推測が当たっているなら、男が首から下げているネームホルダーには「みやこ介護タクシー」の偽造社員証が入っているのだろう。同僚に頼まれて忘れ物を取りにきたとか、今後の担当が替わることになったとか、いくらでもそれらしい理由を作って家に上がり込むことができる。利用者がまったく疑わない完璧なシチュエーションだ。

みちるはごくりと喉を鳴らした。

「あの男は間違いなく殺す。殺しに罪悪感がない。今までも同じようなことをやってきたはず。止めないと」

今にも飛び出していきそうなみちるの腕を摑んだ。

「とりあえず通報が先だよ。ナイフを持った男が家に押し入ろうとしてるって言っちゃっていい。緊急性が増すから」

「いや、通報してたら手遅れになるかもしれない」

「本当に強盗なら金目のものを手にしないうちは殺さない。ただ、時間はそれほど多くないね」

みちるはすぐさまスマートフォンを出し、一一〇を押して耳に当てた。つながったと同時に、刃物を持った不審者が一軒家に入ろうとしている旨を矢継ぎ早に語っている。わたしは車のデジタル時計に目を向けた。警察が到着するまで十分ぐらいだろうか。確認するにはじゅうぶんな時間だ。

わたしはサイドミラーで男の動向を窺った。マンションのエントランスにある防犯カメラを警戒しているのか、男は道の反対側に寄って足早に通り過ぎている。前もってルートを決めているらしい。細い道を幾度となく渡りながら、竹垣のある二階建ての民家に近づいていく。そして通りの左右に目をやり、垣根の切れた正面から堂々と敷地内に入っていった。

わたしは通報を終えて頭を低くしているみちるに顔を向けた。

「その能力がホントなら、警察の検挙率も大幅にアップしそうだよ」

「そんなことに手を貸すつもりはない」

「そう？　サイキック捜査官として世界じゅうの市場で荒稼ぎできるのに」

みちるは屋敷に侵入した男を振り返って見つめ、そのままの体勢で口を開いた。

「わたしが感じることができるのは、殺しを楽しんでるやつだけだよ。二十七年間生きてきて、まだ数回しか出くわしたことがない」

「あくまでも嗜虐性のある殺しかどうか……なんとなくみちるらしいギミックだよね。まあ、それで金儲けする気がないならかかわらないことだよ。デメリットしかない」

わたしは苦言を呈しながら車のドアレバーに手をかけた。

「ちょっと出てくる」

「なんで今？　まさか危険なことしようと思ってる？」

「思ってない。警察と絡むのが嫌なんだよ」

ここにいろとかあの男は危険だとか捲し立てているみちるを横目に、わたしはしなやかな動きで静かに車を降りた。

辺りは急速に薄暗くなりはじめ、点灯しているマンションの外灯がより一層輝いて見える。人々は仕事を終えて帰宅する時間帯だが、この通りには人影が見当たらなかった。

わたしは夏の匂いを含んだ湿気た風を吸い込み、竹垣のある家に向かった。遠目からはプラスチック製かと思ったが、四つ目に組まれた垣根は本物の古竹だ。家屋はこぢんまりとした二階建てで、古くはあるが和瓦を使った寄棟屋根や杉板の外壁がモダンでさえある。小さな庭には石樋を伝ってつくばいに落ちる水の流れが作られ、バランスよく苔や低木が配されたさまがとても涼しげだ。ひとつひとつ手間暇をかけ、厳選した材料のみを使って作られた家はセンスと財力の象徴だった。一見すると地味で控えめなこの家に、金を持つ人間が住んでいるのがよくわかる。

家の裏手へまわり込み、穂垣扉のある勝手口から敷地内に侵入した。目に映るすべてが整頓され、日の当たらない家の裏手にも落ち葉はおろか雑草ひとつ生えていない。わたしは体勢を低くしながら忍びやかに進み、台所であろう小窓から慎重に中を窺った。まな板の上には殻を剝かれた生エビやさつまいもなどが無造作に置かれている。ダイニングテーブルの上に小麦粉とボウルなどが用意されているのを見るに、夕食は天ぷらの予定だったらしい。が、家主は生ものを放置して途中で手を止めなければならない状況に陥っていた。

台所の窓からは奥が見通せず、わたしはじれったい思いで場所を移動した。そのとき、回転している換気扇からがらがらがら声が微かに流れてきた。

「これしか金がないなんてことねえだろ。舐めてんのか」

「ほ、本当に手持ちはこれしかないんです。お、お願いします。これで勘弁してください……」

「ふざけんな！　こっちは危ない橋渡ってんのに、こんなはした金で帰れるか！　通帳を見せてみろ！　金目のもんを全部もってこい！」

「ああ、助けて……ひ、ひどいことはやめてちょうだい」

「うるせえ！　もたもたしてねえでさっさとしろよ！　ボケたジジイを今すぐ殺してやろうか！」

「や、やめてください。そ、その人はひとりでは動けないんですよ。ああ、どうしよう。どうしてこんなことに……」

強盗が何かを蹴り飛ばしたようで、瀬戸物が割れるような音が辺りに響き渡った。

醜悪な脅しを繰り広げている強盗と、怯えて呂律がまわらなくなっている老女の声。わたしは換気扇の下にしゃがみ込んで、驚きのあまり「本当だった……」とつぶやいた。人殺しがわかるというみちるの言葉は、いわば悪意には敏感だという程度の意味合いに捉えていた。つまりは思い込みだ。すれ違った人間が過去に殺人を犯したかどうかを検証することは難しいし、ましてやこれから起きる犯罪を予知などできるわけがない。しかし、みちるは当然のごとくそれをやってのけた。

わたしは換気扇の下でひとり興奮に浸りつつ、一方では警察の到着はもうそろそろだろうと冷静に考えていた。ちょうどよい引き揚げ時だ。物音を立てずに移動を開始したとき、急に強烈な光が辺りを照らし出してわたしは反射的に脚を止めた。センサーライトか……わたしは小さく舌打ちしてその場に屈んだ。同時に家のなかで怒鳴り散らしていた声はぱたりと止み、外の気配を窺うような静寂が訪れている。人の存在に感づいているのは間違いないだろうと思われた。

これはいささかまずい状況だ。軒先で煌々《こうこう》と点灯しているライトを見て歯噛みした。ひとたび警戒心が刺激されれば、強盗は今手許にある金だけを持って逃亡しようとする可能性が高い。あの男は極端に気が短くて短絡的な性分だ。逃げる前には必ず老夫婦を殺して口を封じるだろう。

わたしは再び舌打ちした。

「信じられないヘマだわ……」

ため息混じりにそうぼやき、大仰に立ち上がった。そして大きく息を吸い込み、腹から声を出した。

「夜分にすみません！」

わたしはそのまま玄関へ向かい、インターホンの呼び鈴を押して格子の引き戸に手をかけた。当然ながら施錠されている。

「お宅に猫が逃げ込んでしまったんですよ！　お庭を確認させていただけませんか？」

再び呼び鈴を押し、加えて軽く玄関戸を叩いた。強盗にとっていちばん面倒な展開は仕事中の思わぬ来客だ。殺しをなんとも思っていない残虐性があるとはいえ、だれかれかまわず手にかけるタイプの犯罪者はそういない。夜の一軒家は在宅が外からもわかるだけに、家主が居留守を使って顔を出さないのは不自然だった。わたしは、腹立たしいほど不躾《ぶしつけ》な訪問者を演じた。

「すみません！　いらっしゃいますよね！　庭を捜す許可をいただきたいんです！　お手間は取

らせないんで、出てきていただけないですか！」

　わたしは「すみませーん！」と連呼し、呼び鈴をしつこく押した。そのとき、インターホンから怒気を含んだ低い声がした。

「……はい？」

　そう、怯えきった家主を出すわけにはいかないのだから、強盗が応対するしかなくなる。わたしは猫が庭に入り込んだという嘘を、また頭から大声で捲し立てた。男は苛々しながら途中で遮り、「勝手に捜していいから」とぶっきらぼうに言ってインターホンを切ろうとした。が、わたしは止まらなかった。

「たいへんお手数なんですが、懐中電灯を貸していただけませんか！」

「は？　いや、ないから」

「じゃあ、申し訳ありませんが一緒に捜していただきたいんです！　わたしは保護猫団体に所属しているんですが、この地域に住む猫の避妊手術をおこなっているんですよ！　ぜひご協力をお願いします！」

　あつかましいにもほどがある。自分で言いながらそう思ったとき、薄暗い通りが赤色灯によって不気味な色味に染まっているのに気がついた。すでに警察が到着しており、垣根の端と家の裏手に何人かが待機しているようだ。警察とは接点をもちたくなかったのに、結局はこうなってしまったことが呪わしい。

　わたしは非常識なほどの大声でインターホンに語りかけた。

「あの、聞こえてますか？　わたしは保護猫団体の……」

「聞こえてる！　もう帰れ！　迷惑だ」

「あ、すみません！　じゃあ、捜索の許可をいただいているので、ご近所さんに手伝ってもらえるように頼んでみます！　ご迷惑をおかけしました！」

その言葉と同時に舌打ちが聞こえ、微かに老女のすすり泣きも流れてきた。本当に近所の人間などをつれて来られたら、すべてが露見してしまうと男は考えているはずだ。それを回避するための選択肢は二つ。このまま何も盗らずに逃亡するか、もしくは鬱陶しいわたしを早急に始末して口を封じるか。この男が本当に嗜虐性のある殺人犯ならば、答えはおのずと後者になる。

インターホン越しにも男の煮えたぎるような怒りが伝わり、「くそ！」という捨て台詞《ぜりふ》とともにぶつりと通話が途切れた。そして玄関に向かって廊下をどかどかと歩く音が見る間に近づいてくる。

「想像の域を出ないつまらない男だ」

わたしが小声でつぶやいたと同時に後ろから肩を摑まれ、制服を着た警官が声を押し殺して言った。

「何も喋らないで。ここは危険だからこっちに来なさい」

有無を言わさない調子で、そのまま家の敷地からつまみ出された。同時に私服警官らしき四人が素早く玄関の両脇を固め、強盗が荒々しく玄関戸を開けた瞬間に両腕をがっちりと摑んで確保した。

「警察だ」

男は突然のことに何が起きたのかわからず、ぽかんと口を半開きにしている。が、年かさの刑事が眼前に警察手帳を突きつけたところで、ようやく事態を把握し目を大きくみひらいた。通りに駐められた何台ものパトカーを驚愕の表情で見やり、半ば呆然として突っ立っていた。

5

事情聴取を終えてホテルに到着したときには、夜の九時をまわっていた。わたしはトートバッグを布張りのソファへ向けて放り、束ねていた髪を解いて手櫛で無造作に整えた。陶製のアロマディフューザーのスイッチを入れてから、メガネを外して目頭を指で押す。

さすがに今日は疲れた。探偵を訪ねるまでは予定内の行動だったが、そこから先は完全に想定外だ。しかも自身の不注意から犯罪者との接触を余儀なくされ、挙げ句の果てには警察の聴取に応じる羽目になるとは。スーパーに寄ると言ったみちるとは別れて先に着いたが、彼女の到着はもうそろそろだろうか。

わたしは固めのソファに身を投げ出してもたれ、ふんわりと漂ってきた香りを胸いっぱいに吸い込んだ。ユーカリとローズマリー、そしてヒノキをブレンドした馴染みのある香りだった。以前の相棒が好んだ抑揚のない年寄りじみた香りだが、精神を癒やしたいときにはこれ以外の選択肢がない。

全身の力を抜いて軽く目を閉じているとき、控えめなチャイムの音がしてわたしはのろのろと立ち上がった。扉のドアスコープを覗くと、そわそわと落ち着きなく周囲を見まわしているみちるの姿がある。鍵を開けてレバー式のノブに手をかけるなり、勢いよくドアが押されてリュックを抱えたみちるが一目散に駆け込んできた。

「いや、何事なの」

わたしは素早く後ろへ飛びすさってたたらを踏んだ。みちるは黒いキャップを目深にかぶってうつむき、使い古された大振りのリュックサックをぎゅっと抱きしめている。わずかに息が上がっているのを見て、わたしは彼女の肩に手を置いた。

「何かあったの？　まさかだれかに追われてる？」

急いでドアチェーンをかけながら問うと、みちるはキャップがズレるほどぶんぶんとかぶりを振った。そして細面の顔を上げ、訴えかけるような目を向けてきた。

「……聞いてない」

「何を」

「こ、こんなキラキラした高そうなホテルだなんて聞いてないよ」

みちるはいささか声をうわずらせた。

「こんなとこにいるのは性格悪い金持ちばっかりだし、き、客も従業員もみんなわたしのほうを見てた。心底嫌悪して犯罪者でも見るような目つきだった」

「考えすぎだって。しかも性格悪いってとんでもない偏見なんだけど」

「偏見じゃないよ！」とみちるは声を震わせた。「こんな安っぽいカッコで高級ホテルに入れば警察を呼ばれる。いや、もう呼ばれてるかもしれない。エ、エレベーターに乗るときもみんなわたしを見張ってたし、もうすぐ警備の人が来ると思う」

みちるは蒼褪めた顔をして、未だかつてないほどうろたえていた。

他人からどう見られようが知ったことではないと態度で示しているわりに、いざ人の視線に晒されると劣等感でいてもたってもいられなくなるようだ。わたしはその姿を見て少しだけ安心した。金や復讐のことだけを考えているのではなく、それしか考えなくてもいい環境を作り上げて心に蓋《ふた》をしているだけだ。周囲と自分の違いを直視しなくても済むように、間違っても華やかな場面には足を踏み入れないようにしている。つまり、みちるにはわずかであっても輝いている暮らしを羨む気持ちがあるということだった。

わたしは乱れた前髪をかき上げた。

「こういう高級なところって、従業員がものすごく気をつけてることがあるんだよ。何かわかる？」

「目障りな下民を排除することだよ。金持ちが持て余してる金を使うためだけにあるような場所なんだから」

「下民って現代ではなかなか使わない言葉だよね」

わたしは笑った。

「ハイクラスのホテルは特に、人を見た目で判断しないことを徹底して教育される。お金を持ってても、着古したTシャツに短パンでふらっと入ってくる人もいるからね」

「そんなのは戯言だよ。だいたい、見た目で金持ちを判断するためにバカみたいに高い服がそこらじゅうで売られてる」

「それはわかりやすいステイタスのひとつってだけで、金持ちかどうかを判断するには材料不足だよ。上辺だけを固めるのは簡単なことだからね」

みちるは、極端に画一的な価値観と世離れした選択基準を併せ持っている。社会経験が圧倒的に足りていないから、ちょうどいい中間値というものを導き出すことが苦手だ。そして子どものように感情があちこちへと暴走する。

わたしはいつものように分析しながら、不安や憤りが渦巻いているみちるに言った。

「みちるはだれからもぞんざいな扱いを受けることはない。これはプライドの問題だよ。身なりがどうであれ、わたしはここにいていい人間なんだと思うこと」

「そう思ったところで、他人は自分勝手に判断するんだよ」

「もちろんね。ところでみちるは、自分とはなんの関係もない不特定多数の他人から認められたいの？」

間接照明で仄暗い扉の前で、みちるははっとして口をつぐんだ。熱くなったことを恥じるように、うつむいて咳払いをしている。わたしは彼女の腕を引いて促した。

「とにかく、こんな出入り口にいつまでもいないで部屋へ行こう。今日は疲れてんだよ」

踵を返して廊下を進むと、みちるも落ち着きなく周りを見ながらついてくる。そしてメインの客室に足を踏み入れたとき、彼女はあからさまに顔を強張らせて立ち止まった。

「な、何、ここ……」

みちるは落ち着いたブラウンと木目で構成された部屋をゆっくりと見まわし、天井で回転している天然木のシーリングファンで目を止めた。かと思えばデザイナーものの布張りソファや曲げ木の椅子などへ忙しなく視線が飛び、まったく視点が定まらない。頭のなかでの情報処理が追いついていないさまが窺える。そして真正面にある大きな窓ガラスを凝視して、夜空に浮かぶような東京の摩天楼に圧倒されてふらついた。抱え込んでいた黒いリュックサックをどさりと足許に落とす。

「……映画でしか見たことない」

「夜景がこのホテルの売りらしいからね。空気が澄んでると富士山も見えるんだって」

みちるは無言のまま、ゆっくりと足を進めて窓辺に立った。壁の二面がほとんどガラス張りで、怖くなるほどの開放感がある。彼女は磨き込まれた窓におそるおそる手をつき、まるで派手なエフェクトをかけたように色とりどりの光が瞬く下界を見下ろした。

「どういう人がこんなとこに泊まるんだろうとずっと思ってた」

みちるはぼそりと口にした。

「ただ寝るための部屋に何十万も払う人がこの世界にはたくさんいる。今ここで息を吸うだけで、金が湯水のようになくなっていくんだと思うと気が気じゃない」

「この夜景を見た感想がそれなんだ。みちるらしくはあるけども」

みちるは外に身体を向けながら、窓に映り込んでいるわたしと目を合わせた。

「結局、金さえあれば解決できないことなんて何もない。そんなことはわかってたけど、こういうのを見せつけられると嫉妬よりも先に切なくなる」

「お金があっても解決できないことは多いんだよ。持てる者からすれば、お金に価値を見出せなくなる日が突然やってくるから」

みちるはくるりと振り返った。

「なら、わたしと同じ暮らしをしてみればいい。半日も経たずに金が恋しくなる」

「ちょっと違うな。わたしは生まれついての金持ちじゃないから言えるけど、物理的に満たされても、精神面が空っぽならお金はなんの意味ももたない」

「そんなものは知ったことじゃない」

わたしは両手を上げて、もう降参だと苦笑いをした。ネガティブなことを語らせたら、みちるに勝てる者はいないのではないか。会話は必ずマイナス面に帰結し、物事を肯定的に捉える習慣がまるでない。

わたしは室内の照明をリモコンで一段階暗く調節した。

「ところでおなかすいたよね。今からラウンジへ行くのも面倒だし、ルームサービスで何か頼もうよ」

そう言うなり、みちるは床に投げ出していたリュックサックを拾い上げた。おもむろに中からビニール袋を引っ張り出して、窓際にある正方形のダイニングテーブルに置く。

「スーパーでおにぎりとか惣菜を買ってきた。この時間なら半額で買えるんだし、ホテルのラウンジなんてぼったくりで摘発されればいい」

みちるは赤い値引きシールの貼られた煮物や唐揚げ、おにぎりなど色の地味な食べ物をせっせと並べた。割り箸と手拭き用のウェットティッシュ、そしてペットボトルのお茶を几帳面にセットする。白と淡い黄色のバラが優雅に生けられている青磁の花瓶を邪魔だとずらし、華奢な椅子に腰掛け早く座れとわたしを見上げてきた。ホテルに入る折、スーパーの袋をリュックサックに入れて見えないようにするという最低限の慎みはあったようで何よりだ。

「筑前煮とかもう二十年ぐらい見てもいない。夜景がステキなセミスイートにはぴったりの食事だね」

わたしは引きつっているであろう笑みでそう言い、向かい側に腰を下ろした。みちるは黒いキャップを外して長い前髪を払い、手拭きの入ったビニール袋を早速破いている。

「この資本主義の権化みたいな部屋が一泊いくらかは聞かないけど、明日には五反田《ごたんだ》のビジネスホテルに移ったほうがいい」

「は？　なんで五反田？」

「四千九百円で泊まれる。日中はターゲットの追跡で外に出るんだし、こんな堕落を寄せ集めたようなホテルにいる理由がひとつもない」

みちるはおもむろにスマートフォンを起ち上げ、おびただしいほど並んでいるアプリを延々と左へ送っている。

「ねえ、なんでそんなにアプリが多いの。尋常じゃないんだけど」

素朴な疑問を呈すると、みちるは画面を見ながら口にした。

「ポイ活には店ごとのアプリが必要だからだよ」

みちるはビジネスホテルの値段を再確認したようで、小さく頷いてから惣菜のパックを次々と開けはじめた。

「さっきの取り調べで、感謝状が出るんじゃないかって言われた。強盗をいち早く察知して、犯行を未然に防いだから」

「そりゃよかったね」

わたしは割り箸を手に取りながらそっけなく言った。

「わたしなんて刑事に説教されたよ。よりにもよって強盗が入ってる家を訪ねて犯人と会話するなんて、危険極まりないってさ。そんなもん、通りすがりの人間が知るわけないじゃんね。設定だけど」

「刑事の言う通りだよ。何考えてあんなことしたの」

「ちょっとしたミスでああなった。わたしだって話の通じない強盗なんかと喋りたくなかったよ」

　乱切りにされた筑前煮のにんじんを箸でつまんで口に入れた。味付けは甘すぎるうえに濃く、加えて化学調味料の人工的な風味に頭がくらくらする。わたしはペットボトルのお茶を呷《あお》ってたちまち箸を置いた。

　みちるは古い油で揚げたのであろう唐揚げを食べながら、上目遣いにわたしを見た。

「藍はあの家の老人を助けようとした。なんでそれを警察に言わなかったの？」

「すでに通報してるのに、なんでわたしがわざわざ助けに入る？　本当に信じられないぐらい間抜けなミスをした結果なんだって」

「そうかな。ミスしたとしてもあの家から離れればよかっただけだ。自分には危険はないわけだしね。それなのに藍は、わざわざ強盗と接触した。あの家の老人たちが殺されないように、警察が来るまでの時間稼ぎをしたんだと思う」

　わたしはため息をついて腕組みをした。

「みちるはわたしを心優しい正義の味方にしたいの？　わたしは詐欺師で、人からせしめたお金でこういう星つきホテルに泊まってるわけだけども」

「そんなことはわかってる。でも、藍は人の不幸を黙って見過ごせない人だ。わたしのことも見捨てなかった」

わたしは目頭を指で押して、再びお茶に口をつけた。

「そう思ってるならご自由に。ただ、みちるの勝手な思い込みでしかないから、あとで裏切られたとか言わないように」

早速釘を刺したが、みちるのようなタイプは自分と向き合ってくれた人間を極端に美化する傾向がある。探偵の秋重もそうだが、口では嫌いだと言いつつも精神的な支えにしていたのは間違いなかった。愛情に飢えるとはこういうことなのだが、周囲の者はべったりと依存されて疲弊し、やがて静かに離れていってしまう。みちるは孤独を選んでいるのではなく、気づけば周りにだれもいなくなってしまった結果が今なのだと思っている。

わたしは、五十円の値札シールが貼られたおにぎりをほおばっているみちるを向かい側から眺めた。自分も昔は、安物の甘すぎるシリアルばかり食べていた。金がないとき、いちばん初めに削るのは食べ物だ。とりあえず胃に入れて満腹感を得られればいいだけの食事は、食べるというより摂取に近い。当然、食に楽しみなどなく、おいしいかまずいかといった概念すら少しずつ消えていく。

わたしは首を横に振り、みちる越しに見える過去の自分を素早く追い払った。

「明日だけど、探偵が言ってた南伊豆のホテルに行くよ」

「ピレウス・ヴィラ・キワエナ」

みちるはおにぎりで頬を膨らませながら、喜和子という名前から作られたのであろうホテル名をすらすらと口にした。

「だから先走って五反田のホテルは予約しないように。ターゲットがいるかどうかは不明だけど、ひとまずあそこを予約する」

「会員制の高級ホテルだよ」

「一部はね。それに、部屋が取れなければ会員になればいいだけの話。会員権は一千万もしないだろうし」

　そう言ったとたんにみちるは顔をしかめた。

「バカなこと言わないでよ。たかがホテルに一千万も払うなんて頭がどうかしてる。近くの安ホテルを取ればいいだけだよ。バスかなんかで通えばいい」

「あのさ」

　わたしはあらためてみちると目を合わせた。

「これは遠足でもキャンプでもないんだよ。どこの世界に、ターゲットを捕捉するためにバスで通う人間がいるんだって。そもそも、泊まらなきゃ客室ゾーンには入れないんだよ」

「喜和子がまだそこにいると決まったわけじゃない。裏を取ってから計画を立てるのはあたりまえのことだ」

　頑なすぎる。わたしは気持ちを落ち着けるために深呼吸をした。

「殺したいほど憎んでる相手を前に、まず節約を考えることがズレてるって気づいたほうがいい」

「ズレてるんじゃなくて、これが常識だよ」

「すでに復讐が常識ではない。そんな考えだから秋重みたいな男にころっと騙されるんだよ。お金を使うことに嫌悪感があるんだろうけど、戸賀崎喜和子に関してはケチってたらいつまでも近づけないままだよ。向こうの生活水準とみちるは一生かけても噛み合わないわけだから」

みちるはむっとして箸を置いた。

「藍は無駄金を使うことに躊躇がなさすぎる。こんなホテルを家代わりにしたり、いつかバチが当たる日がくる」

「いや、バチって……。家を買わないのは定住する気がないから。日本は借りるのもめんどくさすぎるしさ。それに明日死ぬかもしれないのに、お金を大事にとっておく意味もない。底をついたらまた稼げばいいだけだし」

「わたしは一円だって無駄にしたくない」

「オーケー」

わたしは手をひとつだけ叩いて無意味な議論を遮った。

「この話はどこまで行っても平行線だよ。歩み寄りは不可能。みちるにはみちるの金銭感覚があって、わたしにも同じようにあるわけだから。ただ、行動をともにするのであれば効率のいいほうにしてもらわないと困る」

みちるはむっつりとしたまま、食べかけのおにぎりに口をつけた。

「こんな場面でも、金のない者の意見は通らない」

「そんなことないけど、もういいや、それで。探偵はこれから無償で働いてくれるんだし、そのぶん浮いたと思って自分らの調査にまわせばいいだけだよ」

　みちるはおにぎりを口いっぱいに詰め込んで、それをお茶で流し込んだ。そしてさっと立ち上がり、L字型に配置されているソファのほうへ行く。拗《す》ねているようで、わずかに唇を尖らせていた。

「わたしはここで寝るから」

「いや、ちゃんとベッドで寝なよ」

「藍と同じ部屋では眠れない。そっちも同じだと思うけど」

　わたしも立ち上がり、部屋の奥まった右手にある扉を開いた。

「そっちの部屋を使いなって。だいたいここと同じぐらいの間取りだから」

「は？　二部屋借りてるの？」

「コネクティングルームだよ。二つの部屋が内側のドアで繋がってんの」

「こ、こねく……？」

　わたしはみちるのリュックサックを隣の部屋に入れた。

「ホテルは隣がうるさい場合があるから、ワンフロアワンルームじゃないところはあえてコネクティングルームをとる。とにかくバスルームも夜景も何もかもがここと同じだから、いい夢見てリフレッシュしてよ」

「……頭おかしい。このうえ使わない部屋をとるとか」

「そうだね、たぶん頭おかしいんだよ。お風呂は広いしバスボム入れたらいい。クラリセージがお薦め」

　わたしは半ば強引にみちるの腕を引き、隣の部屋へ押し込んだ。彼女はすべてが理解できないと言わんばかりに「く、くらりせえじ？」とつぶやいていたが、わたしはにっこりとしてからにべもなく鼻先でドアを閉めた。

第三章　ピレウス・ヴィラ・キワエナ

1

　翌日は五月とは思えぬほど薄ら寒い陽気だった。昨日の蒸し暑さとは一転し、季節がひと月は逆戻りしている気さえする。加えて気持ちを滅入らせるような鈍色の曇天がどこまでも広がり、澄み切った海の広がるリゾート地をどこか禍々《まがまが》しく見せていた。

　かなりの敷地面積を誇る五階建ての建物は、まるで白い棚田のようだった。複雑な岩場の地形を利用して建てられており、泊まる部屋によって景観がまるで異なるのだろうと思われる。左手は荒々しい岸壁に面し、ヤシやソテツ、プルメリアやハイビスカスなどの南国特有の木々が密集して植えられている。ホテル周辺に広がる森の植生もすべて管理されており、ここが日本であることを忘れさせるような徹底した演出だった。

　わたしは車を降りて思い切り伸び上がり、萎縮している筋肉へじゅうぶんな酸素を送った。海からの冷たい風が濃厚な潮の匂いを運び、髪や体に特有のべたつきを残していく。みちるはホテルの従業員に言われてしぶしぶ車のキーを渡し、地下の駐車スペースへ入っていくさまを心配そうに見つめていた。

「ただのバレーサービスだよ」

わたしが肩をまわしながら言うと、みちるは訝しげな顔をした。

「初めて聞いた」

「車を駐車場へ入れてくれて、帰りはエントランスまで出してくれるサービス。高価格帯のホテルではあたりまえにやってることだよ。日本では珍しいみたいだけど」

「車に傷でもつけられたら、レンタカー会社から修理費を請求される」

「万が一そうなったらホテル側が補償するでしょ。当然ね」

みちるは地下への通路を見つめ、苦々しげに口にした。

「そういう金も宿泊費に上乗せしてるってことだね」

高額イコール悪だと確信しているみちるの悪態はとどまるところを知らない。昨日泊まったホテルの居心地のよさは痛感しているようだが、同時に格差を目の当たりにして卑屈さに磨きがかかっていた。

東京から伊豆下田までは特急踊り子を使い、そこからはレンタカーを借りてこの地へやってきた。リゾート地といえども例外はなく、みちるが選んだのは価格のいちばん安い軽のワンボックスだ。会員制高級リゾートホテルに軽で乗りつける客がいるのかどうかは知らないが、もうよほどでない限りは何も言うまいと思っていた。わたしとのかかわりのなかで、体の隅々にまでこびりついている負の価値観がどう変わるのかに興味が湧きはじめているからだ。そして、面倒の集大成のようなみちるを、さっさと切り捨てない自分にも意外性を感じはじめている。

わたしはスーツケースや荷物をポーターに託したが、みちるはぱんぱんに膨れ上がった黒いリュックサックを守るべく抱きかかえ、きらびやかなエントランスカートを引いてきた係員を当惑させた。わたしはカチューシャのように髪に挿していた丸い縁のサングラスをかけ、チェックインカウンターへ行った。

ホテルの内装は木目と漆喰《しっくい》で統一されており、リゾート感を意識した外側の真っ白い見た目とは大きく異なり和洋折衷《せっちゅう》だ。中央には巨大な球体状に生けられた色とりどりの生花が存在を主張し、落ち着きと躍動感がちょうどいい具合に混じり合っていた。わたしの好みではないが、高級リゾートの名に恥じないインパクトのあるエントランスの演出には成功している。

わたしはこざっぱりとした白シャツを着たホテルマンにクレジットカードを渡した。みちるはあいかわらずリュックを抱えたまま、瞬きもせずにチェックインのやり取りを凝視している。そして傍から見てもわかるほどはっとし、すぐさまわたしに耳打ちした。

「金を余計に取られてるから注意して」

声を低くしてそう言い、なおも続けた。

「ネットで見た金額よりもはるかに高い。ピンハネするつもりだ」

「いや、ピンハネって。これはデポジットとオーソリゼーションだから」

「おーそりぜ……？」

わたしは無表情に徹しているホテルマンを横目に、みちるの腕を摑んで後ろを向いた。

「支払いの保証として、カードの枠を仮で押さえたんだよ。限度額とか本人確認することをオーソリゼーションって言うの」

「意味がわからない。予約の時点で金額は決まってるのになんで仮押さえ？」

「プランに入ってないサービスを使うかもしれないでしょ。それにこれは使わなければ戻ってくるお金だから安心していいからね」

声を押し殺しながら説明したが、みちるは納得どころかホテル側に不信感を募らせているようだった。わたしはさっと翻ってよそゆきの笑みを従業員に投げかけ、みちるが再び難癖をつけてくる前に急いで偽名でチェックインを終わらせた。そこへタイミングよく女性従業員がやってきて、嫌味のない笑みを浮かべながらホールのソファへ手を向けた。

「佐々木さま、川上さま。本日はピレウス・ヴィラ・キワエナへようこそお越しくださいました。よろしければウェルカムドリンクとパッションフルーツのチョコレートをどうぞ」

磨き込まれた寄木細工の美しいローテーブルには、すでに華奢なシャンパングラスとガラスの器が用意されている。それを見たみちるは、またもやわたしに近づいて声を低くした。

「あんなのを呑んだらまた金を巻き上げられる」

「だからウェルカムドリンクだって。サービス料に入ってるんだよ。それにしても巻き上げられるって、こんな場所で使う言葉じゃないし」

四方への過剰な警戒を怠らないみちるを連れ、わたしはソファに腰を下ろした。シャンパングラスを手に取り、香りを確認してから口をつけた。とたんに広がる辛口で特徴の薄いさらりとした味わい。クリュッグのロゼを呑むのは久しぶりだが、わたしのなかの評価はほとんど変わらなかった。雑味もない代わりに旨味も感じられない。

みちるはおそるおそるグラスに口をつけたが、鼻の付け根にシワを寄せてたちまちテーブルに戻している。好みの味ではないらしい。しかし、宝石のようなカットのチョコレートを口に入れた瞬間、目を丸くして動きを止めた。そしてリュックのポケットから小さなメモ帳を取り出して、「中にドロッとした酸っぱいジャムみたいなものが入っている。食べたことない味」と高速で書きつけた。パッションフルーツの文字を二重丸で囲んでいる。こっちはかなり好みのようだ。わたしは同じチョコレートを部屋に運んでほしい旨を伝え、奥にあるエレベーターで三階へ向かった。

カードキーで部屋に入ると、目の前は一面の海だった。飛び石のような岩礁があちこちで顔を覗かせ、透明度の高い海の碧色に絶妙な強弱をつけている。晴れていれば穏やかなさざめきが切子グラスのように乱反射してさぞ美しいだろう。夕暮れ時や夜明けはまた違った景観が広がるに違いない。

わたしはすでに運び込まれている荷物を開き、衣類をクローゼットと箪笥に移した。みちるは何かに誘われるように窓を開けて広々としたベランダに立ち、白波が立っている大海原に見入っている。岩に当たる水音やのんびりとしたトンビの鳴き声が非日常に拍車をかけており、みちるの表情はこころなしか柔らかくなっていた。

わたしはサングラスを外し、ベランダに出て彼女の隣に立った。潮とプルメリアの甘い香りが混じり合って上昇気流となり、否応なく鼻孔をくすぐってくる。みちるも大きく深呼吸をし、今この瞬間を体じゅうに刻みつけているようだった。

「絵に描いたようなリゾートホテルだね」

わたしの言葉を受け、みちるは海へ目を向けながら口を開いた。

「リゾートホテルがなんなのかもわからない。最後に海へ行ったのは二十年以上も前。千葉の海水浴場で、人の多さに酔って吐いたし道の渋滞にもうんざりした」

「首都圏の海はシーズン中、大混雑するだろうね。両親と行ったの？」

みちるはひとつだけ頷いた。

「プールには何回も行ったけど、海はそのとき一回だけ。波と砂が足にまとわりつく感覚が気持ち悪くて、ずっと父に抱っこされてたと思う」

わたしはみちるの部屋にあった写真を思い浮かべた。清潔感のある爽やかな若い両親と、屈託なく笑う子ども。海水浴や磯遊びなどは子どものいる家族には定番の行楽だが、その記憶がたった一度きりというのは切ないものだった。みちるは静かなまなざしで曇り空の海を眺めていたが、ふいにわたしに目をくれた。

「藍の両親ってどんな人なの？　想像ができない」

この問いがそろそろくるだろうなと踏んではいた。そのときは適当にはぐらかして場をやりすごせばいいと思っていたが、今のみちるにはそれを許さないような気迫がある。

ひんやりとした白い手すりに肘をつき、海風で舞い上がる髪を乱れるがままにした。彼女が真正面からわたしにぶつかってくるのは、人との絆を結びたいという気持ちの表れだ。ここ数日間を親密に過ごしたことで、金銭面とは別の欲が顔を覗かせている。情というのは厄介で、常に怠らない警戒心をいとも簡単に突破してしまうものだ。情にほだされて破滅した人間を何人見ていようが、自分だけは大丈夫だと根拠なく思ってしまう。

わたしは潮風を胸いっぱいに吸い込んだ。

「他人が知る自分の情報は少なければ少ないほどいい。そうじゃなければ、この世界で生き抜いてはいけない」

　みちるはわたしの横顔をじっと見つめ、いつになく生真面目な声を出した。

「それは生きてるって言えるの？」

　その言葉は、何度となく自問してきたことだ。使い切れないほどの金を手にして何不自由がなくても、ふとしたときに強烈な虚しさがのしかかることがある。すべてを曝《さら》け出して許し合える人間の存在を夢見た時期もあったが、どう考えても無理があった。

「ホント、なんのために生きてるんだろうね」

　わたしはそのままの言葉を返し、髪をかき上げて手すりにもたれかかった。

「わたしの親は考えが足らない人たちだった。甘い言葉に弱くて、安易な夢ばかりを見てるような人たち」

「生きてるの？」

「さあ」

　わたしの曖昧な返事に、みちるは小首を傾げて先を促した。

「二人はもともとボランティアの青年海外協力隊で知り合って、アメリカへの移住を決意したって聞いてる」

「行動力がある人たちだったんだね。藍はその血を受け継いだ」

　わたしは鼻を鳴らして手をひと振りした。

「安全圏で片手間に人助けして、他人から称賛されたり必要とされたりするポジションが大好きな人たちだよ。お気軽な善行は、自尊心と承認欲求を満たすための道具だし」

みちるは少しだけ考え、「言いすぎだと思う」と返してきた。

「妥当だよ。今の世の中、そういう人間が無意識にいろんなことをめちゃくちゃにする。考えの足りない善人が自覚なく不穏の種を蒔き続けて、そのうちそこには本物の悪意が芽吹く。当人は何も気づかないまま、ある日突然破滅する」

思慮深くてすばらしい夫婦だと評判の両親は、一切の隙がない完璧な偽善者だった。もっとも、いい人を装っていたのではなく、自分たちは特別な人間なのだという強烈な自己暗示にかかっていたと言ったほうがいいかもしれない。困っている者を助けるボランティア団体を起ち上げ、我が子よりも当然のように他人を優先した。他者からの称賛の声を養分にして両親は肥えていったのだ。

「あの人は病気で働けないから気の毒なの」とか「お母さんの助けを必要としてるのよ」とか「藍は家も食べ物もあってすごく幸せだね」とか、両親の上っ面だけの物言いはとどまるところを知らない。物心ついたときには、すでに「いい人」と「困っている人」に対する不信感でいっぱいで、わたしは弱音を吐いたりだれかに頼るということができなくなっていた。

両親の空っぽの笑顔を思い出して身震いが起きた。

「青年海外協力隊では組織に守られてたけど、フリーで活動するボランティアなんて危険と隣り合わせだよ。救いを求める者が善人だとは限らないのに、両親は一線の引き方を完全に間違えていた。根拠のない万能感に酔ってたからね」

「何かの事件に巻き込まれたってこと？」

わたしは苦々しくため息をついた。

「気づいたときには、全財産が盗まれて莫大な賠償請求をされてたよ」

「なんで賠償請求？」

「聖人だなんておだてられて有頂天になっていた両親には、そもそも人を救うっていう信念がない。ドラッグ中毒者が禁断症状で苦しんでいれば、ヤクを渡して楽にしてあげることが優しさだと本気で思ってる。四方八方で浅はかな善意を振りまいたために、あの二人の周りからは生気が消えていったよ」

　両親の介入で結果的に自立の道を阻まれ、今までよりもさらなる苦境に追い込まれた者が多くいたと聞いている。二人は激しい抗議に晒されてもなお、自分たちはせいいっぱい尽くしてきたのにと涙ながらに訴えていた。ここが厄介なところなのだ。当人たちには微塵も悪意がない。

　みちるは神妙な面持ちで込み入った話に聞き入り、顔にかかる長い前髪を払いながら口を開いた。

「そのあとどうなったの？」

「一家離散」

　わたしはひと言で答えた。

「当時わたしは十七で、両親には心の底から呆れ返っていたし早く離れたかった。いつトラブルに巻き込まれてもおかしくはなかったからね。とは言っても、このときわたしはすでに親と一緒に住んでなかったんだけど」

「十七でひとり暮らししてたの？」

「大学の寮に入ってた。わたしは飛び級したからさ」

みちるは驚いたけれども、アメリカで飛び級はそれほど珍しいことではない。

「わたしは心理学とか文化の進化に興味があった。両親みたいに、善意にのめり込んで周囲を不幸に突き落とす人間はいかにして作られるのか」

「両親のことはなんて言っていいかわからないけど、藍は優秀で将来の選択肢も多かったはず。目標もあった。それなのに、なんでよりによって詐欺師？」

「それは当然の質問だね」

わたしは冷えてきた腕をこすり上げ、みちるをつれて部屋に入った。それと同時にドアベルが鳴り、ボーイが厳かな調子で金枠のついたワゴンを押しながら入室してきた。部屋の中央にあるローテーブルの前でガラス製のクロッシュを開くと、二段のケーキスタンドにはパッションフルーツのソースを閉じ込めたチョコレートがバランスよく盛りつけられていた。ボーイはほとんど無言のまま紅茶を給仕し、流れるような物腰で去っていく。

「このチョコ、一粒いくらなんだろう……」

みちるがまたもや現実的な発言をする。わたしは細かい和刺繍の縫い取られたクッションをずらしてソファに腰を下ろした。

「おいしいと感じたんなら高くても納得できるでしょ」

みちるはとても納得できないとは言いつつも、斜向かいに座ってアッサムティーに口をつけた。わたしも濃い目に淹れられた紅茶を堪能し、昔話を再開した。

「あるとき、大学で外部講師の講義を聞く機会があった。講師は犯罪心理学に精通していて、普段はイギリスで教鞭《きょうべん》を執ってる女性でね。もうかなりの歳だったけど、言葉のひとつひとつに気づきがあってさ。犯罪者の解釈が独特で斬新な人だった」

「犯罪者の解釈？　それは法律が決めることだと思うけど」

「そう、法とは微妙にズレた解釈なのに納得のロジックを打ち出してきた。一瞬でも目を離すのがもったいなくなるような講義だったんだよ」

わたしは時代遅れのツイードスーツを着たやぼったい老女を思い出した。若干腰が曲がって杖をつき、顔は折り込まれたような深いシワだらけだ。小太りで柔和な見た目は無害な老人そのものだったが、一方で物事を見透かすようなブルーの瞳は警戒心を刺激してくるものだった。視線や指先の些細な動きや声のわずかな抑揚など、彼女のすべてが自信に裏打ちされているのを見て、わたしはたちまち魅了されてしまったのだ。

「結論から言っちゃうけど、そのおばあちゃん先生は詐欺師でね」

「は？　大学で教えてるのに？」

「そうなんだよ。彼女のすべてが架空だった。理事長がプールしてた裏金をいつの間にかかすめ取って、しかも学校側の金にまつわる悪事をニュースショーにタレ込んだから大スキャンダルに発展してさ。連日大騒ぎだったよ」

老女がおこなった講義や思想が学生たちからの人気を博し、騒動の直前には姿をくらましたこともあって批判の矢面に立たされたのは大学側と理事長だった。すべてを手玉に取って立ちまわった詐欺師の老女は、大学の闇を告発して学生たちを救ったともてはやされる始末。その手口の鮮やかさはわたしのなかのわだかまりをきれいに一掃し、初めて興味のもてる人間に出会えたことに感謝さえした。

「わたしの親との対比に痺れたよ。善と悪はさじ加減ひとつで結末を大きく変える。あの老人に会ってから、自分が学んでることが空々しく感じてね」

「ちょっと待って。まさか、藍の相棒って……」

「その通り。おばあちゃん先生のグレンダ・モリス。彼女と組んで世界じゅうを飛びまわったの」

みちるはチョコレートを手にしたままぽかんと口を開けた。

「アトランティス発見から海水錬金術まで、二人の発想を組み合わせた計画は負け知らずだったよ。最高の相棒だった。一昨年までは」

「喧嘩別れしたとか」

「違うよ。死別」

その言葉に、みちるはまたもや動きを止めた。わたしは冷めた紅茶で喉を潤し、ねずみ色の陰鬱な空に目を細めた。

「遊びに行った次の日の朝、グレイは起きてこなかった。家が静まり返ってた。彼女はベッドで冷たくなってたよ」

真っ白に波打つ髪が枕の上で放射状に広がり、カーテンの隙間から射し込んだ朝陽が彼女の死に顔を照らしていた光景をきっと死ぬまで忘れることはできないだろう。色素が薄くて神々しいというよりも、道端で干からびたトカゲのようだとふとどきなことを思ったものだ。眠っているような穏やかな死に顔ではあったが、わたしは心臓が暴走して倒れそうなほど恐怖を感じたことを覚えている。

「八十七歳の安らかな最期だったと思う。それから遺言の通り、イギリスのスキャタリンググラウンドに散骨した。墓にだけは入りたくないって言ってたからね」

「藍にとって、その老人は家族のようなものだったんだ」

「……それはどうだろう」

わたしは首を傾げた。信頼できる人間だしこれ以上のパートナーはいないと断言できるけれども、互いに心を許していたかは疑問だった。それを考えれば、みちるに対してわたしは驚くほど心を開いている。

わたしは腕組みして考え込んだ。

「グレイとわたしは運命共同体だった。ある意味、お互いに弱みを握られている関係。そんな緊張と刺激の連続だったから、結びつきは強くなったんだと思う」

現に、グレンダの生まれも育ちも何も知らない。彼女もわたしに踏み込むことはなかった。一方が窮地に陥ったとき、知らなければ何も喋りようがないからだ。そういう意味では、互いの才能と能力で結びついた無駄のない関係だったと言える。

しかし、死の数日前に言われた言葉が、自分のなかで日を追うごとに大きくなっていった。

「あなたは詐欺師には向いていない」

さんざん二人で荒稼ぎしておきながら、まるで遺言のように言い放った言葉がこれだ。が、自分でもわかっていた。悪人からしか金を取らないとはいえ、いつのときも割を食うのはその家族になるからだ。父親の、あるいは母親の悪事が表沙汰になったとき、その家族は無関係ながら矢面に立たされることになる。わたしと相棒に金を巻き上げられ、そのうえ悪事を公表された両親を呆然と見つめていた娘の姿が今も心に刺さっている。キャラクターがプリントされたパジャマを着て、顔にかかった髪を払いもせずに体を強張らせていた。その子どもにはなんの罪もなく、わたしがこの手で不幸に突き落としたと言っていい。みちるに妙に肩入れしてしまうのは、ひと目見たときからその子どもの面影と重なったからだった。不用意な感情移入が身の破滅を招くことを、グレンダは「詐欺師には向いていない」という言葉で警告したのだと思っている。

　わたしは髪をかき上げてなんとか頭を切り替えた。

「まあ、彼女がいなければわたしは今ごろ平凡に生きてたと思うよ。それこそ手堅い仕事を選んだだろうし、みちると出会うこともなかったね」

「それは困る」

　みちるは即答し、ちらちらと上目遣いでわたしの様子を窺いながら先を続けた。

「今こうやって行動をともにしてるのは、わたしに……ええと、その老人の詐欺師みたいな、み、魅力を感じてるからだよね」

　彼女はそそくさとティーカップに口をつけて赤くなった顔を隠した。みちるは今まで会っただれよりも無垢だと思う。復讐だ殺すだと年中物騒なことを息巻いてはいるが、ふとしたときに垣間見える心は驚くほど澄んでいる。

「グレイとはタイプが正反対だけど、みちるには複雑な魅力があるよ。だから探偵の秋重もみちるを心配してたんだろうし」

　その言葉と同時にみちるはにべもなく真顔に戻った。

「あの男はわたしを騙して金を巻き上げた。心配してる人間の行動じゃない」

「そうでもないんだよ。人の心はいろんな思いが絡み合って成り立ってるから、ときにややこしい矛盾が出現する。自分の人生を生きろと言った言葉に嘘はなかったよ」

あの男の奥底にあるのは誠実さのような気がする。まあ、わたしの思い違いかもしれないが。

「ともかく、ここでめいっぱいリフレッシュして帰ろう」

「何言ってるの？　ここで戸賀崎喜和子を見つけてとどめを刺すんだよ」

みちるの決意が揺らぐことはないらしい。わたしは肩をすくめてポットから紅茶を注ぎ足した。

2

朝方まで降っていた雨は上がり、翌日は雲ひとつない快晴だった。宿泊客はダイビングやゴルフ、プライベートビーチでの休息など思い思いのスタイルで完成度の高いリゾート地を満喫している。

濡れた髪をタオルでぬぐいながら部屋に戻ると、窓際のソファで仏頂面をしているみちると目が合った。広い座面の上で脚を抱え込み、拗ねたように口を尖らせている。壁にかけられた大画面の液晶モニターでは、東京で起きているバラバラ死体遺棄事件の詳細が流されていた。肩書きのよくわからないコメンテーターが犯人の心理状態を語り、生活の様子までを推測して悦に入っている。まるで雑な占い師だ。みちるはふてくされた態度を崩さず、開口一番言った。

「どこ行ってたの？」

わたしは無邪気な笑顔を投げかけた。

「おはよう。晴れてよかったね」

窓から見える海が朝陽を浴びて輝き、その反射が時折部屋の中にまで届けられる。そんな爽やかさとは無縁のみちるは、再び同じ質問をした。

「どこ行ってたのか聞いてる」

「ビーチだよ。しかし、こんなすばらしい朝からバラバラ事件を見なくてもいいだろうに。コメントがバカらしくて聞いてられないよ」

「ワイドショーなんてこんなもんだよ。ビーチへ何しに行ったの？」

「何しにって、少なくともバラバラ事件を考えるためではないよね。早朝にサップヨガをやってるってメニューにあったから行ってきたんだよ」

「さっぷよが？」

みちるは知らない単語を耳にするとことさら警戒心が煽られる質らしい。わたしは鬱陶しいテレビの電源を切った。

「パドルボードを海に浮かべて、その上でヨガをやる。ああ、パドルボードっていうのはサーフボードを少し大きくしたようなやつね」

早くも頭のなかが疑問符だらけになっているようだ。みちるは訝しげな声を出した。

「海の上でヨガをやる意味がわからないし、いかにも金持ちが喜びそうなシチュエーションが気持ち悪い」

「あんまりな言いようだな。波がなくて透明な海に浮かんでるだけで、なんかこう大地のパワーを吸収してるように感じるんだよ。海の底には珊瑚礁《さんごしょう》が見えるし、ボードに寝そべればどこまでも青空が広がっててさ」

「自然の美しさを否定してるわけじゃない。そこでへんな名前つけたへんなことをやりはじめるのはいつだって気色の悪い集団だってことだよ。そういうのをおしゃれで意識高いと思ってる連中が死ぬほど嫌い」

「うん、なかなか順調にこじらせてるね」

わたしはタオルを浴室の洗濯かごに入れ、手早くシャワーを浴びてドライヤーで髪を適当に乾かした。ひとつに束ねて少々時代遅れのメガネをかければ、どこにいても違和感のない市民Aが出来上がる。サックスブルーのTシャツを着込んでメインルームへ行くと、みちるが冷蔵庫からオレンジジュースを取り出しているところだった。ここへの道すがら、コンビニに立ち寄ったときに買い込んでいたものだ。

「オレンジジュースなら、搾りたてがあるんだからそっちを取ればいい。こういうものはすべて料金に入ってるんだから」

「本当に？」

「嘘ついてどうすんの」

みちるは少しだけ考え、再び冷蔵庫をあけてガラスのドリンクサーバーからオレンジジュースをグラスに注いだ。

「明日は誘うよ。早朝サップヨガ」

「いい。朝から気分が悪くなる」

「正直、みちるの気分とかどうでもいいんだよ」

そう言うなり、みちるはあからさまに不愉快を顔に出した。

「好き嫌いで物事を判断してると、視野がどんどん狭くなるから注意しな」

「ヨガをやれば視野が広がるの？　ばかばかしい」

「そういうことを言ってるんじゃないんだな」

わたしは冷蔵庫から出した炭酸水にちびちびと口をつけた。

「みちるの目的は戸賀崎喜和子の捕捉。七年かけてようやく見つけた手がかりがこのホテルなわけだよ。こういう場所は守秘義務が徹底されてるから、そこらの従業員に聞いても情報は何も出ないと思ったほうがいい」

「金を渡して喋らせれば簡単なことだ」

みちるは勢い込んで自身なりの計画を吐露したが、わたしは首を左右に振った。

「お金で釣るにはある程度の関係性を構築しなければならない。見ず知らずの人間に、いきなりお金を渡されるところを想像してみ。まともな人間なら喜ぶどころか身の危険を感じるよ」

みちるは何かを言いかけたが、結局は口をつぐんで考え込んだ。彼女の思いつくやり方は短絡的な脅しがほとんどであり、今まで深刻な事態に陥らなかったことが不思議なほどだ。

わたしは炭酸水を呑みながら話を進めた。

「さっき少し調べてきたんだけど、ホテルの左手にある岸壁に沿ってヴィラがあるみたいだね。正面からはまったく見えなかったけど」

「びら？」

「ヴィラだよ。このホテルの名前にもなってるでしょ。家みたいに独立した建物の宿泊施設のこと」

「そういうのをコテージって呼ぶと思ってた」

「まあ、同じような意味で使われることもあるけど、コテージは質素な一軒家でヴィラは豪華な一軒家だよ。格が違う」

　みちるはすかさずリュックからメモ帳を出して、コテージとヴィラの違いを書き取った。

「ここはホテルの表からも裏からもヴィラゾーンが見えないし行けない。フロントの奥に専用のエレベーターがあって、カードキーがないと扉が開かないようになってるよ」

「じゃあ、あの女がいるとしたらそこだね」

　わたしは小刻みに頷いた。

「このホテルは上から見るとL字型になってて、えぐれた場所にヴィラゾーンがある。地形をうまく生かした施設だよ。ヴィラに泊まる人間は他の客と交わらないようになってるし、海と岩場に囲まれてるから孤島にいるような気分が味わえるだろうね」

　わたしは水滴のついた炭酸水の瓶をテーブルに置いた。

「わたしが朝からサップヨガへ行った理由は情報収集だよ。ここは一部が会員制で常連も多い。朝陽を浴びる早朝ヨガなんて、いかにも常連が好みそうだよね」

　みちるははっとし、ようやくわたしの意図を理解したようだった。

「藍は客から情報をむしり取ろうとしたんだね」

「いや、むしり取るって言葉は適切なの？」

わたしは苦笑いをした。

「案の定、ヨガに参加した客は会員がほとんどだった。このホテルの熱烈なファンで、予約さえ取れれば月に何回も泊まりにくるみたいだよ」

「金の無駄」

「絶対に言うと思った。でも、それだけの価値はあるのかもしれない。日本では見ないタイプのリゾートだし、ヴィラを大っぴらに宣伝しないあたりに特別感をもたせる戦略がある。事実、人には教えたくない最高の隠れ家って言ってる人もいたしさ」

この施設は喜和子名義だが、経営戦略を甥が担っているのなら噂に違わず有能なのだと思う。コロナウイルス騒ぎで宿泊業が軒並み苦境に追いやられていたなかでも、戸賀崎グループだけは累積黒字も手伝って利益を伸ばしていた。経営陣に先見性があるのは明らかだ。

「それで、喜和子はここにいるの？」

みちるは期待感から無意識に笑みがこぼれている。わたしはまずは落ち着けというように手をかざした。

「事を急げば不信感をもたれる。わたしは会員になろうかどうか迷ってる客を演出したんだよ。そしたら、マダムたちは熱心に勧めてきたね。あなたみたいな素朴な人なら大歓迎だとかって」

「素朴？　だれを見て言ってるの」

「だからそういう世間知らずな演出をしたんだって」

わたしはやぼったいメガネを中指で押し上げて見せたが、みちるは鼻を鳴らしながら眉根を寄せた。

「そのおばさんたちの上から目線が苛つく。やっぱり金持ちは差別主義者だし、自分たちは特別だと思ってるんだ。貧乏人は視界の隅にも入ってない。そんな連中を数時間で手なずけた藍はさすがだと思う」

「今日は悪口に冴えがあるね」

憎々しげに捲し立てるみちるに言った。

「世界じゅうでどのリゾートが最高だと思うかって聞かれたから、モロッコのメルズーガって答えたよ。サハラ砂漠のキャンプだし最高ではなかったけど、自然崇拝者には響くものがあるのかなと思って」

「藍を試したわけだ。で、逆に手玉に取られた。簡単に金を引き出せそうな連中だね」

「ホントに驚くほど無防備だった。その気になれば今日じゅうに仮想通貨あたりの投資話に引き込める」

「まさかやるつもり？」

わたしは首を横に振った。

「やるつもりはない」

みちるはほっとした顔をした。

「で、ここのヴィラは会員限定で、一棟しかないから予約がたいへんらしい。会員限定とはいってもプラスでかなりの宿泊費がかかる。そして、去年の夏ごろからヴィラの予約がまったく取れなくなった」

その言葉に、みちるはぴくりと反応した。

「喜和子の家政婦がここで写真に写り込んだのは去年の九月。もしかしてあの女がヴィラを使ってる？」

わたしはみちるの腕をぽんと叩いた。

「時期的に合ってるからその可能性がある。帳簿上、ヴィラを空きにしていれば宿泊状況を調べられても喜和子は浮上しないしね」

「そうか。経営者の甥も、まさか自社のホテルの空き室に潜伏してるとは思わない……」

「きっと、このホテルの従業員全員に喜和子の息がかかってる。彼女名義のホテルは信頼できる人間しか置いてないんだと思うよ。情報を完璧にシャットアウトして、味方に囲い込んでもらってる」

おそらく外してはいないだろう。日本にある自分名義のホテルを家代わりにして、定期的に場所を変えている。しかも外からは調べようがない立地だから好都合だ。

それにしても、それほどまでに徹底して身を隠すのは、危険を感じているからという理由だけだろうか。いくつかのホテルが喜和子名義だとはいえ、すべて戸賀崎グループという括りに入っている。ならば、本社からスタッフを送り込めばある程度の情報を得ることができるようにも思うのだが……。それとも、組織的にそれができない規約になっているのか。どうも喜和子にしても戸賀崎グループにしても、行動は過剰で無駄が多いように見えてしようがない。

しばらく考えを巡らせていると、みちるが腕組みしながら口を開いた。

「喜和子の不動産は海外にもあるって言ってたよね。なら、日本から離れたほうが安全だと思うんだけど」

「安全ではないよ。海外なら、事故とか事件に巻き込まれて死んだってシチュエーションを楽に作れるからね。日本の警察も介入が難しい」

「なるほど、そうも考えられるのか……」

「そもそも、弁護士を使って出国照会すれば渡航履歴はわかる。わたしは初めから喜和子はこの国から出ていないと思ってるよ」

　そして、この場所が最有力ではないだろうか。

「ともかく、朝ごはんを食べてから少し探ってみよう。ホテルの従業員は常に監視してると思っていい。カメラの位置も確認しないとね」

　みちるは無言のままひとつだけ頷いて立ち上がった。今日もダメージの激しいジーンズを穿いている。わたしはクローゼットを開けて箪笥をあさり、アイボリーの丈の長いTシャツと黒のスリムパンツを出してみちるに手渡した。

「しばらくこのホテルにいることになるから、これに着替えな。こういう場所でそのデニムは目立つから」

　彼女は無地のTシャツを広げてしげしげと見つめ、「つまんない服」とぽつりと言った。

「いかにもつまんない服に見えるでしょ？　でもそれ、上下で十五万近くするやつだから」

「は？　じゅ、十五万？　これが？」

「シンプルな服ほど値段はわかりやすい。カッティングとか素材感、色を見れば安物じゃないことは明らかだよ。ここのTPOを考えれば、ラフでスポーツにも使える高級品が適してるね。そのデニムは卒業したほうがいい」

みちるは顔を引きつらせて「十五万……」と繰り返し、あらためてTシャツに触れている。どことなく及び腰になっているのに、メモ帳を出して「高いTシャツは生地がツヤツヤで信じられないぐらい柔らかい」と律儀《りちぎ》に書き取っていた。

軽い朝食を終えた二人は、早速建物の外へ出た。陽射しが時間とともに強くなりはじめ、海から吹きつける冷たい風が心地よい。カラフルなウェアに身を包んだ宿泊客は続々とゴルフ場へ向かう車に乗り込み、ロビーやエントランス周りは見る間に閑散としていった。

「ほとんどの客がゴルフメインみたいだね。いいコースがいくつも用意されてるから」

みちるは他の客など眼中にはなく、建物の向かって左側にある岩場の辺りを睨むように凝視している。わたしはメガネを外してサングラスに替えた。

「これから海辺を散歩しに行くんだよ。それらしい顔を作ってね」

わたしはそう釘を刺し、大理石の噴水や鮮やかな花々で飾られたロータリーを迂回した。スマートフォンを片手に方々で写真を撮りながら、いかにもリゾート地ではしゃぐ客の演出を徹底させる。そのまま左手奥にある岩場のほうへ近づいていき、振り返りざまに素早くホテル正面入り口へと目を走らせた。今のところチェックアウトする客はいないようで、従業員はみな屋内に戻っている。

「この岩の向こう側がヴィラゾーンだよ」

わたしは、記念撮影に余念のない客を演じながら岩場の奥を覗き込んだ。ヤシやプルメリア、背の高い竹などが密集して植えられており、通り抜けできそうな隙間はすべて細かい石垣で固められている。

　みちるは木々の間にむりやり体をねじ込み、伸び上がって奥のほうを覗き込んだ。

「ここからでは何も見えない。入り込める隙間もないしものすごく厳重だ」

　岩場は建物のほぼ二階あたりにまで石が積まれており、人目をかいくぐりながらよじ登って越えるのはまず不可能な造りだ。

「屋内の廊下にある窓からヴィラのほうを確認したけど、植えられた木とか彫刻が目隠しになってスレート葺きの屋根ぐらいしか見えなかった。徹底して人の目が届かない空間を作り上げてるよ」

「ホテルの目玉を隠すなんて聞いたことがないけど」

「ホントにね。でも、だからこそどうにかして行ってみたい欲求が膨れ上がるわけだよ。SNSを検索してみたけど、ヴィラの全容がわかるものは一枚もなかったし」

「まさか、写真を禁止してる？」

「いや」とわたしはみちるの腕を引っ張って隙間から出した。「客もわかってるんだと思うよ。ヴィラに泊まれたっていうステイタスをひけらかすためには、ごく一部分しかSNSには上げないほうが効果的。写真を見た者が歯ぎしりして悔しがるのを想像して楽しむためにさ」

　このホテルのコンセプトは緻密に組み立てられている。だれが指示したわけでもないのに、客のなすべきことを暗黙のうちに理解させているからだ。優越意識をくすぐるやり方はとかく下品になりがちだが、会員制という一線を設けることで質の低下を防ぐことができる。

「今さらだけど、戸賀崎グループに興味が湧いた。特に経営を任されてる甥ね。才能と決断力のバランスがいい」

　するとみちるがいささか真顔になった。

「ターゲットは喜和子で戸賀崎グループじゃないから」

「どうしたの、急に」

「そのままの意味だよ」

　わたしはつくづく感心した。

「みちるは本当に規則正しいクリミナルだね。復讐するほど憎い相手は、一族まとめて地獄に堕としたいと考えるのが普通なのに」

「恨みはひとりに注がないと薄まるから。ただし、だからといって会社の連中を喜ばせることはしない」

　わたしは思わず笑い声を漏らした。喜和子を亡き者にすれば経営陣にとって喜ばしい状況になる、と言った言葉を真摯《しんし》に捉えていたらしい。これで少しは安心することができる。今の状況において最悪のシナリオは、みちるが怒りにまかせてターゲットの命を奪ってしまうことだ。わたしが殺人などにかかわりたくないのは当然のこととして、そもそもみちるは殺しに耐えうる精神構造をしていない。万が一危害を加えるようなことになれば、その重さに押し潰されるのは目に見えていた。

「ともかく、ターゲットの今の状況を見ないことには作戦が立てられない。ここにいるにしろいないにしろ、さっさと見極めて先に進みたいとこだね」

　みちるは大きく頷いた。そして二人はホテルの前に広がる白やピンクのプルメリアが咲き乱れる庭をぶらぶらと歩き、ドア付近の従業員がいなくなったタイミングで敷地の外へ出た。まっすぐに続く白っぽい石畳の一本道は、降り注ぐ太陽が反射して眩《まぶ》しいほどだ。わたしはサングラスをかけ直して道の真ん中で立ち止まった。沿道には背の高いヤシと街灯が等間隔に並び、高低差をつけた植え込みではさまざまな種類の花がほころんでいる。所々でアゲハチョウが飛び交うさまが、安価なフリー素材のようだと思う。

「この辺りの土地を買い占めたことで、日常の追い出しに成功してるね。ホテルの周りなんて、大抵は汚い捨て看板とかそこに絡みつくクズとか群生するセイタカアワダチソウとか、一瞬で現実に引き戻してくる立地がほとんどだよ」

「映画のセットみたい」

みちるが額に汗を浮かべながら感想を述べた。薄く笑みが浮かんでいることから察するに、こういうポストカードのような整然とした景観が好みらしい。

「ここはビーチもダイビングスポットもゴルフ場も、どこへ行くにも少し遠いね。おもしろい立地ではあるけど」

わたしはホテルの建物に沿って左側へまわり込み、石畳の道を逸れて荷物の搬入口とおぼしき裏手のほうへ足を進めた。建物の真裏は大きな木製の門で閉じられており、運送トラックや段ボール箱などの雑多な現実を見せない工夫がされている。海側には真竹や黒松などの防風林が密に植えられ、風によって曲がった松の幹が異様な曲線を描いていた。

わたしたちは門扉の脇にある防犯カメラの画角に入らないように大まわりし、奥に見える岩場のほうへ歩を進めた。ホテルの側面に沿って正面から裏側まで続いているヴィラゾーンは、まるで建物で蓋をされているようなありさまだ。裏手も表と同じで、人が入り込めるような隙間は塞がれて全貌が見えない。

みちるがどうにか確認しようと一歩を踏み出したが、すぐにつんのめるようにして急停止した。

「あそこ」

そう言いながら上のほうを指差している。

「あのヤシの木の裏側に黒いポールが立ってるのが見える？　防犯カメラだよ」

わたしはサングラスを押し上げて目を細めた。確かに、上のほうでちらちらと光っている箇所がある。さらには、細かい岩を積み上げたような石垣の上にも一台のカメラが備えつけられていた。

「裏側は表よりも厳重だな。人目がないから当然だけど」

「海から侵入しよう」

みちるが出し抜けに言ったが、わたしは首を横に振った。

「たとえ海からまわり込めたとしても、十数メートルはある岸壁を登らないと敷地には入れないんだよ」

わたしはポケットからスマートフォンを出して、この建物の衛星写真を検索した。建物は伊豆半島のほとんど先端に位置しており、特にホテルの向かって左側は岸壁に沿わせた構造だ。敷地を最大限に活用した無駄のない建築としか言いようがなかった。

わたしはスマートフォンの画面をみちるの前に突き出した。

「ほら、この岩場と岸壁の上にあるのがヴィラゾーンだよ。ここは岩礁が多くて海が荒そうだし、命懸けのロッククライミングになるね」

みちるは食い入るように画面を見つめ、苛立ちのためか唇の端をぴくぴくと震わせた。そして石垣で仕切られた場所に目を細めた。

「……この壁の向こうにあの女がいるかもしれないのに、ここまできて確認もできないなんて」

「Haste makes waste」

「日本語で言ってよ」

「急いては事を仕損じる。ひとつずつ潰していくしかないよ。ひとまず、物理的に侵入するのは難しいことがわかった」

ヴィラへ通じるエレベーターはフロントカウンターの内部にあり、無関係の客が乗り込もうとすればひと目でわかる。ホテル南側のヴィラゾーンに面した廊下の窓は嵌《は》め殺しのため、窓伝いにどうこうすることもできない。どのルートもおもしろいほど完全に塞がれ、まるで籠城するために設計されたのではないかと思うほどだった。

するとむっつりしていたみちるが、何かを閃いたとばかりにぱっと顔を上げた。

「藍は前に、ドローンを使って調査したことがあるって言ってたよね。操縦には慣れてるって。ドローンを飛ばせば内側を探れるかもしれない」

わたしはうーんとうなって、再びスマートフォンの画面を彼女に向けた。

「この衛星写真を見てもわかる通り、ヴィラゾーンには背の高い植物が密集して植えられてる。それを避けながらドローンを建物に寄せて撮影するのはかなり難易度が高い。もし見つかれば警察沙汰は間違いないしね。というか、高確率で見つかると思う」

「そんなの、操縦をミスったって言い訳すればいい。喜和子を確認できさえすれば、警察沙汰ぐらいどうってことはないよ」

「いや、問題は警察じゃないんだって。騒ぎを起こせばマダムが場所を変えるかもしれない。そうなればまた振り出しに戻されるんだよ」

そこまでを考えていなかったみちるは、たちまち口をつぐんだ。

「ともかく、ここにマダムがいる確証を得るまでは危ない橋を渡らないほうがいい。無理な計画は諦めてのんびりいこうよ」

のんびりという言葉に難色を示したみちるだったが、だからといって代替案はないようだ。わたしは手堅いところで手を打つことにした。

「マダムの面倒をみている里村芳江。今の状況では彼女を待つのが近道だと思う。まだここにいるとすれば、月に数回は松濤の屋敷に出かけるはずだよね。今はこれを突き止めた探偵に感謝しないと」

「こっちが支払った金にまったく見合わないチンケな情報だよ」

わたしはサングラスをかけて来た道を戻りはじめた。

「チンケかどうかは、この先の状況を見てから決めようよ。わたしは、あの探偵さんには見どころがあると思ってるからさ」

みちるは何事かを言いかけたが、結局は黙って不快感を態度で表明しただけだった。

3

物事が動き出す前というのは、必ず一定期間の停滞が訪れる。わたしたち二人は、一週間ほどなんの進展もないままホテルに足止めされていた。その間は毎朝、嫌悪感を示すみちるをサップヨガに連れ出していたわけだが、なんと彼女はこれに魅了されてしまったようだった。正確にはただボードに寝そべって海にたゆたい、心を無にする感覚に衝撃を受けたということらしい。日常の憂さをすべて忘れて開放感に浸る時間は、今のみちるにもっとも必要なことだ。ほんの一時でも穏やかさに触れたことで、蒼白かった顔色も見る間に明るくなっていった。

しかし、部屋に戻ったと同時にもとの彼女に戻ってしまうのが難点だ。

「近くの民宿に宿を替えたい」

みちるはスマートフォンを検索しながら、いささか不安げな声を出した。

「もっと早く移ればよかった。そもそもわたしはこんなとこにいていい身分じゃない」

「身分制度は大昔に廃止されたと思ったけど」

わたしの軽口を無視し、みちるは神妙な面持ちでスマートフォンの電卓アプリをタップしはじめる。そして弾き出された数字を見てはたと動きを止め、やがて頭をがりがりと掻きむしった。

「金額が非常識すぎる。先の予定が立たないこんな状況で、このままここにいればあっという間に金が溶けるよ。藍は好きにすればいいけど、わたしは移るから」

「それでは効率が悪いと思うけど」

「毎朝わたしが通ってくればいい」

　わたしはソファにもたれ、両足を抱え込んで炭酸水を呑んだ。

「ここは一部会員制の閉じられた空間で、毎朝せっせと民宿から通ってくる人間を笑顔で迎えてくれるボランティア団体ではない。ここに限らず、意味もなく連日顔を出す者は不審者としてマークされることを覚えといて」

「藍がここに残るんだし、連れのわたしが不審に思われることはない」

「それを決めるのはほかの客だから。サップヨガに参加してわかったと思うけど、ここにいる客は質を何よりも重要視してる。サービスはもちろんだけど、宿泊する客にも一定のレベルを求めてるんだよ。自分たちの格にもつながってくるからさ」

　みちるは忌々《いまいま》しげに舌打ちをしたが、わたしはかまわず先を続けた。

「会員でもなければ泊まってもいない人間が毎日うろついているのを見れば、間違いなくホテル側に苦情を出す。わたしもろとも、退去を促されることになるだろうね。ホテル側にとって、エグゼクティブ会員に逆らってもメリットないから」

　みちるは反論もできずに薬指の爪を噛みはじめた。

「もうこれを言うのも何度目かだけど、ターゲットに近づくには同じ環境に身を置くのがいちばん手っ取り早い。なんでもかんでも無駄だと突っぱねていれば、長期的な支出は逆に増えるだけだよ」

「それは金がある者の解釈だ」

「お金ならみちるだってあるでしょ。松浦をハメて稼いだ三千万がさ。まさか、定期預金にでもした？」

わたしは炭酸水を一気に飲み干し、青みがかった瓶を陽の当たるテーブルに置いた。

「正直、最近のみちるは復讐よりもお金が目減りすることに神経を使ってるように見える」

「そんなことない。藍と組んでから支出が激増してるんだよ」

「だから必要経費なんだって」

わたしは小首を傾げた。

「もっと先のことを考えようよ。予測通りここにターゲットがいたとしても、次は実際に接触する関門が待っている。今よりもはるかにハードルが上がるわけだよ。わたしらは吸血鬼と同じだと思わないと」

「……吸血鬼っていきなりなんなの」

「つまり、家主に招き入れられない限りは、どんなに近くにいても接触は叶わないってこと。アクション映画じゃないんだから、防犯カメラをかいくぐって空とか海から侵入することも不可能。従業員を金で抱き込むのも短期間では無理だし」

こうやってひとつずつ潰していけば、今の状況がどれほど無理筋なのかがわかるはずだ。取り立ててなんの力ももたない者にとっては、喜和子を視界の隅に収めることすら難しい。

わたしは、爪を噛みながらうろうろと歩きはじめたみちるに言った。

「ともかく、ラウンジで家政婦の芳江の登場を待つしかない。今のわたしらにできることはそれぐらいだからね」

「それだって、毎日意味もなくラウンジで時間を潰してるのは怪しいと思われてる」

「そうでもないよ。こういうとこに来る客は、ビーチだ買い物だって時間を惜しんで動きまわることをしない。基本、何もしない時間を過ごす場所だからね」

みちるはむっつりとし、カゴに盛られているバナナを鷲掴みにした。

「だったらわたしはきっちり元を取る。このバナナだって勝手に宿泊料に含まれてるんでしょ。だったら食べられるだけ食べてやる」

彼女は荒々しく皮を剝き、立て続けに三本をたいらげた。

それからわたしたちはロビーへ降りてカフェラウンジに入り、落ち葉ひとつない管理された庭と紺碧の海がよく見える窓際の席に腰掛けた。初めこそ一杯千円以上するコーヒーに怒りで顔を真っ赤にしていたみちるだったが、これはやむを得ない出費なのだと自身に言い聞かせたようだ。文句も言わずに注文し、人の出入りを注視している。この席からはかろうじてフロントデスクが見えるため、もし何かの動きがあれば見逃すことはない。

それにしても、いつ現れるともしれない人間を待つのは精神力が必要だ。すでに一週間が過ぎているため二人ともストレスを溜め込んでいるが、ほかに有効な手段がないのだからしばらく粘るしかなかった。

壁に掛けられているギリシャ数字の時計は、午前九時をまわったことを示している。わたしはメガネをかけて文庫本を出し、漠然と活字を追いながらも表の気配に神経を尖らせた。

「探偵業ってたいへんだよね。ターゲットを尾行するにもこれほど大っぴらにはできないだろうし、人が多い都市じゃないと成り立たない仕事だな」

わたしがため息混じりにつぶやくと、みちるが窓の外へ目を向けながら問うてきた。運ばれてきたコーヒーに大量のブラウンシュガーを入れている。

「藍は仕事で尾行しないの？」

「ターゲットの生活範囲を知るためにつけることはあったけど、来るか来ないかわからない人間を何日も張ったことはないね」

「わたしは、戸賀崎グループの本社がある品川であの女を待ち伏せしたことがある。雨の日も雪の日も毎日通って三ヵ月間ぶっ通しで張り込んだ」

わたしは文庫本から目を上げた。

「初耳だよ」

「だれにも言ったことない。なんの伝手もないから調査のしようがなかったし、とにかく自分にもできそうなことが張り込みしかなかった。でも、行き当たりばったりで何かが掴めるほど甘くないと知った。だから探偵に依頼したんだよ」

まだ十代のころの話だろうか。三ヵ月もひとりで張り込んでなんの結果も出なければ、心が折れて復讐心も弱まるものだ。しかしみちるの場合は時が経つほど恨みが煮詰まり、今も同じ濃度で持続させている。この執念深さは特技ともいえる。

みちるはコーヒーに口をつけ、さらにスプーン一杯の砂糖を投入した。

「自分でも行き詰まりを経験してるから、探偵の調査がなかなか進まないのもたいへんなのも理解できた。金がかかるのもね。だから騙されたんだよ。未経験のまま秋重に依頼していれば、きっともっと早く気づけたと思う」

「皮肉なもんだね」

わたしは紅茶にミルクを入れながら言った。この場所での張り込みは、互いの胸の内に触れる機会にもなっていた。透けるような白磁のティーカップを受け皿ごと取り上げたとき、斜向かいに座るみちるがコーヒーカップをぶつけたような派手な音を立てた。彼女に目を向けると、顔を真っ青にして体を強張らせていた。

「ちょっと、大丈夫？　おなか痛いの？　バナナを一気に三本も食べるから……」

ティーカップを置いてみちるの顔を覗き込むと、ごくりと音が聞こえるほど喉を鳴らした。

「フロントのほうを見て。早く……」

わたしは素早く文庫本を上げ、顔を隠すようにしてフロントへ目を向けた。そして見えたものに驚き、反射的に息を吸い込んでむせ返った。

「……急な登場だな」

わたしはひとしきり咳き込み、氷の浮かんだ水を喉に流し込んだ。

白髪混じりの髪を引っ詰めて顎を前に突き出し、ひどく姿勢の悪い小柄な女がゼブラ柄のエコバッグを肩にかけている。昨年九月の写真とまったく同じ風体の里村芳江だ。襟ぐりの詰まった砂色の不格好なワンピースを着て、足許はサイズが大きく見える黒いスニーカーだ。このホテルではラフな出で立ちの宿泊客がほとんどだが、それとは異なる意味合いでかまわない身なりだった。写真を見たときにも感じたが、芳江の周りだけ退色しているかのようにすすけている。

「フロントの奥から出てきたね」

わたしが声を低くして言うと、みちるは小刻みに何度も頷いた。

「やっぱりここにあの女がいるんだ。間違いない」

わたしはフロント係と言葉を交わしている芳江を盗み見た。無愛想で愉快な人間ではないのは一目瞭然だが、ホテルの従業員とは懇意にしている様子が窺える。

「つけるよ」

わたしが文庫本やハンドタオルなどをトートバッグへ放り込むと、みちるもナイロンリュックを引っ掴んだ。

「まずは行動を把握しよう。このまま松濤の戸賀崎邸に行くかもしれない」

わたしたちは芳江が外へ出るのを待って、何食わぬ顔でそれに続いた。彼女はゆっくりした動きでタクシーの後部座席に乗り込んでいる。そして走り去った直後にロータリーを移動してきたもう一台のタクシーにわたしたちも乗り込み、すぐさま行き先を告げた。

「今出たタクシーを追ってください」

「へ？」

おかしな声を出した運転手は、透明の衝立越しに顔を向けてきた。黒光りするほど陽灼けした肌には細かいちりめんジワが広がり、ぎょろりとした丸い目がまるでひょっとこの面のようだ。白いカバーのついた帽子をかぶり直し、あらためて行き先を確認した。

「さっきのタクシーを追うんですか？」

「そうですよ。早く出して。見失うから」

のんびりと話す運転手に焦れたみちるが急き立てるように言った。

「見失うことはないですよ。あのお客さんは道の駅に行くからね」

「道の駅？」

「そう、そう」

頷いた運転手は、サイドブレーキを下ろして緩やかに車を発進させた。助手席の後部にある小さな液晶モニターから流れる音楽の音量を下げ、ロータリーを抜けて車通りのないヤシの並ぶ道を滑るように走り抜けていく。そしてバックミラー越しに二人に目を走らせ、再び前に視線を戻した。

「こういうのって本当にあるんだなあ。尾行なんて初めてだし映画みたいだ」

この辺りの訛《なまり》なのか、イントネーションが独特だ。わたしは当然のように嘘を口にした。

「いや、尾行じゃないんですよ。さっきの人が間違えてわたしのバッグを持ってっちゃったから、慌てて追いかけてるんです」

「ああ、そうだったんですか。てっきり、何かの事件なのかと思ってどきどきしましたよ」

「そのあたりはご心配なく。運転手さんはあのホテルに常駐してるんですか？」

わたしはすかさず探りを入れた。この地域のタクシー会社だから大丈夫だとは思うが、戸賀崎に雇われている人間だとすればこちらの行動が筒抜けになる。運転手はかすれたような笑い声を漏らして、顔の前で手を振った。

「常駐ではないですよ。あのホテルは送迎が充実してるからね」

「じゃあ、今日は特別ルートなんですね」

「いや、午前中と夕方だけまわることがあるんです。お客さんが観光でヒリゾ浜へ行くことがよくあるし、夕方は地元の店へ食事に出る人もいるもんでね」

なるほど、有望な時間帯のみやってくるというわけか。わたしは質問を続けた。

「さっきの女性はよく道の駅へ行くんですね」

「そうだねえ。この少し先にある道の駅は、地産の魚だの野菜だのが豊富だからね。あの人が午前中に出るときは必ず道の駅だよ。食材をごっそり買って帰る。月に一、二回は下田の駅まで行くけどね」

話し好きらしい運転手は、初対面の人間に客の個人情報を躊躇なく披露した。

「あんな高級ホテルを家みたいに使ってるんだから、世の中にはすごい人がいるよ。自分なんていつでもカツカツだからね」

「へえ。じゃあ、あの女性は大金持ちなんですね」

そう言って水を向けると、運転手は、ははっと声を上げて笑った。

「あの人は家政婦なんだと思うよ。きっと仕えてる人が、ホテルの高級料理に飽きてるんだな。ここいらの食材は新鮮で安くてうまいからね」

「ホントにそうですよね。わたしも名物の伊勢海老天丼は絶対に食べようと思ってるんですよ」

ホテルで見かけた伊豆半島の名産マップを思い出しながら口にすると、運転手は嬉しそうに大きく頷いた。

「ああ、あれはお薦めですよ。どんぶりからはみ出すほどでっかいエビが載ってっからね。伊勢海老天丼なら、この店に行くといいですよ」

運転手は助手席にあるプラスチックのケースを開け、手作り感満載の派手な名刺を出して肩越しに差し出してきた。提携している店らしい。

「この名刺を渡せば十パーセント割引になるからね」

「ありがとうございます」

受け取った名刺をみちるに渡すと、彼女は「割引……」とつぶやいて二つ折りの財布に大事そうにしまった。

それからも運転手は喋り通しで、南伊豆の観光地や穴場などを途切れることなく紹介した。戸賀崎リゾートの私有地を出たあたりから、コンビニや朽ちかけたドライブインなどが目について現実世界に戻ってきたような気にさせられる。運転手はバックミラー越しにたびたびわたしたちに目をくれ、慣れてきたせいか個人的なことに触れてきた。

「あなたたちは学生さん？」

「いえ」

わたしがあっさりと流すも、運転手はここだけの話、と声をひそめて演技じみた表情を作った。

「あそこのホテルはびっくりするぐらい高いでしょ？　桁が違うってこの辺りでは有名なんだよ。このご時世なのに会員権もまったく値崩れしないみたいだからね」

運転手は突出気味の充血した目で、後部座席を舐めまわすように見つめた。

「あの広大な土地も、地上げまがいの手口で買い占めたって話だし、正直、ここらではあんまりよく思われてないんですよ。宿泊客も地元に金を落とさない人ばっかりで」

運転手はそう言って言葉を切り、バックミラー越しににやにやと嫌な笑みを向けてきた。この表情だけでも、これからセクハラをしますと言っているようなものだった。先ほどの割引券に目を光らせたみちるを見て、侮蔑的に扱っても大丈夫な女だと判断したらしい。実にねじ曲がった人間性だ。

「そんな金のかかる高級ホテルに、若い女の子が二人で泊まれるんだもんねえ。羨ましいよ。今の時代、若い女は強者だよね。大金を楽に稼げるもんね」

含みをもたせたその言葉にみちるがぴくりと反応したが、わたしはそれを目で遮って運転手に笑顔を投げかけた。

「若いと楽に稼げるんですか？　その方法をぜひ教えてください」

「いやいや、そんなの周知の事実でしょ？　ＳＮＳなんかには金づるの男があふれてるし、パパ活なんて言葉も今じゃ市民権を得てるしね」

運転手は下卑た笑い声も漏らしながら、わたしたち二人の反応を楽しんでいるようだった。ありふれた退屈なセクハラは怒りを扇動するどころか心を無にさせる。この男は若い女の怒るさまが好物という性癖のようだが、まだまだ実力不足だった。

わたしは呆れと憤りで目を据わらせているみちるを横目に、笑顔を絶やさず運転手の顔写真や名前などが載ったプロフィールを読み上げた。

「栄光タクシー、水沢政夫《みずさわまさお》さん、五十八歳。趣味は野球観戦とネットサーフィン。個人情報を公開しながらセクハラするのは楽しいですよね。スリルがあって」

「確かにスリルだな。今はなんでもかんでもセクハラだって騒ぐから、女の客には話しかけないドライバーがほとんどなんだよ」

「へえ。でも、水沢さんは使命感をもって日々セクハラチャレンジをしていると」

運転手はふんっと鼻を鳴らした。

「金を持ってる若い女なんてのはほとんどが娼婦だからね。だれもが心ん中ではそう思ってる。

ああ、会社に電話したりSNSで告発しても無駄だよ。証拠がない限りは全部デマ扱いだし、うちのドラレコは車内録画してないから」

「ああ、そう。じゃあ、証拠としてこの音声を提出しますね」

わたしはトートバッグからスマートフォンを出して、録音を停止した。そして数秒前の会話を再生する。

「『金を持ってる若い女なんてのはほとんどが娼婦だからね。だれもが……』」

「え？　い、いや、ちょっと待った」

運転手はとたんに声を裏返し、慌てて車を路肩に寄せた。派手に音を立ててサイドブレーキを引いてから後ろを振り返る。

「……いやいや、ええと、やだなあ。全部冗談だから。本気にしちゃった？　いわゆるドッキリみたいなものですよ」

「つまり、おたくの会社では客に不快なドッキリを仕掛けるのが業務内容のひとつなわけですね」

「ち、違いますよ。それにしてもこっそり録音してるなんてひどいなあ。ある意味それは犯罪だよ」

「犯罪？」

みちるがかぶせ気味に口を挟むと、運転手はへらへらしていた顔を真顔に戻した。そして額に汗しながら帽子を脱ぎ捨て、いきなり頭を下げてきた。

「ど、どうもすみませんでした」

顎の先から汗を滴らせ、目だけを上げてわたしたちの様子を窺う。

「ちょ、ちょっといろんなストレスが重なっちゃって、心にもないことを言いました。許してもらえないですか？」

「許す筋合いがない」

みちるが怖いほどきっぱりとした低い声を出すと、運転手はさらに深く頭を下げた。

「ほ、本当に申し訳なかった。どうか見逃してください。こ、この通りです」

「今見逃したら別の女が被害に遭う。あんたにはここで終わってもらう」

「お、終わってもらうってそんな殺生な！　頼みます！　会社には言わないでください！　ああ、SNSも困ります！　どうかお願いしますよ！」

先ほどまでの強気は見る影もないうえに、これほど自業自得という言葉の適した人間に会うのは久しぶりだ。しかし、思いがけないところでよい拾いものをしたのも事実だった。

運転手を容赦なく追い詰めているみちるに目配せをし、わたしは手をこすり合わせて懇願しはじめている男に言った。

「理由を聞かずにわたしを手伝ってくれるなら、このデータは外には出さない。どう？」

「ど、どうって……」

「今後、今追ってる女性が外出するときには必ず連絡がほしい。行き先と時間の情報も含めてね」

「い、いや、なんでそんなこと」

「だから『理由を聞かずに』って言ってるんだよ。ひとつだけ教えてあげると、わたしたちはある組織の人間。なんの組織かは想像にお任せする」

運転手は目まぐるしく展開する状況の把握に努めているが、弱みを握って利用するやり方を見てもまともな「組織」でないことぐらいは苦もなく理解できるはずだ。断った場合は、社会的地位や信用が消滅するどころか、もっとややこしいことに巻き込まれる可能性で頭がいっぱいのはずだった。ここからは勝手に最悪の想像を膨らませてくれるだろうから、脅す必要もなければ余計な情報を与える必要もない。

わたしは条件を追加した。

「さすがにホテルから動けなければ稼ぎが激減するのかな。ちなみにおたくの会社にはノルマがある？」

運転手は土気色の顔を向けてきた。

「ノルマというか二万五千円っていう足切りがある。そのラインを超えなければ勤務達成にはならないから」

「つまり、その日は出勤したことにはならないと」

「そうです」と運転手は薄い眉を寄せた。「月間の勤務日数が減ればボーナスに響く。だから足切りラインまでの金を自腹で補塡することもしょっちゅうで……」

なるほど、とわたしは頷いた。ただただ脅して仕事を強いるやり方は効率的でない。そのうち間違いなく嘘をつくようになるからだ。少なからず、この男にもメリットがなければ続けるのは難しいだろう。

わたしは出し抜けに言った。

「オーケー。毎日の足切りラインはこっちがもつよ」

「藍」

すかさずみちるが口を挟んだ。

「そんなことをする必要がない。この男は社会から追放されるべき犯罪者なんだ」

「は、犯罪者って……」

運転手が弁明しようと口を開きかけたが、みちるはひと睨みで黙らせた。

「性差別を楽しんだうえに金までもらえるなんて道理が通らない」

「道理としてはそうなんだろうけど、全体を見たときに、どれが自分たちにとって利が多いのかを考えた結果だよ。脅して締め上げるための管理には労力と精神的コストがかかりすぎる。二万五千円で物事をまわすほうがはるかに安上がりだね」

「この男には得しかなくなる」

みちるは運転手を指差して憤りを表明したが、わたしは手を上げてみちるをなだめた。

「損しかない状況で人は気力を維持できない。みちるがいちばんわかってるでしょ。当然の報いだとしても、モチベーションが上がらないのは事実だよ」

わたしは運転手に目を向けた。

「勘違いしないでもらいたいのは、あなたが崖っぷちに立ってることに変わりはないことだよ。わたしの気持ちひとつで、社会的な制裁が待っている。もちろん、足切りラインの補償はある日突然終了することもある」

運転手はまくったワイシャツの袖で止まらない汗をぬぐい、飛び出た喉仏をごくりと動かした。

「……わかりました。さっきの女の行動を教えればいいんですね？　そうすれば音声を公表しないでもらえるんですか？」

「うん。あのホテルに毎日詰めてもらえると助かるな」

わたしは運転手の名刺を抜き、裏にメールアドレスを書いて渡した。男はアドレスにじっと目を落とし、こめかみの汗を肩口になすりつけた。

「こ、これはいつまで続くんです？」

「わたしがいいと言うまで。くれぐれも女性に何かを聞いたり探ったりはしないようにね。不審な行動はすぐにわかるから」

運転手は何度も頷き、道の駅でわたしたちを降ろすなりウィンカーを出して逃げるように走り去った。

4

道の駅と聞いてサービスエリアのような開けた雰囲気を想像していたが、ここは年季の入った屋台や長机の並ぶ青空市場のような場所だった。砂利敷きの空間にこれでもかと詰め込まれ、地産なのであろう野菜や果物、魚などがふんだんに陳列されている。広さはテニスコート一面分もないだろうが、観光客や地元の人間などが入り乱れてひしめいていた。

「思ってたのと違う」

みちるが派手な幟《のぼり》だらけの道の駅を眺めながらぽつりと言った。リゾートホテルの洗練された快適さと、どこかうらぶれた雰囲気を醸し出す人混みとの対比が鮮やかだ。わたしは入り口付近に立って伸び上がり、敷地全体に目を走らせた。

「知る人ぞ知る人気スポットみたいだね。生魚はもうほとんど残ってない。ともかくターゲットを捜そう」

そう言ったそばから、みちるは奥まった屋台のほうへ顎をしゃくった。

「あそこにいる。野菜が並んでるところ」

「捕捉が早いね。さすがだよ」

わたしはメガネをかけて奥のほうへ目を細めた。くすんだ屋台と同化しそうなほど地味な女が、ザルに盛られた野菜を腰を据えてじっくりと見分している。胸の下のあたりを紐で結ぶタイプの筒型ワンピースが前時代的かつ不格好で、現代を生きているとは思えないほど質素な身なりだった。黄色い買い物カゴを筋張った腕に通し、もう一方の手にはエコバッグを持っていた。

「とりあえず近くへ行ってみよう。何か名案が浮かぶかもしれないし」

わたしは軽い調子で提案した。今のところ、芳江だけが喜和子へ近づく糸口であることは間違いないけれども、どう見ても社交的な性格ではなさそうだし他者との雑談を楽しむタイプでもないはずだ。観光客を装って声をかけようかと考えていたものの、あのしかめっ面を見て早くも計画の断念を迫られていた。

わたしたちは商品を物色している客にまぎれながら、人混みをかいくぐって歩を進めた。いくら地物で新鮮だとはいえ、なぜこんな寂れた道の駅に人が集まるのかと訝っていた。しかし、並んでいる品物を見てすぐに納得した。

「珍しい野菜ばっかりだね。しかも安い」

「何これ。サボテン？」

　みちるが袋詰された野菜を指差した。葉のちぢれた小さな野菜で、表面には朝露のような透明の粒が無数に付着している。

「アイスプラントだよ」

「見たことも聞いたこともない」

　みちるは小袋を手に取ってじっと目を凝らした。

「南アフリカのナミブ砂漠が原産。葉と茎に透明のブラッダー細胞があるから、どこか凍ってるように見えるでしょ」

「まずそう」

「そうでもないよ。ヨーロッパでは割と食べられてる。癖がないし生で食べると少し塩気を感じるんだよね」

　みちるはリュックサックのポケットからおもむろにメモ帳を取り出し、初めて見聞きする野菜の情報を書き留めた。

「あっちの黒いカブみたいなのがテーブルビート。地中海沿岸が原産で甘みがある。あの茶色いサラミみたいな見た目のはモーウイ。インド原産の瓜《うり》だね。沖縄で栽培されてるのは知ってたけど、このへんでも作られてるんだ」

　みちるは生真面目に逐一書き取った。この道の駅に出されている野菜は、スーパーなどではあまり見かけない品種ばかりだ。本来、こんな寂れた魅力のない場所に観光客は呼べないはずだが、希少性のある地物野菜を多く出すことで個性の打ち出しに成功したらしい。

「季節ごとに内容も変わるんだろうし、おもしろい販売所だと思う。雑な感じの売り方もプラスになってそう。レトロ流行りだから」

そう分析しながら奥まった一角へ行き、芳江の背後から様子を窺った。彼女は未だ野菜の前で真剣に吟味し、両手に持ったソフトボール大のアーティチョークの重さを比較しているようだった。

わたしは少しだけ考え、思い切って声をかけてみることにした。

「そのアーティチョーク、新鮮だから生でもいけそうですね」

彼女はまるで身動きせず、あいかわらず両手にある野菜を見くらべている。聞こえていないのだろうか。そう思って一歩近づくと、芳江は緩慢な動きで振り返った。くすんだ顔には濃いシミが斑紋のように広がり、重力を感じさせるほどたるんだ目尻や下がった口角が不機嫌を極めた相貌に拍車をかけている。額には三本の深いシワが真横に走り、適当に引っ詰めた白髪混じりの髪がほつれて風に舞い上がっていた。六十五歳だと聞いているが、とてもその年齢には見えない。所帯やつれの究極体とでもいうべきか、全身から苦悩や余裕のなさが伝わってくる。

見る者を不安に陥れるような見た目だが、実際のところはどうなのだろうか。わたしは自然な笑顔を意識し、芳江に会釈をした。

「わたしもアーティチョークが好きなんですよ。これを食べるともうすぐ夏だな……ってわくわくするんで」

芳江は両手に野菜を持ったままわたしの顔をじっと見つめるだけで、なんの反応も示さない。

わたしはメガネを押し上げ、負けじと笑顔を振りまいた。

「皮を剝いたアーティチョークの中心を薄くスライスして、オリーブオイルと塩コショウで和《あ》えるだけ。簡単カルパッチョだけど、渋みがアクセントになっておいしいですよ」

「……カルパッチョ?」

芳江はようやく声を発した。想像通り、ざらざらとした低い声色だ。

「好みでレモンとかビネガーを加えてもいいし、小エビを入れてもいいですね。簡単なのに見栄えするからパーティーで活躍するんですよ」

肩越しに後ろを素早く振り返ると、みちるが真剣な面持ちでメモ帳にレシピを書きつけているではないか。わたしは咳払いをして中断させ、芳江に向き直った。彼女は真正面からわたしを見つめ、その後ろにいるみちるにも目をくれた。そして両手に持ったアーティチョークを再び見やり、何を思ったのかそれをわたしに差し出してきた。

「どっちが新鮮でおいしいと思いますか?」

急な展開だ。わたしはふたつの野菜を受け取り、すぐさま右側のほうを芳江に戻した。

「重さでいえばこっちですが、今渡したもののほうが色味がよくてガクが完全に閉じている。軸の切り口も新しいですね。たぶん、収穫は今朝ですよ」

芳江は無言のままわたしをまじまじと見てから手許の野菜に目を落とし、それを黄色い買い物カゴへ入れた。何をするにも動作がゆっくりで、どこか体が悪いのだろうかと心配になってくる。わたしはカゴの中身を覗き込み、食にはうるさいのであろう喜和子を想像しながら口を開いた。

「ステムレタスとアスペルジュ・ソバージュ、レモングラス、タラノメ、ヒメタケ。前菜からメインまで活躍しそうな野菜たちですね」

「あなたは料理人？」

「いえ、野菜ソムリエの資格をもつ介護美容セラピストです」

芳江は眠そうに垂れ下がった瞼《まぶた》でゆっくりとまばたきし、わたしの後ろにいるみちるにも視線を向けた。口からでまかせの職種にもなんら反応はなく、わたしの投げた言葉だけがいつまでも宙をさまよっているような感覚だ。苦笑いを堪えつつ、わたしはみちるに手を向けて聞かれてもいないことを付け加えた。

「彼女も同業なんですよ。たまたまここに遊びに来てるんです」

芳江はそっけなく頷き、カゴを抱えてレジへ向かおうとした。話を広げるのがかなり難しい人間だ。取っかかりを摑むべく頭をフルに回転させて探ったが、この地味な女の足を止められるような話題を見つけることができなかった。これから料理するのであろう食材にも関心が薄いように見えるし、そもそも人に対する好奇心が一切感じられない。

芳江はくしゃくしゃの茶封筒から金を出して精算し、買った野菜をゼブラ柄のエコバッグに詰めてわたしたち二人の目の前を無反応のまま横切った。今さっき言葉を交わした相手に会釈のひとつもなく、背中を丸めて入り口のほうへ向かう。すると待たせていたタクシーがどこからともなく現れ、運転手が荷物をトランクに積んで走り去ってしまった。取り残された二人は突っ立ったまま車の尾灯を目で追い、わたしはメガネを押し上げて深々とため息をついた。

「初めて会うタイプだわ。会話の糸口が見つけられない。いや、糸口はあるんだけど劣化したゴムみたいにぶつぶつと切れる感じ。警戒心というより無関心だよ」

「なんか、わたしに少し似てると思った」

みちるのネガティブな感想を聞いて、わたしは思わず噴き出した。

「ぜんぜん似てないから。みちるはかなり質問するほうだし、こっちを知りたいと思う気持ちがあるでしょ。でも、あの人にはまったくないね」

これは取り入るのに時間がかかる。たとえ雑談が成立する関係になったとしても、喜和子に関する話を簡単に漏らすとは思えなかった。

「ここにきてさらなる難所が登場だよ。芳江のガードの固さは完全に想定外だった」

「もっと強引にいってみる?」

「今も相当いったと思うよ。これ以上食い下がると敵と見なされそう」

わたしは買い物客に押しのけられながら腕組みをした。このまま突き進んでいいものかどうかが悩ましい。しかし、喜和子に近づくルートがほかにない以上、芳江を懐柔することがいちばんの近道なのは間違いないはずなのだ。それとも、ほかの道を探ったほうがむしろスムーズに事が進むのだろうか。

「ちょっとビジョンが見えないな……」

「藍でもそんなことあるんだね」

「まあ、長期戦に持ち込めばいけるとは思う。ただそれが一ヵ月なのか一年なのか、あるいはもっとなのかがわからなくてさ」

「わたしは一年以上かけても問題ないよ。すでにここにくるまで七年以上もかかってる」

本気でそう思っているらしいみちるを横目で見た。

「そうは言っても、計画が立たないままだらだらと進むことはできない。とにかく、可能性がありそうなところを攻めるしかないね」

「可能性？」

そう問うてきたみちるを促し、人波に乗って入り口のほうへ歩き出した。

「芳江が反応を見せたのは二回だけだった。アーティチョークがカルパッチョになるってところと、わたしに料理人かと聞いたところ」

「アーティなんとかいう野菜の鮮度も聞いてきたよね」

みちるが思い出しながら言った。

「あれはわたしを試したんだよ。あの人は鮮度なんかわかったうえで、わたしが即答できるかどうか見極めた。自分に近づいてくる人間には注意してるんだと思う。なんせ愉快な見た目はしてないわけだから、積極的に声をかけようとする者がいないことは自分でもわかってる」

人を遠ざけるためにわざと陰気臭さを装っているとすれば、相当の忠誠心だ。そして、身内ではなく家政婦を腹心とする喜和子が一筋縄ではいかない人間なのがよくわかった。

みちるは周囲の机に並べられている野菜に目を走らせながら難しい顔をした。

「そういえば、あの人が買ってたのは聞いたことない野菜ばっかりだったね。そこを取っかかりにできそうだけど」

わたしは、時折いいところに目をつけるみちるに笑いかけた。

「マダムの好みがあれなんだろうね。典型的なセレブ野菜だったし」

「セレブ野菜って、その名前だけでなんか腹立つ」

　みちるは鼻の付け根にシワを寄せて過剰な嫌悪感をあらわにした。

「セレブ御用達ってわけじゃなくて、芳江が買ったのは旬が短いものばかりだったんだよ。そういうものはスーパーにはほとんど出ないし、入手困難だからおのずと高価になる」

「たかが野菜に金を使う気がしれない。安いものなんていくらでもあるのに」

「されど野菜だよ。旬に敏感で珍しい野菜にこだわりがある。おそらくマダムは菜食主義者じゃないかな。芳江の慎重すぎる選び方を見るに、食材にはかなり厳しい目をもってるのは間違いない」

　ホテルの食事に注文をつけられる立場であっても、好みやある種の執着を知り尽くしているのは長年仕えてきた芳江だけだ。喜和子にとって替えの利かない存在なのは明らかだとしても、彼女ひとりにかかる負担は相当のものだと思われる。住み込みで働いて人生を捧げるような生き方は、たとえ高給でもなかなかできることではない。

　みちるは何事かをじっと考え込んでいたようだが、やがて首を傾げてぽつりと言った。

「あの女は本当に認知症なのかな。お手伝いの様子を見ても、真剣さが過剰だと思った。買い物をするときの雰囲気じゃない。間違いが許されないときの緊張感というか……」

「よく見てるね」

　わたしと同じことを感じ取っていたようだ。

「探偵さんが言ってたように、認知症っていうのは曖昧な情報だよ。マダムが故意に流してるのかもしれないし、実際に認知症だからこそ、食へのこだわりだけが強くなってるのかもしれない」

「ああ、そういう考え方もあるのか……。だとすれば辻褄《つじつま》が合う。家政婦の芳江はだれが見ても疲れ切ってる」

「確かにね」

わたしはそう返したけれども、この世で見た目ほどあてにならないものはない。

「ともかく芳江とは何回も接触を重ねたほうがいい。あの水沢ってタクシー運転手は救世主みたいなものだよ。彼の登場で、わたしたちは長々とラウンジで張り込まなくてもよくなったんだから」

「この程度の仕事であの男の悪事をチャラにするつもりはないよ」

「まあ、セクハラ被害者は多そうだしね」

眉根を寄せて不快感をあらわにしているみちるを横目に、わたしは帰りのタクシーを呼ぶべくスマートフォンをトートバッグから取り出した。そのとき、みちるのナイロンリュックの中から着信音が漏れ聞こえてきた。みちるはすぐさま画面を確認し、はっとしてわたしに目を向けた。

「探偵の秋重から」

「三十分後にかけ直すように言ってくれる？　話は部屋で聞こう」

みちるは頷き、通話ボタンを押してからスマートフォンを耳に当てて要件だけを伝え、通話を終了した。

5

それからホテルに戻り、きっかり三十分後にみちるのスマートフォンが音を鳴らした。わたしが紅茶を呑みながら目配せをすると、みちるはスピーカーモードにして通話を開始した。

「もしもし、秋重だ」

歩きながら電話しているようで、わずかに息が上がっている。

「上条さんは今どこにいる？」

「どこだっていい」

みちるはにべもなく答えた。秋重は苛々を織り交ぜたため息を吐き出し、アスファルトを歩く靴音を響かせた。

「あんたが今、南伊豆のリゾートホテルにいるんだとしたら、戸賀崎喜和子はそこにはいない」

目をみひらいたみちるとわたしは顔を見合わせた。

「戸賀崎の経営陣が富良野《ふらの》のホテルに頻繁に出入りしている情報を手に入れた。喜和子名義のスパリゾートだ。五月に入ってから八回も行っていることから考えても、ターゲットがいる可能性が高い」

わたしはすかさず富良野のスパリゾートを検索した。各部屋に温泉が引かれ、広大な森に独立したヴィラが二十戸ほど点在している。部屋数は少ないが、余すところなく自然を堪能できるコンセプトの高級リゾートだ。

みちるはわたしのスマートフォンを覗き込み、ぎゅっと眉根を寄せて秋重に問うた。

「あの女は確認されてるの？」

「自分は確認していない。だが、ほぼ経営を任されている専務取締役が足を運んでいるなら、喜和子となんらかの交渉をしていると考えるのが自然だよ」

確かにそうとも考えられる。わたしは横から口を挟んだ。

「ごきげんよう、佐々木です」

朗《ほが》らかに挨拶《あいさつ》すると、秋重は言葉を飲み込んだ。その一瞬、靴音にまぎれるぐらいの音量で舌打ちしたのを聞き逃さなかった。相当わたしを毛嫌いしているようだ。

「富良野のスパリゾートの件ですが、情報源を教えていただいてもかまいませんか？」

あからさまに馬鹿丁寧な言葉を送り出すと、立ち止まったらしい探偵はすぐさま答えをよこした。

「情報源は戸賀崎リゾートに雇われている人間だ。前にも話したが、松濤の屋敷で鉢合わせした探偵だよ」

「ああ、マダムの居場所を探ってた同業者ね。なんでその人があなたに情報を漏らすんです？」

「こっちがだれに雇われているのかを知るためだ。互いに持ってる情報を交換したんだよ」

「は？」と即座に反応したみちるを、秋重は遮った。

「最後まで聞いてくれ。俺はあんたの情報を漏らしていない。先方には、とある週刊誌に雇われていると偽情報を摑ませたよ」

「それを信じろって？」

食ってかかるみちるを、わたしは落ち着けと手で制した。秋重が依頼人の情報を渡したのなら、こうやって律儀に電話してくるはずがない。しかし、だからといって手放しで信用できるほどの説得力もなかった。

わたしはみちるに向き直った。

「今ここで探偵さんの話がホントかウソか議論してもしょうがない」

「だとしても、このまま放置していい問題じゃない」

「いや、放置でいいよ。仮に情報が向こうに渡ってたとしても、今のわたしたちにはどうすることもできないんだからね。放置してるのと状況は何も変わらないよ」

もちろん、みちるがさまざまな罪を着せられることを想定して策を講じる必要はある。

みちるは秋重とわたしの言葉に納得できないようだったが、だからといって真偽を確かめる術がないこともわかっていた。秋重はどうやら渋谷駅にいるようで、山手線のアナウンスがスマートフォンから繰り返し漏れ聞こえていた。

「ともかく」と探偵は話を仕切り直した。「きみらが南伊豆にいるなら、戸賀崎喜和子はそこにはいないと思ったほうがいい。無駄足になる」

「そうですか。情報をありがとうございます」

わたしは素直に礼を述べた。

「でも、わたしたちは残りますよ。マダムはおそらくここにいるんで」

「いや、だから……」

焦れたようにそう言いかけた秋重の語尾を遮った。

「よく知らない者同士が情報交換しても互いにメリットはない。探偵さんがウソを教えて相手から情報を得たように、向こうも当然事実を言うわけがないから単なる騙し合いにしかならない。それなのに、探偵さんは向こうの言い分はすべて正しいと言う。なぜです？」

秋重はたちまち押し黙った。

「わたしは常にメリットとデメリットを天秤にかけながら生きてるんですが、あなたに関しては最初からよくわからないんですよ。悪徳探偵のくせに妙な情を見せたり、こうやってわざわざ真偽不明の情報を伝えてきたり」

「サービスだよ」

わたしは噴き出し、秋重はなおも続けた。

「結果次第では俺を殺すと上条さんは宣言しているわけだし、少しでも信頼回復したいと思うのはおかしいことでもない。いや、正直なところ、この先つきまとわれるのはごめんなんだよ」

「なるほどね。確かにみちるのしつこさは常軌を逸してる」

わたしが軽口を叩くなり、みちるがぎろりと睨みつけてきた。秋重は歩きながら先を続けた。

「富良野に喜和子がいる確実な情報はない。だが、戸賀崎グループの社員を装って専務取締役を電話口に呼び出した。だから連中が訪れているのは間違いない事実だ」

「了解ですよ。サービスしてくれてありがとうございました。南伊豆が空振りだったら、富良野も視野に入れようと思います」

「好きにしろ」

探偵は吐き捨てるように言い、通話を終了しようとした。が、電話を切る間際にみちるへ向けて警告じみたことを口にした。

「上条さんはそこにいる女を信じているようだが、いちばん得体が知れないのは彼女だよ。確実なことが何ひとつわからない。冷静になってよくよく考えてみることだ」

　そこでぶつりと音声が途切れ、声の残滓《ざんし》がしばらく部屋を漂った。スマートフォンを見つめてじっと動きを止めているみちるに、わたしは節をつけながら言った。

「嘘をついてるのは果たしてだれか」

「藍にはわたしを騙すメリットがない」

　みちるは、まるで疑念を払拭したいとばかりに即答した。信じたい、わたしを裏切らないでという懇願にも似た気持ちが表れている。わたしは肩をすくめた。

「表向きは、わたしがみちるを騙すメリットがないように見える。でも、裏で戸賀崎の専務に雇われてる可能性だってあるんだよ。事をひっかきまわしてみちるを混乱させて、喜和子失踪に絡んでいるように仕向ける役目。今後喜和子の死体が揚がったとき、すべての罪をみちるになすりつけるために」

　みちるはわたしを振り返り、すっきりと澄んだ瞳をあらためて合わせてきた。まるで隙間を縫って体内に入り込んでくるような、どこか愁いを帯びた視線だった。

「わたしは何ひとつ藍を疑ってない」

　これは自身に対する念押しだ。わたしは、わずかに心が動かされている自分に気づいて咳払いでごまかした。

「忠告その五。人を簡単に信用してはいけない」

「わたしだってバカじゃない。人を簡単には信じないよ」

「いや、本質では信じてる。それがみちるの長所であり弱点でもあるんだよ。自分ではわからないだろうけどね」

わたしはそう断言した。

「わたしは嘘と欺瞞《ぎまん》のなかで生きてきたから言えるけど、隙あらば人を食い物にしようとする人間はみちるが考えてる以上に多い。素直がよしとされるのはせいぜい十歳ぐらいまでで、それ以降はカモでしかなくなる」

「わたしは素直じゃない。犯罪行為も厭《いと》わない人間なんだよ？」

「まあ、嫌なら聞き流してよ。わたしはみちるがまっすぐで優しさをもった人間だと思ってる。お金を騙し取る対象を悪人に限定してるよね。犯罪行為を正義の執行に置き換えれば自尊心が守られるからだよ」

「自分だって悪人にしか手を出さないくせに」

勢い込んだみちるに、わたしは薄く微笑んだ。

「そうだよ。わたしもみちるも死んだグレンダも犯罪を正当化しているだけ。嘘で固めるほうが真実と向き合うよりも簡単だからね。本来、臆病で自信もない愛情に飢えた人間なんだよ」

自分でもおかしいと思うほど喋りすぎているのは、みちると過去の自分が重なる部分もあるからだ。人を疑いながらも心の奥底では信じようとしていた愚かな事実が、彼女を通して突きつけられる。加えて、わたしの仕掛けた詐欺によって不幸へ転落した子どもの面影だ。みちるを知ればば知るほどその影が濃くなり、忘れていた罪悪感を執拗に刺激する。

わたしは深いため息をついた。

「ともかく、探偵さんの言ってることも一理あるってことだよ。きっとわたしを調べて何も出なかったからこそ、みちるに警告したんだろうからね」

「余計なお世話すぎる」

そのとき、わたしの持つ一台のスマートフォンが短いメールの着信音を鳴らした。トートバッグの中から迷わずワインレッドの機種を手に取った。現在このスマートフォンでやり取りしているのは法務大臣の松浦とみちるのみ。画面に触れてメッセージを表示すると、そこには短い一文があった。


――もう受け取っただろうか。


「受け取る？」

わたしは文面をじっと見つめ、送信者のアドレスを表示した。あの一件以降、松浦とは数回メールのやり取りをしているが、警戒心の強い彼はその都度アドレスを替えている。今回のドメインはａｔ。オーストリアのコードだ。

意味がよくわかりません。

この文面で返信すると、一分と経たずに再びメールが着信した。


――きみに似合う靴を選んだ。

靴……わたしは口許に指を当てて考えたが、このまま問答を続けても無駄だと早々に見切りをつけた。

「だれから？」

　みちるはスマートフォンを片手に固まっているわたしに声をかけてきた。

「松浦から。わたしに似合う靴を送ったってさ」

「何それ。気持ち悪すぎ」

「まあね。メールする相手を間違えたのかも。送るも何も、わたしがここにいることを知るわけがないし」

　みちるは眉根を寄せてスマートフォンを覗き込んできた。

「あんなことがあったばかりなのに、懲りずにもうほかの女にうつつを抜かしてるの？　どうしようもない。やっぱりもっと金を巻き上げるべきだったよ」

「気持ちはわかるけどね。ただ、今まで松浦はイギリスのドメインしか使ってないんだよ。なのにこれはわざわざオーストリアのを取ったみたいだし、人違いにしろどこか様子がおかしい感じがする」

「なら松浦とは無関係の国際ロマンス詐欺とか」

　みちるは腕組みしながら問うてきたが、わたしは首を横に振った。

「このアドレスにそんなものが入るとは思えないけど」

　首を傾げてスマートフォンを終了しようとしたとき、またメールが着信した。すぐに本文を表示したが、ますます奇妙な内容だった。

——靴はすでにきみの友人が受け取っているようだね。


わたしはみちるに顔を向けた。

「フロントで何か受け取った？」

「受け取ってない。メールにはなんて書いてあったの？」

「わたしの友人がもう受け取ってるってさ」

みちるは神妙な面持ちをし、短く息を吐き出した。

「あの政治家が人殺しなのは間違いないし、攻撃に出てるのかもしれないよ。何かしら理由をつけて藍の居所を探ろうとしてる。消すつもりかもしれない」

「それも考えられる。ただ、こんな陳腐なメールを出すほどあの男がバカだとも思えないな。本気で消す気なら、なんの痕跡も残さないでやるでしょ」

そもそもわたしは、松浦にはじゅうぶんすぎるほどの警告をしている。あの夜の防犯カメラ映像があると伝えているし、もしも自分に危害を加えるようなことがあれば証拠はすべて公表される手はずになっているとの言葉を松浦が疑う理由がない。何よりも地位と名誉に固執している男にとって、弱みを抹消するにしてもタイミングは今ではないはずだ。

「まあ、今は放置でいいや。めんどくさいし」

「それでいいのかな……なんか不吉な感じがするけど」

みちるはあいかわらず渋い顔のまま立ち上がり、クローゼットの中に収納していた黒いリュックサックを取り出した。ファスナーを開けて中に手を入れた瞬間、目を大きくみひらいて口を半開きにした。

「い、いや、待って。リュックに靴箱が入ってるんだけど……」

「え？」

わたしもすっと立ち上がった。みちるは黒い靴箱をリュックサックから引きずり出し、驚きに満ちた顔をわたしに向ける。そして爆発物でも運ぶようにぎこちなく歩き、ローテーブルの上に恐々《こわごわ》と載せた。

それは聞いたことのないブランド名の入った長方形の黒い箱で、側面には23・5とわたしにぴったり合うサイズが印字されている。二人はしばらく立ち尽くして靴箱を凝視していたが、やがてみちるが口を開いた。

「なんでこれがわたしのリュックに入ってるの……」

もっともな疑問だ。わたしは冷静さを意識し、ポケットからハンカチを出して手をくるみながら箱に手を伸ばした。が、みちるが即座に手首を摑んできた。

「爆弾かもしれない」

「爆発物ならもう起爆してるよ。箱の口を閉じてもいないし、これほど無造作にリュックに入れれば部屋に戻る前に二人とも吹き飛ばされてる」

その様子を想像したらしいみちるは、蒼褪めた顔を強張らせた。わたしは再び手を伸ばして箱の縁をわずかに押し上げた。爆発物ではないとは思うが、背中を汗が伝っていくのを感じる。なんの手応えもなく箱の蓋は持ち上がり、隙間からブルーの何かが覗いていた。プレゼントなどに使われる紙を細く切った緩衝材《かんしょうざい》だ。わたしは腰が引けた状態で箱の蓋を押してさらにズラしたが、次の瞬間に見えたものを理解するのに少なくはない時間が必要だった。

「い、いやいや……嘘でしょ」

「な、何？　何があったの」

みちるは反射的に飛びすさっている。わたしは間接照明に照らされている箱の中身に目が釘付けにされ、手に持っていたハンカチを足許に落とした。

「待って……これはさすがに」

わたしは言葉をうまく紡ぎ出せず、そして見えているものを受け入れられずにその場でうろたえた。

靴箱の中にあるのは切断された足首だった。まるでショートブーツのように互い違いに箱に収納され、ブルーの緩衝材に埋もれてどす黒い切断面を晒している。まさか精巧な作り物だろうか。わたしはわずかに顔を近づけた。瞬間、血の生臭さが鼻を突いて顔を撥ね上げ、よろめいて後ずさった。

本物だ。まぎれもなく切断された足だった。甲に浮いた骨のラインや角質化してひび割れた踵《かかと》の質感が生々しく、その生活感のあるさまがなおさら嫌悪感を誘ってくる。横からみちるの声が聞こえていたが、脳がシャットアウトして言葉の意味を捉えることができなかった。とにかく一刻も早くこれを始末しなければならない。

「タオル持ってきて」

わたしはみちるに言ったが、彼女は棒立ちになったまま箱に納められている足首から目が離せなくなっている。わたしは肩を摑んでむりやりこちらを向かせた。

「ぼけっとしてる暇はない。使い古したみちるのタオルを持ってきて」

「つ、使い古した？」

「そうだよ。このホテルのタオルはポルトガルのブランドのものだから、繊維片から確実に割り出される。エジプト綿の最高級品だよ」

　みちるはあたふたとしてリュックサックのポケットに手を突っ込み、洗いすぎて色褪せた安物のフェイスタオルを差し出してきた。わたしはそれで箱の表面を丁寧にぬぐい、みちるが触れたとおぼしき箇所は特に念入りに拭いた。そして蓋を閉めてタオルでくるみ、みちるが常備しているコンビニの袋に入れてさらにエコバッグに納めた。

「今からこれを遺棄してくる」

「遺棄って、通報しないと……」

　この期《ご》に及んで正論を言うみちるに向き直った。

「通報すればわたしの過去が暴かれかねない。犯罪現場を目撃したのとは違って、切断された足がこの場にあるんだよ。なんでそんなものをリュックに入れられたのか、わたしも含めて関係者は徹底的に洗われる」

　わたしは肩がけバッグに靴箱とみちるのリュックサックを入れ、黒いナイロンパーカーを羽織ってキャップを目深にかぶった。

「このリュックは始末する。帰りは明日になるけど、いつも通りに振る舞って。サップヨガにも行くんだよ」

そう言い残してわたしは部屋を出た。

第四章　罠なのか偶然なのか

1

翌朝ホテルに戻ったわたしは何食わぬ顔でサップヨガに合流し、宿泊客と談笑しながらみちるとともに部屋へ戻った。彼女が一睡もできなかったのは明らかで、顔色が悪く目の下には青黒いクマが浮いている。わたしはシャワーを浴びて白いTシャツを着込み、おもむろに頭痛薬を炭酸水で飲み下した。

「日比谷のガード下に置いてきた」

ソファに身を投げ出しながら言うと、みちるが驚いた顔で真正面に腰を下ろした。

「あれから都内に戻ったの？　それになんでわざわざ日比谷？　海にでも捨てたのかと思ってた」

「足首を切り落とした異常者のアシストなんかごめんだよ。わざわざ発見されるような場所に置いてきた」

わたしは頭に巻き付けたタオルを解いて顔を埋めた。

「完全にハメられたよ。相手の目的がわからない」

「わからないって、松浦の仕業に決まってる」

わたしはタオルから顔を上げて首を傾げた。

「どうだろう。念のために聞くけど、みちるは警察に指紋とＤＮＡの登録はされてないよね」

「されてない。指紋はともかく、なんでＤＮＡ？」

「なんの痕跡も残さなかったと思ってないからだよ。髪の毛一本ぐらい箱にまぎれ込んでいてもおかしくはない」

わたしは濡れた髪をかき上げながらみちるに目を向けた。

「こんなとこでバラバラ事件にかかわることになるとは……まったく、浮かれてたとしか言いようがない」

「藍は自由が丘のバラバラ事件と同一犯だと思ってるの？」

「さあね」と首をすくめた。「自由が丘のコインロッカーで見つかった足には生活反応があった。つまり、生きたまま切断されている」

「生きたまま……」

みちるは口の端をぴくぴくと動かした。

「同一犯だとすれば、あの足首もそうなんだろうと思うよ」

「ちょっと待ってよ。なんで藍はそんなこと知ってるの？　テレビではひと言も触れてなかった」

「警察は公式に発表してないし、ごく一部しか知らない情報だからね。わたしは松浦から聞いた」

その名前を苦々しく口にした。

「松浦の選挙区で起きた事件だから、職権を使って極秘情報を手に入れたんでしょうね。で、会って間もないクラブのママに漏洩した」

「信じられないほどバカな政治家だね。そんな重大な情報を漏らすとは」

「そう、そう。でも、そのバカな政治家にわたしたちはハメられたかもしれないわけ」

わたしは生乾きのもつれた髪を指で梳いた。

「切断された足首を押しつけてバラバラ事件の被疑者に仕立て上げる。まあ、穴だらけでどうしようもない計画だけど、嫌がらせとしては最大級だよ」

そうは言っても、こんなことをしても松浦にメリットがない。わたしとのメールのやり取りが残っている以上、自分も巻き込まれることは百も承知だろう。もしわたしが警察に連行されても証拠不十分で早々に釈放されることぐらい、弁護士の松浦ならば当然知っている。ゆえに、この一件の目的はそこではないのだ。自分の見えていないところに重大な何かが隠されている。

わたしは事の詳細を知るために、ひとつひとつ潰していくことにした。

「みちるは昨日、ずっとリュックを背負ってた？」

この問いに、彼女は首を一度だけ横に振った。

「タクシーでは足許に置いたし、道の駅のトイレでも下ろした。顔を洗ったから」

「見える場所に置いたの？」

「斜め後ろにある棚に置いたけど、わたし以外に人はいなかったよ」

「なるほど。当然、ホテルのラウンジでも下ろしたね。サップヨガでも砂浜のデッキに置いていた」

みちるは何度も頷いた。

「そうなると、足首をリュックに入れられたのはサップヨガか道の駅のトイレしか考えられない。クローゼットにしまってからわたしたちはずっとここにいたわけだし、部屋にだれかが侵入して入れた線は消える」

「それ、ずっと異常者につけられてたってことだよ」

「そうだね。少なくとも、ストーカーは保冷バッグかなんかを持ってたはず。足の鮮度を維持するために」

「まともじゃない」

顔色の冴えないみちるは、ぎゅっと眉根を寄せた。

「なんでそんなやつにわたしたちが目をつけられたの」

「さあ」

「どう考えても松浦が絡んでるとしか思えないよ」

それがいちばん楽な答えだとは思う。しかし、五千万という大金と引き換えに死体遺棄を依頼した松浦は、尊大な言動とは違って実際は小心者だ。あの日、殺しの当事者となって混乱のなかで犯罪行為に及んだけれども、あれから後悔と不安に苛まれているのは想像がついた。先日のテレビ中継で見た松浦は、何日も寝ていないかのように目が落ち窪んで非常に顔色が悪かった。

「あの政治家がわたしをハメるつもりなら、もっと効率のいい方法なんていくらでもある。こんなまわりくどい重罪に手を染めるとは思えないけどね」

どれだけ怪しげに見えても、松浦が企てたとは思えなかった。わたしの最大の弱みは過去が明るみに出ることだが、松浦がそれを知るはずもなく、個人でいくら調査しても出生地すら浮かび上がらないはずだった。そもそもこの一件を松浦が仕組んだのなら、切断された人間の足をどこから調達したのか。わたしの口を封じたいだけなら、こんなことをする必要がない。

わたしは苛々しながらもつれた長い髪を無造作に結んだ。ワインレッドのスマートフォンを引っ摑んで画面に指を滑らせる。

「考えるのも疲れた。もう松浦に電話する」

「出るわけない」

「出るよ。自分の立場をわかってるならね」

わたしは登録してある松浦の番号を押し、スマートフォンを耳に当てた。二回の呼び出し音が終わらないうちに、回線のつながる音がした。

「もしもし、先生？　急に電話して申し訳ありません」

わたしが間髪を入れずにいつもと変わらない声を出すと、電話の向こうから咳払いが聞こえてきた。

「きみか。なんの用だ？　電話は困る。金なら振り込んだだろう」

過剰に声を潜め、ドアを閉めるような音が聞こえてきた。

「お金の件じゃないんですよ。昨日のこと、いったいあれはなんなのかと思いまして」

「昨日のこと？」

「とぼけないでくださいよ。わたしにステキな靴をプレゼントしてくださったでしょう?」

「靴? 話がまったく見えない。いったいなんのことを言ってるんだ」

松浦は電話を手で覆っているらしく、声がこもって聞き取りづらかった。

「あなたしか知らないわたしのアドレスにメールがきたんです。靴を送ったから受け取ってくれと」

「そんなメールは出していない。だいたい靴を送るも何も、わたしはきみの家を知らないんだぞ」

「そうなんですか?」

わたしはそっけなく答えた。案の定、松浦は何も知らない。これで事が複雑化することは決定だ。

わたしは今日何度目かになるため息を吐き出した。

「まとめるとこういうことです。わたしとあなたのしたことを知っている人間がいる。そして松浦大臣を装ってわたしにメールし、プレゼントを送ってきた」

「なんだって?」

松浦は語尾にかぶせながら声を裏返した。

「だれに知られたんだ。まずいどころではないぞ」

「そうですね、非常にまずい事態です」

「わたしの関係者でないことだけは明らかだ。きみが、しょ、処理を頼んだ連中じゃないのか? まさかとは思うが、わたしの名前を明かしたのか?」

処理した人間など存在しないが、松浦の関係者ではないならそう思うのが道理だ。彼は声を押し殺しながら捲し立てるように続けた。

「こ、こんなことが表沙汰になれば終わりだぞ。きみはわかっているのか？　いや、まさか裏社会の連中ときみはグルなのか？　この先ずっと強請るつもりなのか！」

「先生、落ち着いて」

　わたしは話を遮った。

「今後お金を要求することはありません。そして、処理した人たちが何かを企てることもない。先生の名前は出していませんし」

「信じる根拠がない。現にこうやって接触してきている。そうだろう？　金じゃないなら目的はなんなんだ」

「それがわからないから電話したんですよ。陰で先生が糸を引いているのかいないのか」

　この一件に嚙んでいないことはわかったが、松浦が演技派俳優並の才能があるなら話は変わってくる。まあ、その確率は低い。

「ちなみに先生、わたしとやり取りしたメールはとってあります？」

「そんなものはとうに削除した。アドレスも含めてすべてだ。きみとわたしを結びつけるものは何もない」

「当然、そうですよね」

　わたしは会話しながら頭を働かせた。もともと互いに警戒心が強い性分だし、あの一件をうっかり漏らすような初歩的ミスはない。特に立場のある松浦は、死にものぐるいで隠蔽しているはずだった。わたしの比ではないぐらい、徹底的に事実を消している。いくら考えても、犯人がどこでわたしのアドレスを手に入れたのかがわからなかった。

松浦もあらゆる方面から考え尽くしており、しまいにはどこか悲痛な声を出した。

「い、今の事態は対処のしようがない。とにかくきみにきたメールを転送してくれ。こっちで調査する」

「それはお断りします」

「おい、事の重大さがわかっていないのか！　わたしはきみとは違って、こんなところで終わっていい人間じゃない。これは放置していい案件じゃないんだぞ」

「同じことを再度忠告しますけど、パニックを起こしてわたしを消そうなんて思わないでくださいね。そのときこそあなたの確実な破滅ですから」

脂汗を流している松浦の蒼白い顔を容易に想像できる。男はどうやっても解決策を見つけられず、ついに泣き言を口にした。

「いったいきみは何を隠しているんだ。いや、自分はなんでこんな事態に陥っているんだ……」

「だから言ったじゃないですか。あのとき、先生が救護して通報すれば終わった話なんですよ。あなたの不誠実さと倫理観のなさがすべての始まりだということをお忘れなく」

わたしは淡々とそう言い、もう電話はしませんとつけ加えて通話を終了した。松浦は何やらわめいていたけれども、これ以上は時間の無駄だった。

わたしはスマートフォンをテーブルに投げ出し、炭酸水を喉に流し込んだ。依然としてこめかみのあたりがずきずきと痛んでいる。首をまわして凝りをほぐしていると、向かい側に座るみちるが顔を覗き込んできた。

「なんで足のことを言わなかったの？」

「情報を与える必要がない」

「本当にあの男が絡んでないと思ってる？」

わたしはゆっくりと頷いた。

「今回のことは松浦の得にならない。それどころか、切断された足とのかかわりを追及される立場になる。もしわたしが逮捕されれば、当然、松浦の名前を出すことは想像できるだろうからね。自分の首を絞める行動だよ」

「警察を抱き込んでいる可能性もある」

「ないよ。単なる汚職を揉み消すのとはわけが違う。世間も注目するバラバラ事件だしね。わたしを犯人に仕立て上げるだけの動機と証拠を作れるわけがない」

立ち上がって冷蔵庫を開け、中からもう一本炭酸水の瓶を出した。栓を開けて口に含み、再びソファに腰掛ける。

「電話していくつかわかったこともある。今回のことをやったのは、足首が発見されてもかまわない人間だってことだよ。要するに、そこからは絶対に足がつかない人間が計画した」

「そんな人間が、藍と松浦の関係を知ってることになるんだよ」

「そうとも限らないかなと思ってる。メールには具体的なことが一切書かれていない。もったいぶった書き方はしてるけど、ただ靴を送ったってだけだから」

わたしはもうひと口炭酸水を飲んだ。

「よくある詐欺の手口でね。要点以外をにごしても、受け取ったほうが勝手に想像で補塡してしまう。いわゆる認知バイアスだよ。このアドレスに送られてきたから松浦に違いない。何か含みがあれば、殺人偽装のことだと思ってしまう。実際は何も書いてないんだよ。自分がそう思い込んだだけでね」

わたしが皮肉めいた笑みを浮かべると、みちるはスマートフォンでネットニュースを確認しながら口にした。

「やっぱりバラバラ事件と同一犯だと考えるのが自然だね」

「そうかもしれない。でも、そんなイカれた人間が、なんでわたしのアドレスを知っていたのか。いや、なんでわざわざ切られた足を見せようと思ったのか」

なんとなくだが、頭のおかしい人間のお遊びとは思えない。同一犯であれ模倣犯であれ、わたしに足を見せる必要があったのだ。

「このアドレスを知る者は限られる。その中にバラバラ事件の加害者がいるなら熱い展開だよね」

わたしは腕組みをしながら頭のなかをゆっくりと整理していった。

「わたしが日本に帰国してから、一定の関係性を築いた人間は少ない」

「一定の関係性？」

「どうにかすればアドレスを知り得る環境にいた人間だよ」

わたしはワインレッドのスマートフォンを手に取った。

「わたしは同じアドレスを複数人との連絡手段には使っていない。用途ごとにスマホもアドレスも変える。他人がアドレスを知る手立ては多くはないね」

わたしはテーブルにスマートフォンを置いた。

「だから普通に考えれば、犯人は松浦かみちるしかいないことになる」

「は？」

みちるは即座に反応した。

「わたしがなんのためにそんなことをやる？」

「あくまでも可能性の話だよ。みちると松浦だけはアドレスを知っていた。わたしにメールを出すのがいちばん楽な人間はこの二人」

唇を歪めて戸惑いを表しているみちるに顔を向けた。

「みちるがだれかを拉致監禁して生きながら足を切断し、靴箱にきれいに詰めてリュックに入れる。これを全部ひとりでやるのは物理的に不可能だよね。共犯者がいれば別だけど」

「共犯者なんかいないよ」

みちるはそう吐き捨てた。

「松浦にもこれをするメリットがない。ゆえに、いちばんの有望株が二人まとめて早々に離脱してしまう。じゃあ、次に浮上してくるのはだれか」

「昔、藍が詐欺にかけた悪党の復讐の可能性だってある」

「可能性は限りなくゼロに近い。そもそも連中は犯罪者で出国できないリストに載ってるし、わたしが日本国籍をもつことも知らない」

過去に関わった人間の動向は定期的に調べているが、わたしの潜伏先はおろか交友関係や国籍すらも突き止められずにいる。このあたりは除外してもかまわないだろう。わたしはここ最近、出会った人たちを次々に思い浮かべた。

「お店の店員とかホテルの従業員なんかを除いて、一定の会話をして関係を構築した人間は帰国してから五人だけ。松浦、探偵の秋重、家政婦の芳江、セクハラタクシーの水沢、そしてみちる。ここ最近に固まってるんだよ。この中にバラバラ事件に絡んでいる人間がいると思う」

これは、あくまでも私側から現状を見たときの推測だ。一方で、大臣の松浦を破滅させるべく仕組んでいる人間がいるという筋も成り立つ。こちらのほうがより現実的ではあった。自由が丘のコインロッカーに足首が遺棄されたのは偶然ではなく、松浦を嵌めるための舞台設定だ。切断された足を取り巻く状況には、常にわたしと松浦が関係しているのだった。

「このままだと、わけもわからず巻き添えになりそうだな……」

わたしがつぶやくと、みちるがむくれ顔のまま言った。

「藍のなかでわたしと松浦が容疑者リストから消えたんなら、残りは三人しかいないことになる。探偵か家政婦かセクハラが人の足首を切ってると本当に思ってるの？」

「消去法だとそうなるね」

「もともと藍をストーカーしてるやつがいるのかもしれないし、スマホをハッキングされたのかもしれない」

わたしは気の抜けた炭酸水を飲み干した。

「かもしれないと言い出したらきりがない。まずは、面識のある人間を潰していくほうが合理的だしね。ちなみにみちるは、ここ最近フリーＷｉ－Ｆｉを使った？」

「使ってない。フリーＷｉ－ｆｉは危険だってネットの記事で読んだから」

ならばその線もなさそうだ。心身ともに休む目的で帰国したのに、予測もできなかった方向からのリスクに見舞われている。みちるに復讐すると聞かされたときから不穏の影がつきまとっていたのは事実だ。が、ここまでおかしな事態に身を置いている自分が信じられなかった。あの世で元相棒も呆れ返っているだろう。情で動くことの愚かさをさんざん叩き込まれたというのにこの始末だ。

わたしは頭痛が治まらない頭を苛々して軽く叩いた。

「みちるが熱心に見てたワイドショーでは、バラバラ事件をなんて言ってんの？」

「元刑事のコメンテーターが、自分の作品を見せびらかしたい異常者が犯人じゃないかって言ってた」

「ありきたりだな」

わたしは素っ気なく感想を述べた。

「見せびらかしたいならコインロッカーにしまうよりも、もっと効果的なことなんかいくらでもある。特定の誰かに向けてんのは間違いないと思うし、最悪なことにそれがわたしかもしれないよね」

「少年犯罪の可能性も言われてた」

わたしは手をひと振りした。

「生きたまま足を切り落としてるんだから、犯人にはそれができる場所がある。一軒家でも集合住宅でも、ある程度の広さと人目につかない環境がいるんだよ。子どもにはできないとは言わないけど、わたしが考える犯人像とは合わないな」

「藍の思う犯人像とは？」

「そうだね……。かなり几帳面な人間」

わたしは顎に指を当てた。

「コインロッカーのは知らないけど、靴箱の足は新しく見えた。切断面も滑らかでマネキンみたいだったよね。腐敗してたり血みどろだったり、そういう雑な仕事をしていない」

みちるも思い出したようで、ごくりと喉を鳴らした。

「ああいうものを初めて見たから、雑かきれいかの判断ができない」

「わたしだって初めてだよ。でも、あれをやった人間には技術があるように見えた。それにあの足は新しい。若干腐敗の兆候はあったけど切り立てであることは間違いないと思う」

「切り立てって……」

「冷凍庫に在庫をストックしてるのかもしれない」

みちるはその様子を想像し、嫌悪感をあらわにした。

「コインロッカーで足が見つかってから十日以上が経ってるし、同一犯だとすれば生きたまま切断することにこだわりがあるんだろうね。前回のもそうだけど、ほかの部位は見つかってない。足だけに執着があるのか、それとも別の意味があるのか」

生活反応があったとはいえ、元気な人間の足を切断したとは考えられない。血圧があった状態というだけで、被害者が死ぬ間際の犯行と考えるほうが自然だった。

「戸賀崎マダムだけでもかなり面倒な案件なのに、さらにバラバラ殺人鬼の相手までする羽目になるとはね。まったくもって割に合わない」

わたしがうんざりして言うも、みちるはまるで怯んではいないようだった。

「目的は戸賀崎喜和子だよ。バラバラ犯なんて二の次だ」

「無視して済む問題とは思えないけど、積極的にかかわる必要がないのはその通りだよ。ところで、あんな重い足首入りのリュックを背負ってたのに気づかなかったわけ？」

みちるは急に目を泳がせ、言い訳でもするような口調で言った。

「リュックにはいつも果物を大量に入れてたから」

そう言いながら、果物の盛られたカゴに目をやった。

「りんごとかバナナとかグレープフルーツとか、お腹すいたときに食べれば食費が浮くし……」

「どうりでね」

わたしは半ば呆れて肩を竦《すく》めた。

みちると組んでからというもの、常に自分のペースを乱されている。たいした金にもならないのはわかり切っているうえに、今ではさらなる危険まで上乗せされていた。明日にでもすべてを投げ出して姿をくらましたいと思う一方で、みちるとのかかわりが自身の生き直しにつながっていることにも気づいてはいた。愛情を求めて喘《あえ》いでいた幼い自分を解放し、過去に不幸にした子どもの影を消したいという思いが日増しに大きくなっている。

いい加減、本来の勘を取り戻したいものだ。もう一度シャワーを浴びようかと立ち上がりかけたとき、トートバッグの中から呼び鈴のような着信音が聞こえた。わたしは四台あるスマートフォンのうちのグリーンの機種を手に取り、メールを確認した。

「セクハラタクシーからの報告。明日、お手伝いの里村芳江が道の駅へ行くそうだよ」

「明日？　道の駅に行ってからまだ一日しか経ってない」

「芳江が外に出てきて予約したらしい。時間通りに来てくれってさ」

確かにじゅうぶんな量の野菜を買っていたはずだが、何かを買い足すということか。主人に注文をつけられたのかもしれなかった。

「ともかく、明日の十時半にホテルを出るそうだから、わたしたちも行くよ」

何かと気忙しい日が続いている。疲労の色が見えるみちるはひとつだけ頷き、洗面所へ入っていった。

2

六月一日は雨だった。ねずみ色の雨雲が低く垂れこめ、西からの生ぬるい風が時折強く吹きつける。わたしたちは借りているレンタカーで道の駅へ移動した。

「人出も商品も少ないね」

わたしは透明のビニール傘を両手で持ちながら敷地内を見まわした。前回来たときには手作りらしき幟があちこちに立てられていたのだが、今日はいくつかの長机と屋台があるだけで色味のあるものがない。ことのほか風が強いからだろう。この場所は海風も吹き込んでくるため、風向きが定まらずにあらぬ方向から吹き荒れる始末だった。当然、客足にも影響している。

わたしは役に立っているとは言い難い傘を支えながら、スマートフォンの画面で時刻を確認した。十時半をまわっている。悪天候のため外出を中止するかもしれないと思っていたが、タクシー運転手の水沢によればすでに芳江を乗せて出発しているようだった。わたしは薄手のパーカーの前を閉め、曇ったメガネを袖口でぬぐった。

「とりあえず、偶然会った体《てい》で話しかけるよ。反応は期待できないけど、地道に心を通わせるしかない」

「通わせるのは無理だよ。わたしだったら他人に声をかけられるのすら嫌だし」

みちるは風でなぶられている髪を押さえながら言った。秀でた額があらわになり、形のいいきりっとした眉がいつもの陰気な印象を変えている。わたしはまじまじとみちるの顔を見つめた。

「前髪を上げたほうが似合う。明るいイメージになるしかわいいよ。男ウケしそう」

「この世で男ウケほどどうでもいいものはない」

長い前髪をむりやり下ろして手で押さえたみちるに向かい、鷹揚に微笑んで見せた。

「男ウケは確かにどうでもいいけど、仕事ではおおいに使える武器だからね。自分の魅力を的確に知っておくことは大事だよ」

「わたしの目的はあの女への復讐。むしろ魅力なんかなくていい」

わたしは風でもっていかれそうな傘をしっかりと握り締めた。

「まったく、頑固にもほどがある。わたしのマイ・フェア・レディ計画にはぜんぜん乗ってこないんだもんなあ。悲しいよ」

「何それ」

「みちるをレディに育てる計画だよ。髪型を変えてきれいな服着て、しなやかな所作と儚《はかな》げな笑みで周りを魅了するところまでを考えてた」

みちるは鼻の付け根にシワを寄せて強い拒否を表明した。

「まあ、復讐が第一番だもんね。レディ計画は二番目にするよ」

「そんなくだらないことに割《さ》く時間はない」

みちるはぴしゃりと撥ねつけ、強風に煽られる傘に翻弄されながら駐車場のほうへ目をやった。

「来た。あれだよ」

みちるの視線の先へ目をやると、セクハラタクシーの水沢が雨を蹴散らしながら小走りし、後部ドアを開けているところだった。そしてのそりと姿を現した芳江が、億劫そうに車から降りている。ポンチョ型の黒い雨合羽《あまがっぱ》をすっぽりと羽織り、足許は沼地へも入っていけそうなほど頑丈な長靴だ。水沢は不安げな面持ちできょろきょろと周りを見まわしていたが、わたしを見つけるなりさっと視線を逸らして車に乗り込んだ。

「今日もまた不機嫌そうだな」

海風で巻き上げられた真っ黒いポンチョを、まるで丈の長いマントのようにはためかせている芳江を眺めた。水たまりやぬかるみでもかまわず一直線に進み、脇目も振らずに屋台のほうへ歩いてくる。わたしとみちるは数少ない商品を物色している客を装い、迷いのない足取りで奥まった場所へ向かう芳江を窺った。

「ああ、どうも。すいませんね、こんな雨んなか来てもらっちゃって。届けてもよかったんだけど、時間が合わないみたいだったから」

販売員が驚くほど気安く芳江に話しかけている。顔なじみのようだが、野菜を出店している生産者だろうか。ことのほか若く、どう見積もっても二十代の後半ぐらいだ。まるでトウモロコシの髭のように髪を明るくブリーチしている青年は、無愛想な芳江に一方的に語りかけていた。

「今年のウイキョウは出来がよくて、月初めに出そうって決めてたんですよ。でも狙ったような大雨で残念」

芳江は返事するでも頷くでもなく、ザルに盛られた野菜へ目を落としている。

「でもまあ、入ったらいつでも電話してくれってお客さんに頼まれてたからね。贔屓《ひいき》にしてもらって嬉しいっすよ。あざっす」

青年は反応のない芳江には頓着せずに、底抜けに明るく先を続けた。

「再来週にはオカワカメを出せそうなんで、また電話しますよ。これもお気に入りっすよね？うちのは特に肉厚でぬめりが最高なんですよ。一回食べたら忘れらんなくなるっしょ？」

馴れ馴れしく話す青年には見向きもせずに、芳江は熱心に野菜選びに没頭している。わたしは苦笑した。

「あの男、なかなかメンタル強いな」

「お互いに似た性格なんだと思う。目の前の人間にはまったく興味がない」

確かにその通りだ。男はひと通り喋り終わると、今度は同業者を捕まえて雑談に興じはじめている。わたしはみちるに目配せし、芳江に背後から近づいた。

「こんにちは。またお会いしましたね」

案の定、芳江はなんの反応もせずに背中を向けている。辛抱強く待っていると、しばらくしてからのろのろと振り返った。ポンチョのフードの中にある顔に精彩はなく、悪天候もあってかなおさらくすんで見える。わたしたち二人に初めて見るような目を向けている彼女に、努めてにこやかに会釈をした。

「この間のアーティチョーク、味はいかがでした？」

答えを期待せずに問うてみたが、意外にも早々に言葉が返ってきた。

「カルパッチョというものを作ってみました」

「ああ、生で挑戦してみたんですね。苦味は大丈夫でしたか？」

なんとか会話を続けるべく、わたしは探り探り感触を確かめた。

「鮮度が落ちると苦味も強くなるので、カルパッチョは新鮮じゃないと作れないんですよ」

「そうみたいですね。あんな食べ方は初めてでしたが、なかなか癖になる味ではありました。えぐみがかえっておいしいと感じましたから」

「それはよかったです。今日はウイキョウをお求めなんですね」

わたしは続けざまに話を振った。アーティチョークのカルパッチョは、ことのほか主の評判がよかったと見える。芳江は振り返ってザルのなかにある野菜に目を落とした。まるで線香花火のような繊細な葉が密集し、根本には玉ねぎにも似た鱗茎《りんけい》がついている。

「入荷が今日だと連絡があったので」

「なるほど。珍しい野菜がお好きなんですね。こんな雨でもいらっしゃるんですから」

「あなたもそうでしょう」

「ええ。この道の駅の品揃えがおもしろくて、また来ちゃいました」

わたしはいたずらっぽく笑い、芳江に取り入るために全力で集中した。

「先日もそうですが、なかなか市場には並ばないものばかり選ばれていましたよね。こんなこと言ったらあれですけど、わたしはあなたに興味津々なんですよ」

「……興味」

芳江は抑揚なく繰り返し、わたしの後ろにいるみちるへいきなり話を振った。

「あなたも野菜の専門家ですか？」

質問を予測していなかったみちるはわずかに動揺したが、すぐに自分はただの介護美容セラピストだと答えた。いい機転だ。ここで野菜ソムリエでもあると言ってしまえば、芳江が買おうとしているウイキョウのことを詳しく聞かれる可能性がある。今の時点で少しでも不信感を抱かれれば終わりだった。

それにしても芳江がここまで喋るのは意外だ。突破口が見つけられるかもしれない反面、どことなく警戒心が刺激されているのも事実だった。切断された足を見せつけられた件もあり、手放しで喜べない自分がいる。

わたしは笑顔を持続させたまま、芳江の視線や仕種に不審なところはないかと窺った。そして何よりも、だれも立ち入ることのできないホテルのヴィラゾーンに喜和子がいる確証が今すぐにでもほしかった。

みちるに何か言いたげな芳江だったが、雨合羽についた雨粒を払ってからわたしに向き直った。

「このウイキョウ、あなたならどう調理しますか」

彼女はザルに盛られた野菜に目を向けた。わたしは湿気で曇ったメガネをたびたび袖口でぬぐい、新鮮なウイキョウをじっと見つめた。

喜和子が認知症だという情報が正しいのなら、もしかしてすべての主導権を握っているのはこの芳江とも考えられる。食事や身のまわりのことすべてに古株の彼女が関与し、金の管理にも介入している可能性もあった。となると、実質的に戸賀崎グループを支配する位置にいるのは家政婦である芳江ということになる。

「面倒だな……」

わたしは口のなかでそうつぶやき、ウイキョウをひと株手に取った。

「この野菜は三段階に分けられるんですよ。この柔らかい葉の部分と、玉ねぎみたいな鱗茎部分。そして秋口に採れる種の部分です」

「種も食べられるんですか」

「はい。種がいちばん香りが強いので、香辛料として使われますね。わたしはウイキョウの種とカルダモン、ミントを入れたフェンネルウォーターが好きですよ。ウイキョウには体を温めて胃腸の調子を整える効果もあるので、デトックスも期待できますしね」

「初めて聞きました」

無表情の芳江は一本調子の声で言った。

「この玉ねぎみたいな部分はイタリアではフィノッキオと呼ばれていて、スープやグリルなんかに使われるメジャーな野菜です。葉の部分は魚料理と合わせることが多いですけど、わたしはフェンネルバターを作っておくことをお勧めしますよ」

「バター？」

「はい。葉の部分とエシャロット、ニンニクと黒コショウをフードプロセッサーにかけて、さらにバターを加えて混ぜ合わせる。これをパンに塗って焼いたら最高においしいです。保存も利きますしね」

「よくわからないけどおいしそうな感じ」とみちるは目を光らせた。

芳江はじっと動きを止めて何かを考え込んでいたが、やがてゆっくりと眼瞼下垂《がんけんかすい》気味の目を合わせてきた。

「わたしに料理を教えてもらえますか？」

「はい？」

突然の申し出にわたしは素っ頓狂な声を上げた。芳江は雨の吹き付けるなか微動だにせず、話の先を続けた。

「あなたの野菜と料理の知識は驚くほどです。ここまでの人には会ったことがない」

「いや、それほどのことではありませんよ」

「わたしはお世辞を言いません。もちろん交通費も含めてお金はお支払いします。ご迷惑なのは承知していますが、お願いできませんか？」

みちるは驚きと嬉しさのあまり顔を赤くし、両手をぎゅっと握って興奮を抑えている。本来ならば渡りに船の状況だ。しかし、わたしは湿気た空気を思い切り吸い込んで冷静さを意識した。これは待ち焦がれたヴィラゾーンに招かれたという認識で合っているのか、それとも別の場所を指定されるのか。そこがはっきりしないと返答のしようがない。それに、明らかに人嫌いの芳江からの頼みにはどことなく違和感がつきまとう。

早く快諾しろと視線でせっついてくるみちるを横目に、わたしはある種の戸惑いを見せた。すると芳江は雨に濡れるのもかまわずポンチョのフードを脱いだ。先日よりも疲れ切っているように見え、妙にいたたまれない気持ちにさせられる。

芳江は、雨音でかき消されそうなほど声を小さくした。

「急にこんなことを言い出してすみません。わたしは里村芳江と申します。ある人の面倒を見ているんですが、食にとても細かい方なので、わたしの作るものに満足していないんじゃないかと常々思っているところでした」

「毎日の献立を考えるのは、かなりたいへんですもんね」

わたしは相槌を打った。ある人とは喜和子のことでもう間違いないだろう。やはり食に対するこだわりや要望があるようで、日々の負担が蓄積されて膨れ上がっているのは察しがつく。なにせ日本ではまだ珍しい野菜ばかりを指定してくるうえに、調理も任されているのだ。長い付き合いとはいえ芳江の気苦労はかなりのものだと思われる。

みちるは長年の悲願であるターゲットへの接近を確信しているようで、目をぎらつかせながら今にも笑い出しそうな面持ちをしている。芳江は初めて不安な気持ちを表に出して、困ったようにわたしを下から見上げてきた。

「なんとかなりませんか？　先日あなたから聞いたアーティチョークのカルパッチョ。これが大好評だったんです。わたしは茹でたものしか出したことがなかったので、ほかの野菜についても教えていただきたいんです」

かなり切迫した様子が見て取れる。料理面以外にも、雇い主である喜和子との関係性に問題を抱えているのだろうか。

背後では、みちるが無言のまま返事を急かしているのが熱気として伝わってくる。わたしは苦笑いを浮かべて芳江に告げた。

「少し考えさせてください」

そう答えたとたんに、みちるの「は？」という吐息が聞こえてきた。わたしは反応せずに先を続ける。

「わたしたちは休暇でここに来ているんです。もうしばらくは滞在する予定ですが、ここにいるときぐらいは仕事を忘れたいなと思っていて」

「……そうですか」と芳江は落胆を隠さなかった。

「ああでも、たいへんな事情があるようなので少しだけ考えてみます。ええと、連絡先を教えていただいてもかまいませんか？」

わたしは話の流れを利用して、無理することなく個人情報を得ようと考えた。芳江はわずかに躊躇して目を泳がせたけれども、エコバッグの中からメモ帳とペンを出し、電話番号を書いたページを破ってわたしに差し出してきた。そして先日とは打って変わり、深々と頭を下げてから踵を返した。ウイキョウを八株ほど購入して駐車場へのろのろと歩いていく。

「電話番号ゲット」

わたしが彼女の後ろ姿を眺めながらにやりとすると、鼻息の荒いみちるが非難の声を上げた。

「なんで断ったの。こんなチャンスはもう巡ってこないかもしれない。いくら番号を知ったって、向こうが電話に出なければ終わりなんだよ」

「まあ、落ち着きなって。リゾート地で休暇を楽しんでいる若者に、いきなり金は出すから働いてくれなんて話は非常識極まりないでしょうに」

「常識なんてどうだっていい。あの女に近づけるんだよ。わたしたちは戸賀崎喜和子のすぐ後ろまできてる。この日をどれだけ待ち望んでたかわかってる？」

「あのね。問題はそこじゃない」

わたしは風に煽られる傘に翻弄されながら、焦りを剝き出しにするみちるに言った。

「向こうもわたしたちの様子を探ってる。主人に対して害のある人間かどうか、違和感がないかどうかを注意深く見てるはずだよ」

「そのうえで提案してきたんでしょ。悪意はないと判断した」

わたしは首を横に振った。

「結論はまだ出していない。彼女はわたしたちを一ミリも信用してないしさ」

これは直感的に思っていた。芳江が日々の料理に深刻な行き詰まりを感じているのは事実だとしても、会ったばかりの人間に教えを乞うたり招いたりするほど無邪気な性格ではないのは明らかだ。突飛な依頼を通じて、わたしたちが無害かどうかの判断材料にするつもりと見るのが妥当だった。それを考えると、今の芳江は思っている以上に藁《わら》をも摑みたい状況にいるのかもしれない。過去には当然、有名な料理人や研究家などを雇っていたはずだ。しかし、それで喜和子が満足することはなかったからこそ、素性のわからない女に声をかけるまでに追い込まれている。

拭いたそばから曇ってくるメガネに業を煮やし、外してトートバッグにしまった。

「こんな話を急に持ち出されて、その場で快諾するのは状況的に不自然すぎる。ほとんどの人間は想定外な申し出をされたら丁重に断るか、断る口実として『考えてみます』っていう、日本人が得意なワードを使う。わたしはそれに倣ってみた」

　みちるは「それはそうだけど……」と不満げながら認めた。

「後々向こうが不審に思う芽はできる限り摘みたい。そのうえで、熱烈にお願いされたから、断るのも忍びないしやってみることにしたって方向へもっていく。主導権を握るためにね」

　芳江は断られることを半ば確信しているだろうから、思いがけない朗報が飛び込めば脇も甘くなるはずだ。喜和子との対面も自然の成り行きで進めることができる。

「とりあえずホテルに戻ろう。ここからは次のステージだよ。今後の方針を決める」

　するとみちるは両手で傘を握り締め、うつむいてしばし目を閉じた。思い通りに進まない焦りや憤りはあるものの、別の感情がそれを上まわっている。期待と喜びだ。

　みちるは相変わらず顔を上気させたまま、わずかに声を震わせた。

「……ようやくここまできた」

　ゆっくりと顔を上げ、わたしに睨むような目を向けた。

「あの女からすべてを奪ってやる。病気だろうが認知症だろうが、今どんな状態でも手を緩めるつもりはない」

「わたしとの約束は覚えてるよね」

　間を空けずに問うと、みちるは唇を歪めながらも小さく頷いた。

「殺さない。絶対に死なせない。絶望のなかで、生きていることを後悔させてやる」

　わたしはみちるの精神状態をじゅうぶんすぎるほど窺い、腕をぽんと叩いた。いざ喜和子を目の前にしたとき、憎しみのあまり理性が吹き飛ぶ懸念がないとは言えない。しかし、わたしとのかかわりのなかで、彼女は過去を振り返る機会もあった。自傷行為のように自分を窮地に追い込む生き方は、ある程度制御できるようになっていると思う。みちるの未来や幸せをわたしが考える必要はないけれども、どうせ復讐を遂げるのなら今の味気ない毎日を脱却できなければ意味がない。これがわたしのなかで出した結論だった。

3

ホテルに戻ると、部屋はきれいに整えられて薄紅色の芍薬《しゃくやく》がクリスタルの花瓶に生けられていた。初日とはまた雰囲気が違う。綿菓子のようなスモークツリーも大胆に添えられ、どこかウェディングを連想させる花束だ。みちるはそんな切り花の愛らしさなどには目もくれず、窓際のソファに腰を下ろしてスマートフォンに目を落としている。長年のターゲットに近づけるチャンスを得たことで、出会ったころの殺伐とした野性味あふれる風情を呼び戻していた。

しばらく情報収集に勤しんでいた彼女だったが、何かを見て急に腰を浮かせ、わたしに険しい顔を向けた。

「靴箱の足がネットニュースになってる」

わたしは差し出されたスマートフォンを受け取った。日比谷の高架下で切断された人間の足が発見された旨が書かれているが、まだ詳細情報は公開されていないようでごく短い要点のみの記事だ。自分が遺棄した路地の写真も掲載されており、立入禁止の黄色いテープが貼られた現場にはおびただしい数の警察官が出動していた。

自由が丘で起きた遺棄事件と同一犯だとしても、そこにこめられているメッセージを未だに読み解くことができない。みちるのリュックサックに足を忍ばせるなど大胆かつ悪意に満ちている反面、失敗する可能性のほうが大きかったはずだ。だが、それをまるで意に介していないと感じる。そのズレた感覚が恐ろしいし、今後も続くと予感させるにはじゅうぶんだった。

わたしはカウンターに並べられたさまざまな茶葉のティーバッグのなかからカモミールティーを選び、六角形をしたガラスのポットに入れた。お湯を注いですぐに引き揚げ、カップに注いで湯気を胸いっぱいに吸い込んだ。

「つくづく厄介なのと接点をもったな」

ティーカップを片手に、みちるの斜向かいに腰を下ろした。

「目的を明かさないやり口が嫌がらせには最高だよ」

「ただの嫌がらせじゃない」

「当然でしょ。切り落とした人間の足首を用意してるんだから」

わたしは薄く淹れたハーブティーに口をつけた。

「当分の間、身を隠して異常者をやり過ごしたほうがいい事態だけどね」

そう言うや否や、みちるはもたれていたソファから身を乗り出した。

「もしかして離脱を考えてる？」

焦りと困惑がはっきりと表情に表れている。彼女は矢継ぎ早に言葉を発した。

「今藍がいなくなれば、あの女への道は閉ざされる。悔しいけど、藍の力がなければわたしはいつまでも秋重に搾取され続けてた。自分ひとりでは何もできない。一緒に行動するようになってそれを痛感してる」

　みちるは、プライドを捨てていつになく率直な意見を述べた。その通りではあるが、これはわたしがみずから首を突っ込んだことなのだ。わたしにとって危険というのは心身のバランスを保つものであり、自分の人生を生きていると実感させてくれるものでもあった。が、それは自身が主導権を握っている場合の話だ。

　わたしはハーブティーをちびちびと呑みながら上目遣いにみちるを見やった。

「急に消えたりしないから心配しなくていいよ」

「嘘はつかないでほしい。今は特に」

「ついてないって。バラバラの犯人はきっと何かを伝えたいんだろうから、それを相手にわからせるまでは物理的な攻撃を仕掛けてくることはないんじゃないかな。手を引くにしても、ちゃんと道筋はつけるつもりだよ」

　みちるはわたしの顔をじゅうぶんすぎるほど窺い、わずかに表情を緩めた。そして新しく購入したベージュ色のリュックサックから何かを取り出した。

「これ、藍が持ってて」

　急に握らせてきたのはスタンガンだった。

「ずいぶん物騒なものを隠し持ってたね」

「これは復讐を決意したときに買った。使うときは太腿の付け根を狙うんだよ。そうすれば相手は膝から崩れ落ちるから、そこでさらに首に一撃を浴びせる」

「危ないなあ。使ったことあるの？」

「ないけど、ユーチューブの動画で観た」

なぜか動画を信じ切っているみちるは自信ありげに頷いた。

「藍のことは守る。必ず恩は返すから」

「守らなくていいし、恩返しも必要ない。ただし、何かあったときは自分を優先する。みちるもそうしてよ。全員で破滅する必要はない」

わたしはスタンガンをトートバッグにしまった。どんな理由をつけようがわたしたちのやっていることは犯罪行為なのだし、最終的に信じられるのは自分だけだ。過去に倣えば、生き残るために必要なのはこの判断だけだった。元相棒は天寿をまっとうする形で死んだけれども、そうでなければきっとわたしは簡単に見捨てている。

相棒の虚ろな死に顔を頭から追い払い、わたしはさてと、と言って伸びをした。

「夜になったら電話しようと思う。夕食を終えて、あらためて芳江が料理に行き詰まりを感じたところにね」

「もっと焦らすのかと思った」

「彼女の性格的に、あんまりにももったいぶるのは逆効果かなと思ってさ。料理を教えてほしいって熱が冷めたら、もう二度と燃え上がることはなさそうだよ」

「あの女に燃え上がるほどの情熱なんてあるのかな」

みちるは首を傾げて素朴な疑問を口にした。わたしはハーブティーを飲み下してにこりと微笑んだ。

「彼女はだれよりも一途で情熱的なサーヴァントだよ。表には何も出さないだけ。だから情熱がマイナスに働くと厄介だなとは思ってる」

詐欺師として、思考が読めない人間とのかかわりは極力避けるのが正解だ。不安材料にしかならないうえに労力がかかる。が、喜和子へつながる道がそれ以外に見つけられない以上、今の段階でほかに選択肢はない。

それからわたしたちは幾通りかのやり取りを想定して計画を立て、決して先走らずに無理をしないことを確認し合ってから、日暮れを待って芳江に電話をかけた。そして数分後、願って止まなかったヴィラへの切符を手に入れることに成功したのだった。

4

翌日の十時半。わたしとみちるは一階ロビーにいた。タクシー運転手の水沢は今日もホテル前にあるロータリーに詰めている。言いつけを忠実に守っているらしい。自身の進退がかかっているからやらざるを得ないだろうが、最低ラインの金が入ってくる事実が気持ちを安定させているはずだ。芳江に招かれることに成功したとはいえ、もうしばらく水沢による監視は必要だろうと思っていた。

ロビーのソファで身じろぎを繰り返しているみちるは、朝から落ち着きなく些細な凡ミスを連発していた。水を注いだグラスを倒したり、洗面所の水を出しっぱなしにしてみたり。落ち着くよう自身に言い聞かせてはいるようだが、今までの人生すべてを費やして追ってきたターゲットに近づけるのだから無理もない。

わたしは目に見えて口数の減っているみちるに最後の念押しをした。

「怒りと負の感情は人に伝わりやすい。息遣いや視線、体の強張りに必ず表れる。だから緊張している自分をイメージするんだよ。下手に笑顔を作るよりも怒りをごまかせる」

唇をぎゅっと結んでいるみちるは小さく頷いた。

「ともかく今日の目的は、戸賀崎喜和子が生存していることの確認だから。状況を把握してから先を考えるよ」

「わかってる」

みちるは大きく息を吸い込み、肩を上下に動かして体の力を抜いた。

「藍って料理も完璧にできるんだね。すごいよ。いつも驚かされる」

「できないよ」

即答したわたしにみちるは素早く振り返った。

「できない？　何言ってんの。あのお手伝いは料理を教えてほしいからわたしたちを招いたんだよ？　なのに料理ができないでは済まされない」

「わたしは今まで食べたものは記憶してるから、その料理の味を頭で再現しながら独自にレシピを組み立ててるだけだよ。もちろん、シェフに教えてもらったものもある。そもそも設定は野菜ソムリエなんだし、料理の腕はなくてもかまわないよね。作業は芳江がして納得すればいいだけだしさ」

「信じられない」とみちるは口を半開きにし、首を横に振った。「根拠のない自信がありすぎる」

「わたしは詐欺師だよ？　根拠は自分で作るものだからね」

そう言ったとき、カウンターの奥から背中の丸い女が姿を現した。洗濯しすぎて色褪せたような臙脂色《えんじいろ》のワンピースの上に、チェック柄のエプロンを着けている。高級リゾートホテルには絶望的に馴染まず、まるでコメディを見せられているような感覚に陥った。

わたしたちは立ち上がり、のろのろとやってくる芳江に会釈をした。

「こんにちは。同じホテルに滞在していたなんて驚きました。しかも憧れのヴィラゾーン！　ずっとわくわくしてるんですよ」

いささかはしゃいで嬉しさを捲し立てるも、芳江はこれといった反応を見せずにフロントへ目を向けた。

「あそこからどうぞ。無理を聞いてくれて感謝します」

彼女は一本調子に礼を述べ、すぐ背をむけてカウンター内に入っていく。わたしたちも後に続き、カウンターの奥にあるヴィラ専用のエレベータースペースへ初めて足を踏み入れた。芳江はエプロンのポケットからカードキーを抜き出し、慣れた様子でカードリーダーに近づける。電子音とともにロックが解除されて扉が開き、三人は広々としたエレベーターに乗り込んだ。みちるは初めて目にする厳重なセキュリティに圧倒されており、ボタンは開閉の二つのみという木目調のエレベーター内に視線をさまよわせていた。

「ほかの宿泊客と会わない動線なのがいいですね。プライベート感があって」

わたしは雑談に誘ってみたが、「そうですね」と最低限の言葉を返されただけで話を膨らませようという気持ちがまるでない。レシピを教えてほしいと訴えたときの熱気は皆無で、まぶたの垂れ下がった小さな目にはなんの感情も浮かんでいなかった。そうしているうちに二階に到着し、ゆっくりと扉が開いた先に見えた景色に思わず息を呑んだ。

正面は一面ガラス張りだ。ごつごつした岩場の先には水平線が広がり、空と海との境目が曖昧にぼやけている。高さのあるシュロの木と竹、プルメリアなどが道路や建築物の目隠しになるよう配されており、どこかの離島にいると脳が錯覚するほどの開放感だった。部屋は仕切りのない広々とした空間だ。横長に建て付けられているために、どこにいても海との一体感が堪能できる。

ホテルの客室とは違って白と黒でまとめられたモダンな空間には、最小限の厳選された家具しか置かれていない。自然と一体になるコンセプトが多いヴィラというスペースで、あえて未来的な洗練を選んだことには特別感があった。

順番を待ってでも宿泊したいと思う気持ちもわからないではない。わたしは吹き抜けの高い天井や明かり取りの窓を興味深く見上げたが、みちるは贅を尽くした部屋などまったく眼中になく、前方にじっと目を据えていた。窓からの景色に気を取られているわけではない。視線の先には真っ白い立方体の鉢から大きく広がるアレカヤシがあり、その枝葉に埋もれるような格好で車椅子に腰掛けている老女が佇んでいた。波打つ白い髪にモスグリーンのガウンを羽織り、違和感なく空間に溶け込んでいる。戸賀崎喜和子だった。

わたしは無意識にみちるの腕を摑んだ。筋肉が固く硬直し、ぶるぶると小刻みに震えが走っている。唇を嚙み締めて、今にも走り出しそうな自分を必死に抑えていた。

「みちる」

わたしは横から顔を覗き込み、耳許で囁《ささや》いた。ここで感情的になればすべてが終わりだ。わたしたちが喜和子を見ていることに気づいた芳江は、二人を振り返ってわずかに声を潜めた。

「わたしはあの方のお世話をしています。少し記憶に曖昧な部分がありますが、とても多才な方です」

「そうですか。ご挨拶しても？」

芳江に問うと、彼女はわたしと喜和子を何度か目で往復してからわずかに困った表情を浮かべた。接触してほしくはなさそうだが、喜和子と対話しないことには今後の計画が立てられない。招かれるのは今日だけになるかもしれないことを考えても、チャンスを見送ることはできなかった。

わたしは明確な拒否を示される前に一歩を踏み出し、みちるの手を引いて窓際へ行った。それを見た芳江は無言のままあとについてきたが、やめてほしい旨の言葉はない。わたしたちは来客にも気づいていない様子の喜和子の脇に立ち、わずかに顔を覗き込んだ。

「はじめまして。ここはすてきな場所ですね。お招きいただきありがとうございます」

わたしは邪気のない笑顔で会釈をしたが、喜和子は海に向けた視線をぴくりとも動かさない。蒼白い顔には細かいそばかすが散り、目尻や口角が下がり切って生気の乏しい見た目だ。青みがかった白髪が肩に垂れて広がるさまが、死んだ元相棒に重なって背筋がぞくりとする。眉間にある特徴的なホクロがなければ、戸賀崎喜和子だと断定できないほど衰えていた。

隣で棒立ちになっているみちるからは、かなりの動揺が伝わってくる。捜し求めたターゲットに出会えた興奮や敵意よりも、この老いた姿に衝撃を受けているのがわかった。わたしは笑顔を持続させたまま喜和子を観察した。背中が若干丸くなり、顎が前に突き出ているさまがひどく呆《ほう》けた印象だ。海に向けている目は虚ろで、どこにも焦点が合っていないようにも見える。認知症だという噂は本当らしい。

わたしは軽く咳払いをし、再び声をかけた。

「変わった野菜がお好きだと伺いましたが、特に好きな野菜はありますか？」

その質問の答えは返ってこないと思ったが、ことのほか早く「菜の花」とかすれた声がした。

そして喜和子はわたしたち二人へ顔を向け、不気味なほどの無表情から一転して周囲が明るくなるような笑顔を作った。ぎょっとして後ずさりするほどだ。何を思ったのか、みちるの手を握って引き寄せる。

「指は大丈夫だった？」

「え……」とみちるが反射的に手を振り払おうとするも、喜和子は彼女の手をさらに握っていさきか強引に引っ張った。

「突き指したでしょ、ドッジボールで」

状況の把握ができないみちるは、何も答えられずうろたえている。当然の反応だが、後ろから腕を伸ばした芳江が日々の雑務をこなしているような慣れた素振りで喜和子の手を取って外した。同時に単調な声色で話しかける。

「突き指は大丈夫です。湿布をしたので腫れも引きました」

「そうなの。じゃあ、医者に行かなくても大丈夫そうね」

「はい。問題ありません」

芳江はよどみなく会話を続けている。日常的な出来事なのだろう。喜和子はたるんだ顔で笑いながら、みちるを下から覗き込んだ。

「今日は元気がないのね。学校で何か嫌なことがあったの？」

質問していながら答えを聞かずに、喜和子は先を続けた。

「宏美《ひろみ》は優しい子だから、お友だちにいろんなことを頼まれるのかな。入学したばっかりだけど、もうクラスの人気者だものね」

「宏美……」という名を口にしたみちるは、ようやくすべてを悟ったというような面持ちでわたしに目をくれた。戸賀崎宏美。二十一年前に事故死した喜和子の娘の名だ。まさかみちるを娘と重ねているということか。背後で佇んでいる芳江を振り返ると、芳江は仏頂面のまま小さくひとつだけ頷いた。記憶が曖昧になるという程度の症状ではないではないか。

するとと芳江がいつも通りの覇気のない声を出した。

「奥さま、今日はこちらの方に料理を教えてもらう予定です。野菜の資格をもっていて、とても詳しいんですよ」

「アーティチョークのカルパッチョの方？」

「ええ、お口に合って何よりでした」

わたしは渾身の笑顔を投げかけるも、喜和子はみちるから一瞬たりとも目を離さなかった。

芳江は軽く会釈をして部屋の右側へ手を向けた。それと同時にわたしは素早く頭を回転させ、今この場でできる行動とそれにともなう結果をめまぐるしく検証した。まずは彼女らの信頼を取りつけ、ここへ出入りできるパスを手に入れることが必須事項だ。まだ喜和子の病状を的確に把握できない以上、芳江を先行するしかない。当初の計画通り、教えるレシピを小出しにして時間を稼ぐやり方が最適解だろうか。

考えながら芳江について移動しているとき、後ろから小走りしてきたみちるが耳許で囁いた。

「あの女の娘になる」

唐突な宣言に、わたしは目だけをみちるに向けた。

「あの女の記憶を乗っ取って、何もかもを最悪の道へ誘導してやる」

みちるはぐっと顎を引いてにやりと口角を上げ、目に憎悪と喜びの炎を燃やしている。わたしはひとしきり彼女を窺い、ふうっと息を吐き出した。

「焦らずに様子を見ながらね」

わたしの言葉に目配せで了解を示し、みちるは踵を返してターゲットのもとへいった。

喜和子は亡くした娘についての記憶に混濁が見られるけれども、数日前に食べたメニューを覚えており会話にも無理がない。ゆえに、言動をひとつでも間違えれば、たちまちすべてがぐずぐずに崩れる可能性があるということだ。

わたしは左手に広がる海を横目に、部屋の奥へ足を向けた。横長に伸びる空間の中央には、使い勝手のよさそうなオープンキッチンがある。三百六十度壁に接していないアイランド型で、おそらくドイツ製のオーダー品だろう。大理石の調理台は広々とし、窓際には黒い天板の重厚なダイニングテーブルが配されていた。

「すごい開放感。でもこういうオープンキッチンの場合、やっぱり油とか水撥ねの範囲は広そうですね」

芳江はいつもの感情のこもらない声色で言った。

「その都度掃除すればいいだけです」

実に無駄のない答えだ。そして「これを」と言って大輪のバラ模様のエプロンを差し出してくる。芳江は頻繁に喜和子の方へ目をやり、みちると主が何をやっているのかが気にかかっているようだった。わたしはパイル地の派手なエプロンをつけ、水滴ひとつない清潔なシンクで丁寧に手を洗った。そして芳江の視線を遮るように向き直る。

「今日はよろしくお願いします。ちゃんとした自己紹介がまだでしたね。わたしは佐々木藍です。あの子は川上みちる。職業は先日お話しした通りですよ」

「そうですか」

「履歴書が必要ならおっしゃってください。すぐに用意しますので」

「いえ、必要はないです」

受け答えをしながらも、芳江は喜和子と話しているみちるが気になってしようがないようだ。視線が揺れて忙しい。

「奥さまがご心配なら、ここへ移動していただいたらどうでしょう」

わたしの提案に芳江はしばらく間を空け、「いえ、あのままで」と答えた。

二人の会話の内容が気がかりなのは事実だけれども、ここから先はみちる次第だと言っていい。冷蔵庫から野菜類を取り出した芳江は、小さなメモ帳をカウンターに載せてわたしに目を向けた。準備万端というわけだ。

「初めにいくつかお聞きしたいんですが、奥さまはベジタリアンですか？」

芳江は頷いたが、すぐに首を横に振った。

「ここ二十年ぐらいは肉を一切召し上がりません。ほぼ野菜中心の食事ですが、魚介類はたまにお出しします。火を通したものだけですが」

「そうですか。乳製品は？」

「チーズが好物で、ワインと一緒に毎日召し上がります」

　厳格な菜食主義を貫いているわけではないらしい。二十年ほど肉を口にしないのは、事故で夫と娘を失ったことと無関係ではなさそうだ。

「じゃあ、まず初めに先日もお話ししたフェンネルバターを作りましょうか。保存が利くし、ワインに合うおつまみも簡単に用意できますから」

　わたしは保存袋に小分けされた野菜のなかからウイキョウを取り上げた。

「今日は葉の部分だけを使います。みじん切りにしてくださいね」

　芳江はすかさずメモ帳に書き留め、ウイキョウをまな板に載せるやいなや瞬く間にみじん切りにした。さすがに手慣れており、フードプロセッサーなどは使わずに指示した食材を次々に刻んでいく。一方でみちるは、強張った顔になんとか笑みを浮かべながらターゲットに取り入ろうと腐心していた。喜和子はあいかわらずみちるを娘と認識しているようで、彼女の髪を手で梳いたり、シャツの襟許を直したりと世話を焼いていた。

　わたしは材料を木べらで混ぜはじめた芳江を見つめながら問うた。

「さっき奥さまがおっしゃった宏美さんというのはどなたですか？」

　予告のない質問に芳江は一瞬だけ手を止め、再び動かしながら口を開いた。

「娘さんです」

「ああ、そうだったんですね。娘さんの子どものころを思い出しているのかな。ドッジボールの突き指を心配していたので」

「そうですね」

芳江はつっけんどんな調子で答えた。喜和子の個人的な話をしたくはないらしい。わたしはそれをわかったうえで先を続けた。

「このホテルのヴィラはなかなか予約が取れないと聞きました。すばらしいロケーションだし争奪戦になりそうですよね」

「そうかもしれません」

「わたしたちは本当にラッキーでした。彼女も朝から浮かれちゃって」

そう言いながらみちるへ目を向けると、芳江もちらりと見てから口を開いた。

「お二人は仕事仲間のようですが、お住まいはどちらですか？」

「東京です」

「このホテルの会員ですか？」

「いえいえ、そこまでの余裕はないし今回は奮発したんですよ。でも、会員になれたらいいでしょうね。憧れます」

芳江は鋭い目をわたしに向け、嘘偽りがないかどうかを確かめているようだった。今までになく積極的に質問を続けてくる。

「いつまでここにいるんですか？」

「二週間のバカンスなので、今日を入れてあと二日ですね」

「二日……」と芳江は反芻し、何かを考えるように木べらを持つ手を緩めた。「介護美容という仕事を初めて聞きましたが儲かるんですね。ここに泊まれるんだから」

　率直すぎる感想に、わたしは思わず噴き出した。すると芳江ははっとし、いささかバツが悪そうに咳払いをした。

「すみません、立ち入ったことでした」

「いえ、いいんですよ。わたしたち二人は介護美容の会社を立ち上げたんですが、正直なところ経営は破綻寸前です。エステを利用する感覚で使ってほしいというのがコンセプトなんですけど、介護を受ける側に精神的余裕がないことも多いので、美容に気を使える利用者はごく少数なんですよ」

　わたしは滑らかに口からでまかせを披露した。芳江はウイキョウやニンニク、バターを木べらで混ぜ続けながら懐疑的な面持ちをした。

「会社は破綻寸前なのに、ここには長期滞在できるんですね」

　痛烈な皮肉だがもっともな意見だ。胡散臭い女だと思っているであろう芳江に近づき、わたしはいたずらっぽい笑みを作った。

「ここだけの話、お金持ちのマダム目当てでこのホテルを選んだんですよ。なんとか顔を売って仕事につなげられないかなと思って」

　芳江は眉根を寄せて苦々しげな表情を作ったが、理由はどうあれ納得はしたようだ。みちるもそうだが猜疑心の強いタイプというのは、小賢《こざか》しさやちょっとした悪意を告白するだけで本心を打ち明けていると勝手に思い込んでくれる。人を騙す手口の多くは善意を窓口にしているため、ひねくれ者にはあえてそこを避けることが有効だった。

芳江はちらちらと喜和子のほうを窺いながらも、手を動かし続けてバターを滑らかにした。わたしは材料を混ぜ合わせたバターを形成するためにクッキングシートを広げ、芳江に棒状に整える手順を説明した。

「冷蔵庫で固めて、あとは使うぶんだけ切って出してください。簡単でしょう？」

「確かに簡単です」

「魚料理にもよく合うので、ストックしておくと重宝しますよ」

芳江は頷きながらバターを木べらでシートに乗せ、素早く形を作っていった。

「いつまでここに滞在される予定ですか？」

わたしがさり気なく質問するも、芳江は「もうしばらくはいます」と言ったきり明言を避けている。みちるへ目を向けると、喜和子の真正面に腰掛けて手のマッサージをしているところだった。雰囲気も和やかで滑り出しとしては申し分ない。しかし、喜和子の今後に予測がつかないことが問題だった。ひとまず芳江の懐に入り込めたとはいえ、本格的に騙して誘導するのは相当難易度が高いと言わざるを得ない。喜和子と芳江の間に積み重なった不満や隔たりがあれば隙にもつながるが、見る限りそれはなかった。

「夕食はフィノッキオの魚介グリルにしましょうか。ウイキョウを無駄なく使えますし、食べごたえもあるので満足できると思いますよ」

わたしは先々を考えながらレシピを伝授しはじめた。芳江のような人間を騙すには綿密な調査が必要だが、今から探偵の秋重に頼んだところですでに手詰まりだと思われる。では、どこが最短ルートなのか。

わたしはウイキョウを乱切りにしている芳江の手さばきを眺めながら考えた。現状、芳江はわたしたちに強い一方で喜和子には弱く、その喜和子はみちるには弱い。が、数時間後にはすべてを忘れていてもおかしくはなく、みちるを娘だと錯覚する状況がいつまで持続するかはわからなかった。

「奥さまとみちるは気が合うようですね」

わたしの言葉に、芳江はちらりと見やってから無言のまま肯定を示した。

「介護美容でもそうなんですが、技術よりもクライアントとの相性がいちばん重要なんですよ。今後、何かありましたら遠慮なく声をかけてくださいね」

「それは営業ですか」

「もちろんそうですが、奥さまにとって彼女が癒やしになっているように見えたもので」

わたしはこれ以上ないほどの営業スマイルを芳江に向けた。

5

部屋に戻った二人は無言のまま窓際のソファに体を埋めた。たいした労働はしていないが、ここ最近にはないほど気疲れしている。特にみちるは日常では無縁であるにこやかさと穏やかさに徹していたせいで、精魂尽き果てたといわんばかりに呆けた顔で海を眺めていた。

「手応えはあった」

みちるはぽつりと言った。

「あの女はわたしを娘と信じて疑ってなかった」

「そのようだね。でも、明日にはリセットされてるかもしれない」

みちるは顔を曇らせたが、わたしは先を続けた。

「幸いターゲットは生きていたけど以前の彼女ではなくなっている。娘が死んだことすら曖昧なら、みちるの両親に何をやったのかも覚えてない可能性が高い」

「当人が覚えていようがいまいが関係ない。この復讐はわたしのものなんだから」

「あそこまで弱った老人をひどい目に遭わせることに、みちるの良心が痛まなければいいけどね」

みちるは「痛むわけがない」と即答したけれども、今日の喜和子を見て動揺しているのはよくわかった。復讐の難しさはこういうところなのだろうと思う。特に長い時間をかけた場合ほどターゲットとそれを取り巻く環境が変わるのだし、過去に置き去りにされているのは当人だけだという気にさせられる。みちるもそれを痛感したはずだ。

彼女はいつもの仏頂面で考え込み、やがて気をまぎらわすようにスマートフォンへ手を伸ばした。が、画面を見た瞬間に目をみひらいたかと思えば、慌てたように差し出してきた。わたしはスマートフォンを手に取った。

画面にはニュース記事が表示されており、バラバラ死体遺棄事件の重要参考人を公開とのタイトルがつけられている。これだけで何が起きたのかを理解した。すぐさま記事をスクロールしていくと、防犯カメラ画像が目に飛び込んでくる。シャッターの閉まった飲食店の前を、靴箱を抱えて横切る人間を捉えたものだ。まぎれもなく、キャップをかぶったわたしだった。

「なるほど。予測の通りに警察は動いたわけだ」

ソファにもたれながら暢気《のんき》な調子でそう言うと、みちるは勢い込んで口を開いた。

「何のんびりしてんの！　遺棄の瞬間を防犯カメラに記録されたんだよ！」

「落ち着きなよ。これは想定内だってば。今の時代、防犯カメラを避けて歩きまわることは難しいからね。こそこそしても堂々としても、結果が同じならば堂々としたいでしょ」

「何言ってんの……」

みちるは目の端をぴくぴくと動かしながらうろたえた。わたしは防犯カメラの画像を見つめながら言った。

「キャップから少し覗いてる髪はショートの茶髪。警察がこれしか公開しなかったのは、この画像しかもってないからだよ。日比谷の高架下へ行く前後に三回姿を変えたから」

「姿を変えた？」

「うん。この画像の姿とロングヘアの夜職風美女、あとは残業終わりの疲れ果てたＯＬね。この一帯の防犯カメラを洗っても、警察は足首を遺棄した人間の足取りを追うことはできなかった」

みちるはぽかんと口を開けた。

「変装の衣装とかカツラはどうしたの？」

「いざというときのために、都内各所にレンタルオフィスを借りてるからさ。そこにいろいろと置いてある」

わたしは画像に目を戻した。顔の大半はキャップのつばとマスクに隠れて写ってはいないが、女であることは体型からもわかるだろう。さらに下の画像を表示すると、そこにはカーキ色のバケットハットを目深にかぶった姿勢の悪い男の姿もある。袖のあたりがダボついた安っぽいグレーのパーカーに白いスニーカーを履いており、この画像からは若いのか中年なのかの判別ができない。わたしは素早く記事に目を通した。

「自由が丘のコインロッカーに箱を入れたのはこの男らしい。そのまま東横線に乗って渋谷で降りたところまでを捕捉できた」

警察が相当な数の防犯カメラや車載カメラを確認した結果、渋谷までのルートを割り出したというわけだ。

みちるもすぐさま画像を確認し、顔のわからない男にじっと見入っている。

「こいつが犯人……」

「そうだね。顔が見えないし年齢層もわからない」

警察はこの男とわたしが共犯関係にあると断定し、ここからさらなる追い込みをかけるべく画像を公開した。この画像を見る限り、わたしと同じく男も防犯カメラに記録されることを承知している。

みちるは目を細めたり画像を拡大したりして男を見分していたが、ふいに顔を上げていささか不安そうな面持ちを作った。

「警察が他にも藍の画像を持ってたらどうするの。公表してないだけかもしれない」

「それはないと思う」

わたしは首を横に振った。

「他の画像を持っているとすれば、それも合わせて公開したはずだよ。今、警察が出し惜しみする理由はないからね。でも、帽子で顔が完全に隠れた不明瞭な画像しか出さなかった。それしかないからだよ」

彼女は深刻な顔をして黙り込んだ。

「でもまあ、用心に越したことはない。わたしは偽造カードが何枚もあるから問題ないけど、みちるはこれからも支払いは全部現金でやって」

「わかった」

生真面目な返事をしたみちるに、わたしはスマートフォンの画像を拡大して見せた。

「道の駅の女子トイレにこの男が侵入して、リュックに足首を入れたとは思えない。サップヨガもそうだよ。こんな風体の男がビーチをうろついていれば目につくからね。変装しても厳しい」

「それはそう。こんなやつがいれば覚えてるはずだし」

「となると、共犯がいることになる。もちろん女のね」

それ以外には考えられない。わたしたちの周りにいても違和感のない女が、生きながら切り落とされた足を持ち歩いていた。そしてわたしのアドレスを知っていたのだから、初めから狙いをつけていたことになる。

わたしは考えながら口を開いた。

「今のところ実行犯は男女二人。でも、指示役が他にいないとも言えないね」

わたしはぎゅっと目を閉じ、得体の知れない不気味さをなんとか抑え込んだ。自分を恨んでいる人間が多すぎて絞り込みようもない。

「みちるにかかわってから次々に面倒が湧き出してくるなあ」

「わたしだって、藍にかかわってから今までなかったタイプの厄介事ばっかりだよ」

「まあ、お互いにそうか。負の相乗効果だね。ちょっと笑える」

「笑えない」

みちるはかぶせるように即答した。

そろそろ自分も、近い将来のことを考えておかねばならない。万が一、捜査線上にわたしが浮上したときにどうするのか。みちるを切り捨てて日本を離れるのは簡単だが、その選択をすれば死ぬまで自身を苛むような気がしている。みちるに対する複雑な感情がわたしのなかで密に根を張り、それを引き抜くのは容易なことではなくなっているからだ。ではどうするのか……。警察だけならまだしも、行動の読めない異常者まで相手にしなければならないというのに。

自分に把握できないことが多すぎるうえに、みちるには翻弄されっぱなしだ。今となっては安易に首を突っ込んだ自分に腹が立ってしようがないけれども、彼女と離れがたい気持ちは素直に受け入れるしかなかった。このまま放り出せばみちるは当然破滅するが、同時に自分のなかでも何かが終わってしまうだろう。

意味のない堂々巡りをしているとき、小さな電話の着信音が耳に入り込んだ。わたしは立ち上がってベッドルームへ行き、サイドテーブルに置いたトートバッグの中からスマートフォンを取り出した。画面にはYの文字が表示されている。

「家政婦の芳江さんから」

わたしはそう言いながらメインルームに戻り、窓際のソファに腰を下ろした。嫌な知らせというのは続くものだし、芳江からの電話は契約終了の通知かもしれない。食い下がるための案をいくつか頭に浮かべ、わたしはスピーカーモードにしてから通話ボタンを押した。するとすぐに咳払いが聞こえ、わたしが喋るよりも先に嗄《しわが》れ声が流れてきた。

「佐々木藍さんのお電話でよろしいですか？」

いつもながら感情の読み取れない声色だ。

「はい、佐々木です。今日はどうもありがとうございました。貴重な体験をさせていただいて。奥さまにもお会いできてよかったです」

若干大げさに媚《こ》びてみた。しかし芳江には会話を広げる気がないようで、わずかに黙り込んでから切り出した。

「実は、お願いがあってお電話しました」

「お願い？」とわたしは繰り返した。どうやらもう来るなという通告ではないようだ。芳江はどこか言いづらそうに間を溜めてから再び話しはじめた。

「川上さんはそこにいらっしゃいますか？」

わたしがみちるに目を向けて頷くと、彼女は「どうかされましたか？」と努めて穏やかな調子で問いかけた。芳江はたびたび咳払いをしながら先を続けた。

「今日は奥さまが失礼をして申し訳ありませんでした」

「ええと……失礼？」

「はい。川上さんを娘だと言って、無理なことを要求されていたようなので」

「別に無理な要求はされていませんよ。お話ししていただけですから」

芳江はみちるの言葉が終わると同時に、また咳払いをして声を発した。

「また急な話になってしまいますが、うちに住み込みで働いていただけないかと思って電話を差し上げました」

本当に急な話だ。わたしは背の高い飾り棚の引き出しからメモ帳とペンを出し、難しいと即答するよう書きつけた。みちるはそれを見ながら「さすがに住み込みで働くのはちょっと……」と言葉をにごした。なんの予告もなく無理な打診をするのは、主人である喜和子の要望だからにほかならない。娘の宏美を連れてこいと騒いでいるのか、それともみちるに会ったことで別の厄介事が持ち上がったのか。いずれにせよ、面倒をみている芳江がお手上げ状態であることはよくわかった。

電話の向こうからは芳江の息遣いが聞こえてくる。そしてかなりの間を置いた彼女は、唐突に口を開いた。

「手当ては日給十万円をお出しします」

「は?」と思わず声を裏返したみちるは、「に、日給十万?」と聞き返した。

「はい。奥さまは過去に娘さんを亡くされています。その喪失感で日々苦しんでおられる。川上さんとお話ししているときの奥さまは、とても幸せそうでした。ここ何年も、あんなに穏やかな奥さまは見たことがありません」

「ちょっといいですか?」

わたしは芳江の話を無造作に遮った。

「奥さまは川上を娘だと思い込んでいるということですかね。それとも娘の面影に重ねて懐かしんでいるだけですか?」

「いいえ、川上さんを実の娘の宏美さんだと思っています。小学生当時の娘さんです」

「となると、報酬の出どころはどこです？　この依頼は住み込みで娘に成りすますことだと理解していますが、奥さまはその辺りを把握しないわけですよね。具体的に川上はだれに雇われることになるんでしょう」

　この質問に対して芳江は黙り込んだ。高額な報酬の提示にみちるは半ば興奮しているが、これを用意できるのは戸賀崎喜和子だけだ。喜和子がみちるとの時間を過去の回想に使うというならわかるが、心から娘だと信じ込んでいる場合は話が変わる。芳江には、戸賀崎家の金を動かせるだけの裁量が与えられていることになるからだ。もしくは、側近として仕えた長い時間を通して実質的な実権を握ったということも考えられる。

　芳江はわたしの切り返しにわずかな戸惑いを見せたが、やがて短く息を吐き出した。

「日々の生活費や活動費はわたしが管理しています。そのなかから、介護費用として報酬をお支払いするつもりです。雇い主は奥さまになりますが、何にいくら使うかを決めるのはわたしの仕事ですので」

「なるほど。すごい信頼関係なんですね」

「はい」

　芳江は無感情に言いのけた。

「お受けいただけますか？　かかりつけ医も奥さまの刺激になるのではとおっしゃっていました。もちろん、佐々木さんもお料理の講師としてお招きしたいと考えていますし、現在されているお仕事の報酬以上の手当ては保証します」

「魅力的なお誘いですが少し考えさせてください。二人で話し合ってみますので」

金の力でねじ伏せるようなやり方は今回が初めてではないようだ。わたしはひとまず返答を先に延ばし、通話を終了してみちるに向き合った。

「どうする」

「もちろんやるに決まってる」

みちるはかぶせ気味に早口で答えた。

「これで四六時中あの女のそばにいられる」

「そうだね。でも、芳江の言動が妙に引っかかるんだよ」

わたしは腕組みをした。

「主人に忠誠を誓って尽くす家政婦。時代にそぐわないな」

「そんなことはない。ほかの仕事をするより割がいいなら、わたしだってそばにいるよ。しかも自分が自由にできる金まで与えられている。そのうえ雇い主は認知症なんだし、金なんて着服し放題だと思う」

「そこだよ」

わたしは首を傾げた。

「楽にお金を手にできる人間は知らず知らずのうちに傲慢で杜撰《ずさん》になる。主人が認知症で他との関係を断っている環境なら、楽しようと思えばいくらでもできるんだよ。自分に依存している主人をぞんざいに扱っていても不思議ではない。なのに芳江は、マダムに振りまわされて疲弊しているように見える」

わたしは言葉に出しながら同時に検証した。

「はした金の着服より、もっと上を見てるのかな」

「もっと上？」

「そう。今の芳江は戸賀崎喜和子の莫大な財産を狙えるポジションにいる。喜和子には直系の相続人がいない。傍系血族とは折り合いが悪いし、三十年以上も仕えてきた家政婦が相続するのはそれほどおかしいことじゃない」

「遺言書を書かせるためにそばにいるって言いたいの？」

わたしは首を左右に振った。

「すでに偽装済みなのかもしれないと思ってさ。あとはマダムが死ねばいいだけなんだけど、さすがに今の状況で喜和子が死ねば疑いをかけられる。だからこそ、わたしたちが必要になってくるんだよ。罪をなすりつける駒としてね」

喜和子がみちるを娘だと錯覚したことは芳江にとって嬉しい誤算だ。いかにも金目当てで詐欺師二人が近づいてきたように見せることができるのだから。

「まあ、これはあくまでも想像、いや、空想かな。芳江があんまりにも一生懸命に見えるから、何か裏があるのかと思ってね」

テーブルの天板をじっと見つめていたみちるは、ゆっくりと顔を上げた。出会ってから今までで、いちばん生命力にあふれた顔つきだと思った。

「邪魔をするなら家政婦も潰すまでだ。今のわたしはあの女の娘なんだから」

第五章　雁字搦めの鎖

1

傾いた陽射しが海をはちみつ色に染め上げ、刻々と彩度を変えながら日没へと向かっている。見入ってしまうほど美しい景観だったはずだが、それも時間が経てば色褪せるものだ。ここに滞在するのも明日までとなり、みちるは元を取らなければと焦って部屋にある果物や菓子類、コーヒー紅茶にいたるまでを休む間もなく口へ運んでいた。

「夕食が食べられなくなるよ」

わたしが呆れて口を出すも、彼女は「問題ない」と断言して再びコーヒーをドリップしはじめた。そしてわずかにこちらを振り返って口を開く。

「セクハラタクシーからの連絡はまだなの？」

すっかりこの名称が定着している。わたしは壁にかけられた文字盤のない時計に目を向けた。夕方の六時四十分。みちるはコーヒーカップを片手に窓際のソファへ腰を下ろした。

「道の駅ってこの時間でもやってるのかな」

「やってないと思う。水沢からメールが入ってもう三十分が経ってるし、買い物だとしてもいつもの場所へ行ったわけではなさそうだよ」

芳江からの急な予約を受けたという水沢は、すぐさまわたしに情報を共有した。彼女はどこか苛立っている様子だったとの報告を受けたが、上機嫌を表に出すことなどあるのだろうか。そのさまを想像しているとき、テーブルの上のスマートフォンが振動しながら動きまわった。マイクをオンにしてすかさず通話ボタンを押すと、機械的な小鳥の囀《さえず》りが流れてきた。どうやら音響信号機の近くにいるらしい。

「水沢です」

いささかこもったような声色だ。

「どうも。今日は道の駅ではないみたいですね」

「そう、そう。伊豆急下田の駅に来てるんですよ」

「駅？」

松濤の屋敷へ向かうにしては、ずいぶん遅い出発だ。

「ここで待つように言われたんで、電車に乗るわけではなさそうなんですよ。あの女は人と会ってます。相手は男ですよ。駅の正面がガラス張りなんで中が見えました」

「今までその男を見かけたことは？」

「ないですね」

水沢は即答した。

「駅への送迎にも何回か行ってますけど、自分が知る限り人と会うのは初めてですよ」

わたしは顎に手を当てた。ここにきて新しい登場人物だ。

「スマホで男の写真を撮れないですか？」

「いや、無理だね」と水沢はかぶせるように答えた。「ここからでは遠いうえにガラスの反射で写らないよ。車を降りて近づいたらへんに思われるだろうし」

「確かにね。どんな感じの男です？　もしかして彼女の恋人とか」

「違う、違う。男のほうが二十ぐらい下に見えますよ。だいたい、あのばあさんと付き合いたい男がいるわけないでしょ」

水沢は引きつったような下卑た笑いを漏らしていたが、同調する気配がまったくないことに気づいて慌ててそれを引き揚げた。

「ま、まあ、見たところなんか深刻な感じです。二人して奥のベンチに座ってるんですけど、男のほうが一方的に喋ってるみたいだ。楽しい雰囲気には見えないね」

「どんな見た目の男です？」

「ええと、緑っぽいシャツでズボンは見えない。丸い縁のサングラスをかけて黒い鳥撃ち帽みたいなのをかぶってる。ならず者みたいな感じがするな。普通の会社員なんかには見えない。座ってるから背丈はわからないけどデブではないよ」

わたしはみちるに目をやったが、彼女も心当たりがないと言いたげに首を傾げていた。

「もういいですか？　お役に立てたでしょ。また何かあったら連絡しますよ」

日々のノルマを保証されている水沢は、怠慢が常態化して見るからに浮かれている。こういうときこそ注意が必要だ。わたしはあらためて釘を刺すことにした。

「くれぐれも、このあと彼女に探りを入れたりしないように」

了解ですよ、と陽気な調子で答えた水沢はぶつりと通話を終了した。

「芳江の共犯者っぽいな」

わたしは頭の後ろで手を組んだ。

「探偵の調査報告でも、喜和子周りの交友関係は家政婦か親族しかいなかった。戸賀崎グループに関連する人間の可能性もあるけど、わたしの直感は違うと言ってるよ」

「電話もメールもあるのに、わざわざこんなとこまで来たことが普通ではない」

「そうだね。で、男は一方的に喋って不機嫌そうだった」

状況から察するに、かなり親密な関係だと言っていいだろう。付き合いが浅い人間の行動ではない。

「不機嫌の理由は、タイミング的にわたしたちのことのような気がするよ。住み込みのバイトを提案したのは、芳江の勝手な判断だとかさ」

共犯者だとすれば、喜和子の遺産を奪うために綿密な計画を立ててきたはずだ。その道筋から外れた場合、血相変えて現地までやってきたとしてもおかしくはない。

「マダムがみちるを娘だと思い込んだことは、だれにとっても想定外だったんだと思う。これがわたしたちにとって有利に働くかどうかはわからないけど」

「どう考えても有利。現に敵は焦って仲間割れしてるし」

「そう見えるってだけだよ。とにかく、住み込みで連中の懐に入ることのメリットは大きい。でも、逆に罠にかかる可能性も高まる」

すべてが杞憂かもしれないが、ここからは常に最悪の事態を考えながら行動する必要がある。虫の知らせのようなものだが、今までとは違う空気が流れはじめているのは確かだった。

するとと何事かを考えていたみちるが、おもむろにスマートフォンを取り上げた。

「やっぱり探偵に芳江の周辺を調べさせる。藍は無駄だって言ったけど、払った金のぶんだけ働かせないと気が済まない」

そう言いながら登録番号を押して再び電話をテーブルに置いた。

「富良野のホテルに喜和子がいるって情報はガセだった。もし信じて移動してたら、今もターゲットとは対面できてない」

「まあね」

相槌を打った直後に聞き慣れた男の声が流れてきた。

「はい」

初っ端から機嫌がよくはないらしい。どこかの飲食店にいるのか、人の話し声や食器がぶつかり合う音が聞こえている。みちるはすぐさま本題に入った。

「里村芳江の交友関係を調べ直して」

「里村？」

秋重は意外な名前に語尾を上げた。

「今度は家政婦に矛先を変えたのか。なんで調べようと思う？」

「それをあんたは知る必要がない」

みちるは容赦なくそう返し、いささか憤りをにじませた。

「前回あんたはターゲットが富良野にいると言った。まさかわたしを騙そうとしたの？」

「理由はこないだも説明しただろう。戸賀崎の専務が富良野のホテルに出入りしてるんだ。喜和子がいると考えるにはじゅうぶんな理由なんだよ」

「じゃあ、目のつけどころがわからない役立たずだってことだ。喜和子はここ、南伊豆にいるんだから」

その言葉と同時に、秋重は口をつぐんだ。思った以上に長い沈黙が続いている。わたしたちも何も言わずにほったらかしていると、電話口から小さく舌打ちが聞こえた。

「姿を見たのか？」

「見たから言ってる。なんせわたしたちは喜和子に雇われた」

「や、雇われた？　いったいどんな状況なんだよ」

「とにかく」とみちるは、状況把握ができずに声を上ずらせている秋重を遮った。「すぐ芳江の周囲を調べて」

唐突に通話を終了しようとしていることを察知した秋重は、慌てて口を挟んだ。

「ちょっと待て。あんたは本当に戸賀崎喜和子を殺す気なのか」

「だから、あんたには関係ないことだって何回も言わせないでよ」

「こっちも無関係じゃ済まされないから言ってるんだ。ここから先へ行ったら引き返せなくなるんだぞ」

また聞いたことのあるやり取りだ。わたしは秋重の言葉をじっくりと咀嚼した。この男は自己保身で言っている部分と、みちるの今後を考えている部分が混在している。今までは単に情でも湧いたのだろうと思っていたが、何かが妙に引っかかる。

　わたしは不毛な言い争いを続けている二人に割って入った。

「探偵さんは、わたしたちに何か言ってないことはあります？」

　この問いに対し、小馬鹿にしたようにふんっと鼻を鳴らした。

「秘密なんか山ほどあるに決まってるだろ。他人になんでもベラベラ喋るようなやつは、よっぽどの馬鹿か世間知らずかの二択だ」

「なるほど。じゃあ、探偵さんがもつ秘密のなかにみちるが不利になるものは？」

　秋重は忌々しげにため息を吐き出した。

「戸賀崎に復讐を挑むこと自体が不利だと何回言えばわかるんだよ。うなるほど金を持ってる連中ってのは、他人の人生を簡単に変えられるんだ。なんの罪悪感もなくな。たとえあんたらが仕掛けても、終いには返り討ちに遭うだけだぞ」

「ずいぶん断言するんですね。まるで返り討ちに遭った人間を知ってるような口ぶりですよ」

　秋重はほんの一瞬だけ口ごもったが、それでじゅうぶんだった。この男は戸賀崎グループに対してなんらかの遺恨があるのではないだろうか。だからこそみちるが抱くやり場のない怒りも理解できるし、逆に脅威も身に沁みてわかっている。つまりは自身、あるいは近しいだれかが戸賀崎によって不幸に突き落とされているのかもしれない。

　わたしは話を変えた。このまま粘っても、秋重が秘密を口にするとは思えないからだ。

「里村芳江に関してですが、もしも今、この場で即答できる情報があれば教えてくれてもかまいませんが」

「そんなものはない」

「了解ですよ。わたしたちは住み込みで戸賀崎喜和子の介護を頼まれました。これが危険な状況だと言うなら、その根拠を示してください。いつでも電話をお待ちしていますので」

電話口からカタカタという何かがぶつかり合う音が漏れ聞こえている。秋重が激しい貧乏揺すりをしているさまが目に見えるようだった。探偵はしばらく黙り込んでいたが、やがて短い言葉を吐き捨てた。

「そこまでしてやる義理はない」

唐突に通話が終了し、わたしはみちると顔を見合わせた。

2

六月四日の日曜日。

渋谷駅前はあいかわらずの混みようで、聞いたこともない政党の議員が与党の体たらくを大声でこきおろしている。その横では、ホストクラブのきらびやかな宣伝カーがやかましい音楽を撒き散らしながら走行していた。そんな不協和音やさまざまな言語が飛び交う大通りをやり過ごして道を一本入れば、突如として閑静な住宅街が広がっている。騒音が風に流されて耳に届くこともなく、木々のざわめきや鳥の声が優勢だ。そんな松濤という選ばれた者だけが住める街の一角で、真っ白い外観の戸賀崎邸が異彩を放っていた。

カメラ付きのインターフォンを押すやいなや、植物の細工が施された白い門扉がゆっくりと開かれる。

みちるは観音開《かんのんびら》きの門の中央に立ってごくりと喉を鳴らした。一歩中へ入ったとたんに門は閉じられ、外界との遮断に心細さを感じるほどだ。少し先ではシンプルな石造噴水が涼しげな水音を立て、ここにもプルメリアやレッドジンジャーなど南国の花々が咲きほこっていた。細部まで作り込まれた空間のなかでも特に目を惹くのが、母屋の脇に建てられた離れとおぼしき建物だった。屋根や壁面を覆い尽くすような勢いで、ブーゲンビリアが重そうなほど花をつけている。オレンジ色の花弁と青々とした葉のコントラストが白い建物に映え、異国情緒的な趣を決定づけていた。

「よっぽどリゾートらしい雰囲気が好きなんだな」

惜しげもなく金がかけられているのは認めるが、地中海辺りへの憧れが強すぎて下品に片足を突っ込んでいる感がある。周囲を見まわしながら事細かに値踏みしているとき、みちるが口を半開きにしながら圧倒されている姿が目に入った。高級ホテルの豪華さにも目を奪われてはいたが、ここが個人の家だという事実に度肝を抜かれているらしい。

みちるは瞬きも忘れて世離れした雰囲気に飲み込まれていたが、やがて急に我に返ったとばかりにすっと目を細めた。

「世の中はどこまでも不平等だ」

頭ではわかっていた生活水準の差をまざまざと見せつけられ、ここのところ鳴りを潜めていた卑屈さが全開になっている。わたしは花々の甘い香りにむせ返りながら黒縁メガネのフレームを手の甲で押し上げた。

「世の中は割と平等だと思うよ」

「これのどこが平等なの？　悪人こそいい家に住んでいいものを食べてる証明みたいな場所なのに」

　みちるは噛みつくように顎を突き出した。

「真面目に働いたって入ってくる金はたかが知れてる。結局、世界は人を踏みにじったやつが勝つようになってるんだよ」

「それは否定しないけど」

　わたしは周囲を見分しながら口にした。

「善人にも悪人にも不幸は平等に訪れる。現に戸賀崎喜和子は、一瞬にして夫と子どもを失った。広い豪邸に住んでも高級リゾートホテルに泊まっても、勝ちを感じる瞬間なんてなかったと思うよ」

　みちるは口をつぐんで憎々しげな目を向けてきたが、わたしは感情を出さずに先を続けた。

「お金があれば生活の不安が消えるのは事実。でも愛する者がいなければ、それも虚しさにしかならない。みちるもわかってるでしょ。お金や物では心を満たせない」

　金というわかりやすい価値基準で気持ちをごまかせるのはほんの短い時間だけだ。元相棒のグレンダが晩年にわたしのようなパートナーを作ったのも、耐え難いほど空っぽの心を埋めたい衝動の表れだったのだろうと思う。

「まあ、年寄りの戯言だと思って聞き流してね」

「だれが年寄りだよ」

みちるは盛大に鼻を鳴らして舌打ちまでし、重厚な無垢材のドアが嵌る玄関のほうへ歩きはじめた。先ほどから玄関先に佇んでいる芳江は置物のようだ。いつものように背中を丸め、わたしたちを案内するわけでもなくむっつりとしたまま突っ立っていた。

建物の外壁にも使われているブラッドストーンの敷石を踏みながら玄関へ向かうと、芳江が申し訳程度に会釈した。ここまでの間に、少なくとも五台の防犯カメラが設置されている。

「急なお願いだったのに、引き受けてくださってありがとうございます」

「何事も経験だと思いまして。勤務地が渋谷だとは驚きました」

わたしは無表情に徹している芳江から目を離さなかった。二人は何年も戸賀崎グループから逃げまわって姿を隠しているというのに、自宅へ戻ることを選択したからには、ここでしかできないなんらかの画策があると思って間違いないだろう。

「それにしても、すてきなお宅ですね。ここだけ別の国みたいです」

わたしはお世辞を口にしたが、いつものごとく芳江にはなんの反応も見られない。けれども、わたしの後ろにいるみちるを気にかけているのがよくわかった。視線がわたしを素通りしてたびたびみちるに向けられている。

芳江はくすんだ顔で後ろを振り返り、傷ひとつない大きな無垢材のドアを開けて中へ手を向けた。

彼女について中に入ると、初夏を感じさせる青い香りが鼻をくすぐった。広々とした玄関スペースにはほとんど物がなく、華奢なテーブルの上にバジルやミント、黄緑色のリシアンサスが無造作に活けられたクリスタルの花瓶が置かれている。庭とは異なり、余計な色味が一切ない。ホテルもそうだったが、屋内はシンプルが喜和子の趣味のようだった。

「早速ですが、お仕事についてお話しさせてください」

芳江は自然光が降り注ぐリビングへ入りながら口を開いた。大きな窓から見えるのは、点在する木々や色鮮やかな花々だ。ここからは塀などの人工物が見えないよう、絶妙な配置で庭が整えられている。家具類は木目と生成りで統一され、庭で咲く花々がいいあんばいに色を差していた。

中央にある革張りのソファに腰を下ろすと、芳江がローテーブルを挟んだ向かい側に腰を下ろした。来客という意識がないせいか、もてなそうとする気持ちが潔いほど感じられない。

「お二人にはそれぞれ寝室をご用意しました。お仕事のとき以外は、寝室かこのリビングでくつろいでください。洗面所と浴室は客間に併設されていますので、自由に使っていただいて結構です。三度の食事は奥さまを交えて三人で摂っていただきますが、その他の食べ物や飲み物はキッチンにありますのでご自由にどうぞ」

芳江は一気にそこまでを喋り、休む間もなく再び口を開いた。

「奥さまは基本的に二階にある自室で過ごされます。訪問されるときはわたしに声をかけてください」

「つまりわたしたちが自由に出入りしてもいい場所は、リビングとキッチン、客室と専用の浴室のみということでいいですか？」

わたしが質問すると、芳江は小さく頷いた。

「はい、そうしてください。お互いに無用な神経は使いたくないと思いますので」

「もし禁止ゾーンに入った場合のペナルティは？」

芳江は訝しげな面持ちをしてわたしの顔をじっと見つめ、そのままの状態で言葉を送り出した。

「入らないでください」

容赦のない罰があると想像させるような威圧感だった。

「仕事内容については電話でお話しした通りです。川上さんは奥さまの話し相手。佐々木さんには料理を指導していただきます」

「娘として話し相手をするんですよね」

みちるが唐突に口を開くと、芳江は体ごと彼女のほうを向き、腫れぼったい瞼の下にある感情の読み取れない目を合わせた。

「川上さんはご自分を『宏美』と名前で呼んでください。奥さまを『ママ』と」

「マ、ママ……」

みちるはわずかに口許を引きつらせて拒否反応を示している。わたしはすかさず口を挟んだ。

「みちるは小学生の娘を演じる必要があるわけですよね」

「そのあたりはあまり意識する必要はないと思います。奥さまが小学生当時の娘さんだと信じ込んでいるわけですから、川上さんの言動にはそれほど左右されないかと」

「そうですか。NGワードなどは？」

芳江は節の目立つ手を見つめて動きを止め、しばらくしてから目を上げた。

「これといってないと思います。宏美さんはどちらかといえば内向的で優しいお子さんでした。奥さまのことが大好きで、そばを離れたがらなかったですね」

つまりスキンシップがかなりあるということだ。隣に座るみちるへ目をやると、手が白くなるほど強く握り締めている。殺したいほど憎い相手に愛情を向けることは、たとえ演技であっても耐え難い苦痛だ。しかし、みちるがどれだけ割り切れるかにすべてがかかっていると言っても過言ではなかった。

わたしたちの定めた目標は、喜和子に遺言書を書かせることだ。架空とはいえ母子の関係を揺るぎのないものにし、遺贈を受ける者としてみちるを指名させる。すでに遺言書が偽造されていたとしても新たに遺言書を作成すれば勝ちであり、わたしたちを嵌めようとしているのであろう芳江は逆にすべてを失うことになる。

久しぶりに感じる高揚だ。鳥肌が立つほどの悪意を人に向けることには中毒性があり、つくづく自分は反社会側にいる人間なのだと痛感させられる。腹のなかを気取られないよう、わたしは無邪気な調子で質問を続けた。

「根本的なことをお聞きしますが、里村さん的にこの仕事のゴールはどこでしょう」

その問いに対する答えはなかなか出てこなかった。芳江は今日初めて戸惑いを見せ、落ち着きなく身じろぎをしている。

芳江は口を開いては閉じることを繰り返し、ようやくかすれた声を発した。

「ゴールがある類の仕事ではないのではないでしょうか。介護と一緒で、必要がなくなるまで続くのだと思います。ただそれではあまりにも漠然としているので、まずは十日間だけお願いしてみようと考えています」

隣でみちるの目が輝いたのは見なくてもわかっていた。

芳江はわたしたちの様子を何気なく窺い、不信感を抱いていないかどうかをたびたび確認していた。正確には、みちるが機嫌を損ねてやしないかという部分を過度に気にしている。もはや芳江にとってわたしは添え物のごとくどうでもいい存在なのは間違いなく、追々、みちるだけを残して追い出す算段なのだろうことも想像に難くなかった。

芳江は口許に手を当てて咳払いをし、あらためてみちるに目を向けた。

「川上さんの寝室には洋服をご用意しています。宏美さんと奥さまが好きだった色柄のものなので、着替えてくださるようお願いします」

みちるは無言のままひとつだけ頷いた。もう迷いは感じられなかった。

3

およそ三十分後。

リビングに現れたみちるは、サーモンピンクを基調とした小花柄のワンピースをまとっていた。ギャザーがたっぷりと入ったフェミニンなデザインで、大げさなパフスリーブが流行りとは無縁だ。やぼったさと上品さが同居しているような伝統的な洋服は、なぜか金持ちが好むジャンルでもあった。

みちるはピンクのサテン地のカチューシャを着けているが、かわいらしい身なりに反して人相は極めて悪いままだった。

「似合ってるよ」

「嘘もたいがいにして」

みちるは眉根を寄せて眉間にシワを刻んだ。華やかなワンピースと表情が乖離《かいり》しすぎている。

「まあ、半分は嘘だけど可能性も感じるよ。小首を傾げて笑ってごらん。いいとこのお嬢さんになれるから」

「いくらでも笑ってやるよ。それであの女を地獄に堕とせるならね」

みちるは小声で物騒なことを口にし、キッチンから出てきたエプロン姿の芳江に目配せをした。やる気はじゅうぶんのようだ。わたしとみちるは姿勢の悪い芳江の後について階段へ向かった。

幅広の階段には物々しい雰囲気の車椅子昇降機が取り付けられ、基部に差されたのであろう機械油の臭いが漂っている。上り切った先の廊下には明らかに後付けされた木製の手すりが長く伸び、まるで病院のような印象だった。いくらシンプルとはいえども調度品や絵画のひとつも見当たらないせいか、ひどく殺風景で物寂しい家だ。死んだ夫と娘の写真さえ見当たらない。いくつもある小窓には生成り色のロールスクリーンが下ろされており、花咲き乱れる庭も見えなかった。

毛足の短いベージュ色のカーペットが敷き詰められた廊下を三人は進み、いちばん奥の扉の前で立ち止まった。芳江が二回ほどノックすると、室内から「はあい」という間延びした声が聞こえてくる。ドアが開かれたとき、あまりの眩しさにわたしは思わず目を細めた。

外から差し込む太陽光を増幅させているのは、この部屋そのものだ。天井も壁も床も真っ白な空間は、よく言えば未来的、悪く言えば何かの実験施設のようだった。窓際に佇む喜和子も白っぽいカーディガンを羽織っているために、周囲と完全に同化している。

「あら、宏美はまたそのワンピースを着たのね」

喜和子は目尻を下げて微笑みながらみちるに手招きをした。窓際には丸テーブルとゆったりとした刺繡入りのソファがある。そのほかにも天蓋付きのベッドや本棚、曲線の脚が美しいサイドボードなど見どころのある家具類がそろっているのだが、いかんせん、すべて白っぽい色で整えられているせいで存在感が消されていた。白磁の花瓶に活けられた花々も白一色で、ここまでくると病的としか言いようがない。

みちるが強張った笑みを浮かべながら喜和子のそばへ行くと、喜和子はみちるの後ろで結ばれているリボンの形を甲斐甲斐しく整えた。

「宏美はピンクが好きよね。とてもよく似合ってるけど、靴までピンクにしないほうがいいと思うの」

みちるはぎこちない動きで自身の足下に目を落とした。ピンクの華奢なエナメルシューズ。まるで主役を演じるプリンシパルだ。

「ピ、ピンクが駄目なら何色がいいの？」

みちるの質問に、喜和子は「白ね」と即答した。「白が入ることでほっと安心できるのよ。すべてを中和してくれる色だからね」

みちるはむりやり作った笑顔のままでひとつだけ頷いた。喜和子の眼中にはないわたしは、戸口に突っ立ったまま頃合いを見て声をかけた。

「奥さま、こんにちは。佐々木です。先日のメニューはいかがでしたか？　今日からまたお料理をお手伝いさせていただきますね」

「ええ」と喜和子はこちらを見もせずに返事をした。わたしを覚えているのかただの無関心なのかはわからないが、一応、会話は成立しているようだ。

「宏美の髪もずいぶん伸びたわ」

喜和子が肩に垂らしているみちるの髪に触れようとした瞬間、彼女は仰《の》け反《ぞ》るようにしてそれをかわした。直後、しまった……と言いたげな顔をした。

「あ、ええと、びっくりした。突然手を出すから」

みちるがしどろもどろで取り繕うと、喜和子は口許に手を当ててふふっと笑った。

「虫かと思ったの？　宏美は本当に虫が苦手だもんね」

「う、うん、そう」

みちるも引きつった笑みを浮かべている。いろいろと不安な材料はあるけれども、今のところ喜和子に疑心は見えない。

「お昼ができたらお呼びします」

みちると喜和子に感情のない目を向けていた芳江はそう告げ、横からわたしに目で合図した。後ろ髪を引かれる思いだが、ここから先はみちる次第だ。わたしは芳江が何者なのかを探ることに専念したほうがよさそうだった。

二人で階段を下りて西側に位置する台所に入る。意外にも古そうな横長のキッチンで、最新式のモデルだった南伊豆のヴィラとは雲泥の差だ。水まわりの壁には乳白色のタイルが貼られ、三口のガスコンロには庶民的なアルミのカバーがかけられている。大型のオーブンも旧式だ。この家では唯一生活感の見える場所だった。

窓際に置かれた六人がけのダイニングテーブル越しには庭が見え、草花を愛でながら食事が摂れるよい環境だ。かつて三人の家族がここで笑い合っていたのかと思うと、少しだけ複雑な気持ちになった。

わたしはメガネを押し上げ、たたまれて置かれていた白いエプロンを身につけた。

「お昼はどうします?」

後ろでリボンを結びながら問うと、芳江は大型冷蔵庫を開けてさまざまな野菜を取り出した。

「先日作ったフェンネルバターは好評でした。白身魚と合わせたら、昔イタリアで食べたグリルを思い出したとかで」

「それはよかったです。じゃあ、バゲットに塗ってトーストしましょうか。それにこれ。バターナッツカボチャをもう手に入れたんですね」

作業台に置かれたひょうたんのような格好のカボチャを取り上げた。

「これは暑い時期に収穫される野菜なので、ずいぶん早いですよ」

「はい。近くにオーガニックの店があって、そこでは珍しいものがほかよりも早く入荷されています」

「へえ。じゃあ、この初物カボチャでグラタンを作りましょう。あと、サラダですね。ウイキョウの葉があるので、ほかの葉物と一緒にオリーブオイルで和えるのがいいかな」

わたしは手早く野菜をより分けた。

「スープは芳江さん直伝のものがありそうですね」

そう言ってから、わたしはわずかにはにかんで見せた。

「ああ、すみません。つい名前で呼んでしまいました。芳江さんと呼んでも?」

芳江は硬い表情を微塵も変えずに小さくひとつ頷き、口を開いた。

「ニンジンのポタージュスープを作り置きしています。奥さまの好物です」

そう言ってわたしの顔をまじまじと見たかと思えば、小さく咳払いをして唐突に言った。

「佐々木さんの野菜の知識には感服しています」

「いや、急にどうしました?」

驚いて目を合わせると、芳江は視線を逸らして再び咳払いをした。

「言葉のままの意味です」

本心なのか何かの策略なのかがわからない。わたしは小ぶりなバターナッツカボチャを半分に割って器として使うことを指示し、このまま雑談を広げることにした。

「芳江さんは料理の手際が抜群にいいですね。わたしはレシピや食材には詳しいんですが、いざ料理となると自信がないんで」

芳江は無言のままわたしの話に耳を傾け、レンジで加熱したカボチャの中身をスプーンを使ってくり抜きはじめた。

「料理が不得手なのにレシピに詳しい方には初めて会いました。正直、理にかなっていないと思います」

「傍からみればそうかもしれないですね。わたしはおいしいものを食べたときに、料理を分解してみたくなる質《たち》なんですよ」

「……料理を分解?」

「ええ。どういう構成でこの料理は成り立っているのか。材料はもちろん、食材の切り方や熱の加え方、フライパンはどの角度でどう振っているのか。旬もそうですがとにかくすべてを知りたくなるんです。ひと皿の中身を細かく分解していくと、おもしろいことがわかるんですよ。ちょっとした実験のような感覚ですかね」

すべてはスマートに人を騙すために、片っ端から頭に詰め込んだものだ。人の興味の引き出しをこじ開ける瞬間は、何度経験しても全身が粟立つほどの快感があるのも事実だった。

芳江はガラスのボウルにカボチャの中身を移し、翻って冷凍庫からいくつかのフリーザーバッグを取り出した。中身は作り置きしたニンジンのポタージュとホワイトソースらしき白い物体。常に緩慢な印象の芳江だが、料理中は目まぐるしく動いて無駄のない手さばきを見せていた。

わたしは凍ったホワイトソースを力ずくで割っている芳江を見ながら、そろそろ探りを入れてみようと思った。

「芳江さんのご家族は幸せものですね」

ホワイトチョコレートのような冷凍ソースの塊《かたまり》を鍋に入れた芳江は、何も反応せずに手を動かし続けている。わたしはさらに不躾に踏み込んだ。

「料理だけじゃなくて、掃除も完璧で惚れ惚れしちゃいますよ。きっとお子さんにとっては自慢のお母さんなんだろうなあ」

ずけずけと配慮のない物言いをしたところで、芳江はぴたりと手を止めた。

「わたしは独り身です」

端的に述べて再び昼食の用意に没頭している。この言葉が本当なら、先日、下田駅で会っていた男は息子ではないことになる。およそ人付き合いとは無縁の芳江が、言い争うほどの関係性を築いていた事実はやはり放置できなかった。

わたしはメガネを中指で上げながら苦笑いをした。

「すみません、余計なことを言いました」

「そうですね」と芳江は不快感を隠しもしない。わたしは空気が読めないうえに懲りない若者を演じ、さらに質問を繰り出した。

「芳江さんはこの家での仕事は長いんですか？」

「なぜそんなことを聞くんですか」

「ああ、いや、奥さまの娘さんのことに詳しいみたいなので、亡くなったときも働いていたんだろうなと思ったんです」

　こういう計算ずくの会話ほど嫌なものはないだろう。言葉の裏を取られているのと同じであり、予告なく内面に触れられる気持ち悪さがあるはずだ。警察の取り調べと一緒で、些細な情報からぐずぐずに崩されていく感覚は不安でしかない。

　芳江は手を動かすことに集中しようとしているが、内心どう答えればいいのかと戸惑っているのが見て取れる。一旦相手のペースが乱れてしまえば、あとはこちらが主導権を握ったも同然だ。今までのように、心を隠す時間を与えなければいい。

　わたしはホワイトソースを鍋でとかしている芳江に言った。

「住み込みの仕事が長いとストレスが溜まりそうですね。自分の人生が奥さまに乗っ取られているような感覚になりませんか？」

「あなたは失礼すぎる。何が言いたいの」

　芳江は火にかけている鍋から目を離してわたしに向き直った。初めて見せる素の部分であり、早速ペースを乱されているようだ。わたしは正面から芳江を見返した。

「失礼だったらごめんなさい。わたしは本音でやり取りしたいだけなんですよ。わたしとみちるはあまりにも情報を与えられていないので、ちょっとだけ不安になっていまして」

「情報も何も、これだけ高待遇の仕事なんてほかにないでしょう」

「そうですね。だからこそ情報が必要じゃないですか。簡単な仕事なのに日給十万を出すということは何か裏がある。そう考えるのが普通でしょう？」

芳江はさっと視線を外してコンロの火を弱め、木べらで塊を崩しながら混ぜはじめた。答えを考えるための時間稼ぎ。急に核心的な問いを投げはじめたわたしに驚き、今までのように無視するのが難しいと考えているのはわかっている。

わたしはさらに言い募った。

「世の中には、うまい話なんてほとんど落ちていないものです。あるとすればトラップですよ」

芳江は別の鍋に凍ったスープを投入し、こちらも火にかけている。わたしはカボチャのグラタンの手順をざっと説明し、まるで監視でもするように芳江の後ろに立った。彼女は落ち着きなく手を動かして焦りをごまかしているが、予想していなかった展開に心底うろたえているのがわかる。

みじん切りにした玉ねぎと小エビにざっと火を入れ、ホワイトソースとともにカボチャをくり抜いた器に入れる。細かく刻んだカボチャを散らし、喜和子が好きだというゴーダとモッツァレラチーズを載せてオーブンの鉄板に並べていった。

「ほんの少しだけタバスコをかけると味が引き締まって奥行きが出ますよ。あと、ホワイトソースと潰した里芋を合わせるのもお勧めです」

芳江は無言のまま頷き、エプロンのポケットからメモ帳を出して書き取っている。この短時間で二人の関係性はがらりと変わったはずだ。金持ちに媚びる頭の足りない女たちだと思っていたのに、何かが違うと感じていることがわかる。特にわたしの存在は、芳江にとって障害にしかならないことを悟っているに違いない。ゆえに、次に出る言葉は予測がついた。

芳江は小さなメモ帳をポケットに戻し、上目遣いにわたしに目をくれた。

「申し訳ないですが、佐々木さんとは仕事ができそうにありません。あまりにも無神経な質問が多いし、侮辱とも取れる言葉もありますので」

やはりそういうことになる。面倒な女は早急に叩き出し、喜和子が執心しているみちるだけを残して策を遂行するほうが好都合ということだ。

わたしはにやりと不敵な笑みを浮かべた。

「雇い主は奥さまのはずですが、芳江さんは使用人をクビにできる権限もお持ちなんですか？」

その言葉と同時に芳江の顔が憤りに歪んだ。肩や腕を強張らせて、敵愾心《てきがいしん》が剝き出しになっている。

芳江はなんとか自身を落ち着けようとしているようだが、それがまったくかなわない状態だ。もはや開き直るしかなくなったと見え、わたしに対して急に乱暴な言葉を吐き捨てた。

「ここはあんたみたいな女がいていい場所じゃないんだ。奥さまの思い出が詰まった大切な場所なんだよ。それを冷やかし半分でうろつかれたら迷惑なんだ」

「論点がズレてますね。わたしは筋道の通った説明を求めているだけですよ」

「ズレてるのはそっちだろう。あんたは奥さまがいらないと言えば出て行くしかない。説明なんか必要のない人間なんだよ」

「あ、オーブンの温度は二百三十度にしてくださいね。高すぎるとバターナッツカボチャの皮が焦げちゃうので」

わたしが唐突に料理へ話を戻すと、芳江の怒りはなおさら加速した。

「奥さまにあんたの無礼を話して、今すぐに出て行ってもらう」

「それはどうかな」

わたしは、ニンジンのポタージュのまろやかな匂いに鼻をひくつかせた。

「みちるはわたしが一緒にいるからここの仕事を受けたわけです。つまり、わたしを追い出せばみちるが黙ってないんですよ」

芳江はみるみる顔を赤くして怒りのもっていき場に翻弄されている。わたしはポタージュの湯気で曇ったメガネをエプロンの裾でぬぐい、芳江に笑顔を向けた。

「まだ理解できていないようなので言いますが、今、ここにいる人間のなかでいちばん序列が低いのはあなたですよ。本来はわたしですけど、なんせみちるとは運命共同体みたいなところがあるのでね」

芳江の立場は、喜和子に意見して通るほど強いものではない。そして独断で何かを決められる権限も与えられてはいないということだ。今のやり取りのなかでそれがよくわかった。

4

　ダイニングでの昼食は和やかだった。喜和子は何かとみちるの世話を焼き、芳江はわたしとの悶着をおくびにも出さずに給仕に専念している。柔らかな陽射しの差し込む空間で見るみちるは、思っていた以上に娘役が板についていた。喜和子に直されたのかカチューシャによって前髪が上げられて額が全開になり、それだけで表情まで明るく見える。時折見せる笑顔はまだぎこちないものの、演技としては実に自然だった。

　昼食を終えてから、わたしたちは自室に引き揚げていた。二人の部屋は隣り合っており、洗面所を介して互いの部屋へ行けるように造られている。喜和子は食後に横になることが日課で、二時間ほど昼寝をするらしい。身を投げ出すようにベッドに座り込んだみちるは、どこか呆けた表情で口を開いた。

「渋谷にある豪邸で何不自由なく暮らしてる人間が本当にいるんだ。わたしが生きてる世界線にそんなものは存在しないのに」

　みちるは淡々と言葉にした。

「この家に生まれたら勝ちだ。何も諦める必要がない」

「死んだら勝ちも負けもないけどね」

　わたしは白い枠の両開き窓を開けながら言った。花々の甘い香りと湿気た空気が混じりながら入り込んでくる。みちるは外へ顔を向けて目を細め、どこか物寂しい表情を作った。

「あの女は娘を溺愛してた。汚いものとか悪意が一切目に入らないように、大事に大事に接してた。なんでも一流のものを与えて、さらには愛情まで与えた」

わたしは籐椅子に腰掛け、サーモンピンクのワンピースを着て座り込んでいるみちるへ目を向けた。格好のせいなのか、いつもの険が鳴りを潜めている。

「あの女は事故で家族を亡くしてすぐに、わたしの両親を標的にした。あれほど愛する娘が死んだら、自分も後を追いたくなるはずだよ。なのに横領を告発した。なんとなく心情的に嚙み合わない」

「あれから二十年以上が経ってるからね。当時の心境を推し量るのは難しいよ。歳をとるとだれでも丸くなるらしいから」

「そうなんだけど、あの女を見てると腑に落ちないことが多い」

娘に向けられる偽りのない愛情を見て、みちるの心に波風が立っているのはわかる。復讐心の持続には憎悪が不可欠だが、喜和子に接したことでわずかな迷いが生じているのだろう。

みちるは両足を揃えて行儀よく座り、何事かを考えあぐねている。しばらく風が木々をなぶる音と鳥の声しか聞こえなくなったが、やがて顔を上げて口を開いた。

「あの女は人を殺していない」

出し抜けにそう発したみちるは、切れ上がった目に戸惑いをにじませた。

「南伊豆で会ったときも思ったけど、あの女には嗜虐殺人者の特徴がない。今日、あらためて観察しても見えなかった。両親を殺したのに。自殺に見せかけて遊びながら殺したのに」

人殺しがわかるというみちるの感覚は、空き巣を指摘したことで見事に証明されている。しかし、その精度はまだまだ未知数だと思っていた。

「みちるは大臣の松浦も人殺しだと言ったよね。でも、あの男は小心者だし遊び半分で殺しを楽しむようなメンタルをしていない」

「そう見えたとしても、あの男は人を殺してる。これは間違いないんだよ」

「うん、みちるに殺人者がわかる点については疑う余地がない。ただ、状況がどう絡んでくるかわからないよね」

「状況が絡む？」

わたしは頷いた。

「たとえば世田谷で逮捕された強盗。あの男は殺人の実行犯だよ。でも、自分で手をくださない場合はみちるにどう見えるのか」

「それも同じように見える。前、愛人に夫殺しを依頼した女が逮捕される映像を観たけど、その女も輪郭が黒っぽく縁取られて見えた」

「へえ。軽く言ってるけどこれはすごいことだよ。みちるのセンサーは実行犯以外にも有効ってことになるし、殺しの理由によって選別されてるんだから」

わたしは腕組みをした。みちるのなかではもっとも許されざる極悪人の定義が嗜虐的な殺人者であり、その気配を捉えられる集中力と勘があるのだと思う。彼女の過酷な生育環境のなかで育まれたものではないだろうか。超能力と言ってしまえばそれまでだが、時折発揮される鋭さの延長のような気がしていた。

「マダムにセンサーが反応しない理由は三つ考えられるよね。そもそも人を殺していないか、殺しはしたけど殺人を楽しんでいないか、それとも認知症のせいでその部分がすっぽり抜け落ちてしまったからなのか」

みちるは何も答えなかった。ここにきて彼女の根底が覆ろうとしている。両親が自殺に見せかけ無惨に殺されたという復讐の拠り所が、単なる自殺となれば歩んできた人生そのものを否定するのと同じだった。

みちるは黙り続けていた。いつもならば即座に食ってかかるところだが、当人も気持ちの揺らぎを無視できなくなっている。

長い間を空けた彼女は、急にぎゅっと目をつむって頬を強く叩いた。

「あの女が両親を死へ追い込んだことは事実だ。現に、あの女は時々奇妙な目をする。空想に興じているようなへんな感じなんだよ。それが気味悪い」

みちるは顔をしかめて吐き出した。そしてリュックサックからスマートフォンを出し、SNSを開いて忙しなく画面に指を滑らせていった。一旦気持ちに蓋をして頭の中を今すぐ切り替えたいと見える。しばらく無心にスクロールを続けていたが、はたと指を止めてわたしに差し出してきた。

「バラバラ事件の防犯カメラ画像が追加されてるよ」

わたしは受け取ったスマートフォンに目を落とした。先日公開された画像では有力な情報を得られなかったと見え、警察はさらに何枚かを追加したようだ。うつむきがちに歩いているわたしの画像は、角度こそ変わっているが以前と同じでここから特定されるようなものではない。男もほぼ同じだ。バケットハットを深くかぶってマスクを着け、サイズの大きすぎるパーカーを着込んで雑踏にまぎれている。こちらは後ろ姿や横から撮られたものなどさまざまな画像を足したようだが、これだけでは相当近しい者だとしてもわからないだろうと思われる。

「警察の手札は本当にこれだけなんだな。代わり映えしない」

わたしはスマートフォンをみちるに返そうとした。しかし、横向きの男が再び目に入ったとき、頭の隅で何かの引っかかりを感じて動きを止めた。

「ちょっと待って」

手を伸ばしかけたみちるを遮った。再度画面に目を落とし、あまり画質のよくない画像を拡大する。前のめりに歩いている男のパーカーの袖口から、白っぽいものが覗いていた。わたしは画面に顔を近づけてその部分を凝視し、それの意味することを理解したと同時に全身を悪寒が駆け抜けていった。

「……この男、探偵だ」

「は？」と素っ頓狂な声を上げたみちるは立ち上がってわたしの後ろへまわり込み、拡大されている画像に顔を近づけた。時間をかけて見据えてから、首を横に振りながらわたしと目を合わせてくる。

「あの男とは七年の付き合いがあるけど、その間、一度も真っ白いスニーカーなんて履いたことがない。いつも履き潰した黒くて汚いスニーカーだったし、オーバーサイズのパーカーを着るようなセンスはもってないよ」

「なら、印象操作をしたってことだ。一ヵ所を除いては」

わたしは袖口から半分だけ覗いている文字盤が長方形の腕時計を拡大した。

「ロレックス、チェリーニプリンスのホワイトゴールド。秋重が着けていたものと同型だよ」

みちるは難しい顔をした。

「そんなに珍しいものなの？」

「ロレックスの中では変わり種だし、日本では人気がなかったはず。チェリーニモデルはフォーマルなドレスコードを意識して造られたモデルなんだよ。欧米では、いくら高額でもシーンに合わない時計を着けていれば無粋な成金と思われるし」

「バカらしい」

「そういう文化なんだって。でも日本にはそこまで厳密なドレスコードがない。わざわざロレックスを買うなら人気のクロノタイプを選ぶ人がほとんどだろうね」

わたしはテーブルにスマートフォンを置いた。

「探偵に会って初めて感じた違和感はそこだった。擦り切れたダンガリーシャツを着ている男が、エレガントを代表するようなチェリーニを着けている。あまりにも対極だよ」

「でも、それだけで秋重だとは断定できない。顔がまったくわからないし」

「そうかな。この画像の男は、ダボダボのパーカーにチェリーニを着けている。秋重と同じメンタリティだよ。時計の意味をわかっている人間なら、こんな合わせ方は絶対にしない」

ゆえに、わかっていながら着けていると考えるのが妥当だった。高価格帯ではないとはいえ百万を超えてくる時計なのだし、安物を衝動買いしたのとはわけが違う。この男には状況に合わせて時計を替えるという概念がないというよりも、チェリーニプリンスを肌身離さず着けなければならない理由があるのではないだろうか。

わたしは籐椅子の硬い背もたれに身を預けながら考えを巡らせた。

「警察が持ってる最後のカードはこれかもね。おそらく連中もこの時計には目をつけてるだろうし、販売店を片っ端から洗ってる最中じゃないかな」

「ちょっと待って。頭が混乱してきた」

みちるは再びベッドに腰を下ろしてカチューシャを外した。

「秋重がバラバラ事件の犯人。もしそうなら、わたしは異常者と長年かかわってきたことになる」

「異常者かどうかはわからない」

「何言ってんの。人の足を生きたまま切断してコインロッカーに入れたり靴箱に詰めたりしてるんだよ？　異常者以外の何があるんだって」

「いや、それも理由によるよね」

みちるは目を剝いて信じられないといいたげな顔をしたが、わたしは淡々と先を続けた。

「それに妙に腑に落ちると思ってさ。わたしのなかでのバラバラ犯リストは、みちる、松浦、芳江、秋重、タクシーの水沢。この五人だった。探偵さんが犯人なら大正解だよ」

「暢気に大正解してる場合じゃない。秋重が犯人なら、わたしが犠牲者だったかもしれないんだよ。今も狙ってるかもしれない。あの事務所で何度も二人きりになってるし、向こうにはいくらでもチャンスがあった」

「でもみちるじゃなかった。元気いっぱい生きてるじゃん」

わたしは結果を述べたが、みちるは前のめりで捲し立てた。

「そのすかした感じがめちゃくちゃムカつく。安さにつられて依頼した探偵が、人殺しの異常者だった。こんな最悪の偶然を引き当てて、生きててよかったなんて考えられるわけがない」

「まあ、まあ。偶然ってそう都合よく起こらないもんだよ。探偵が殺人犯だとすればそれには意味がある。みちるが秋重を選んだと思ってるけど、実は向こうが選ばれるように仕向けたとも考えられるよね」

「なんで。あの男とは面識もなかったし、わたしの事情なんか知るはずもないのに」

理由はさっぱりわからないが、身のまわりで起きているすべてが同一線上にあるのではないかと思いはじめている。一連の出来事は、わたしと松浦に関係しているに違いないと疑わなかった。しかしすべてに関連しているのは、わたしだけではなくみちるも同じなのだ。いや、むしろみちるを中心にしてさまざまなことが起きていると考えるほうが自然ではないのか？

彼女はそわそわと身じろぎをして、可憐な小花柄のワンピースの裾を煩《わずら》わしそうに手でさばいている。別の心配が頭をよぎっているようだった。

「本当に秋重が犯人ならわたしに不利な証拠を捏造できる。現場を工作できる」

「それは現実的じゃないね。工作して陥れたとして、そもそもみちるには人をバラして遺棄する動機がない。警察だって馬鹿じゃないんだし、辻褄の合わない証拠で起訴しようとは思わないでしょ」

「殺しの動機なんて快楽で決着がつくじゃん。楽しむために殺したで筋が通るんだよ！」

「声が大きいって。ママに聞こえるよ」

わたしは興奮しているみちるを窘《たしな》めた。

「みちるは大事なことを忘れてるみたいだけど、秋重に殺しのセンサーは反応したの？」

その言葉と同時に、みちるははたと身じろぎを止めた。わたしの顔を真っ向から見つめてくる。

「……反応してない。何も見えてない。あの男は殺しを楽しんでない」

わたしは頷いた。

「そもそも、防犯カメラに映ったからといって犯人とは限らないんだよ」

「ロッカーに入れたんだから無関係のわけがない」

「うん。だから探偵は遺棄しただけとも考えられるよね。みちるのセンサーが反応しないのは、切り落とした人間は別にいるってことを伝えてるんじゃないの」

秋重はみちるの復讐願望を真剣に止めようとしていた。が、バラバラ事件に関しては明らかにみちるを巻き込もうとしており、行動には矛盾がある。

わたしは顎に手をやりながら目をすっと細めた。

「芳江が下田駅で会っていたのは秋重かもしれない」

「わたしも今それを考えた」

みちるも大きく頷いた。

「秋重は戸賀崎家に対して何かある。芳江もそう。二人が手を組んで喜和子の遺産を狙ってるとすれば筋は通る。問題はみちるだよ」

「問題？　なんでわたしが」

わたしは考えをまとめながら口を開いた。

「タクシーの水沢によれば、下田駅で秋重らしき男が一方的に芳江に食ってかかっていた。最初から秋重は、みちるが喜和子に近づくことをよく思っていない。一方で芳江はわたしたちを騙して何かの駒にしようとしている節がある。秋重が下田に出向いてまで芳江に言ったのは、みちるに関することじゃないのかな」

「意味がわからない」

「わたしだって意味はわからない。でも、見方を変えれば予測域は広がるよ。もしかして、亡くなったみちるの両親に何か関係があるのかもしれない」

秋重がいつから探偵業を営んでいるのかは不明だが、みちるの両親が彼に調査の依頼をしていたとは考えられないだろうか。自分たちの汚名をそそぐために、戸賀崎を調べていた可能性はゼロではなかった。調査の過程で秋重は戸賀崎の恐ろしさを思い知り、両親は命を落とした。そして時が経ち、その娘からの依頼を受けたのだとしたら……。

「すべてつながる。でも、バラバラ事件の意味は？」

わたしは自問してみたが、適当な答えは浮かばなかった。バラバラ事件さえなければ筋が通せるのに、これが立ち塞がってどうにも先を見通すことができない。しかし、秋重がこの事件に関与しているのは想像ではなく確信だ。そうなれば当然、芳江もかかわっていることになる。

「目的はなんだろう」

わたしがつぶやくと、みちるはサテンのカチューシャを着け直しワンピースについたシワを引っ張って伸ばした。

「もういい。考えたってしょうがない」

「思考を放棄しないでよ。この屋敷から今すぐにでも立ち去ったほうがいい状況なんだから」

「冗談じゃない」

みちるはわたしに射抜くような目を向けてきた。

「やっとここまでたどり着いたのに、逃げる選択肢なんかあるわけない」

「逃げるというより危機回避だよ。状況がわからない暗闇のなかで突っ走れば、足を踏み外して崖から真っ逆さまに転落する。リスクを甘く見たら駄目だ」

みちるは口許に笑みをたたえ、据わった目をぎらぎらと光らせた。

「ならあえて突っ走ってやる。そうすれば悪党は必ず尻尾を出すよ」

「その『悪党』が手に負えない異常者じゃないといいけどね」

わたしは深いため息をつき、本心からそう言った。

5

昼食が終われば間食があり、そのすぐあとには夕食がやってくる。そして当然だが翌朝には朝食だ。食に追い立てられる日常を初めて体験しているが、長年仕えてきた芳江が音を上げたくなった気持ちを心から理解した。献立の栄養価やバランスを考えることはあたりまえとしても、問題は珍しい旬の野菜を使ったメイン料理を提供しなければならないという縛りだ。これは当初考えていた以上に手間がかかり、十日もすればわたしの経験や知識も底をつくだろうと思われた。

今日で三日が過ぎたが、ここでの生活は単調のひと言だ。朝から晩までレシピを構築し、芳江とともに買い物に出ることも日課になっている。宅配サービスなど楽をする方法はいくらでもあるというのに、自分の目しか信用しない芳江は極めて頑なだ。先日口論をしてから口数が極端に減ったのは、迂闊《うかつ》な言葉で足をすくわれかねないことを身に沁みて感じたからだろう。こちらとしては秋重との関係性を探りたいところだが、今の彼女は警戒心の塊と化していた。

ダイニングの大きな格子窓がカンバスと化し、毒々しい夕焼けが油絵の具で殴り描かれた絵画のようだった。赤みが強すぎて、美しく整えられた庭をどこか不吉なものに変えている。そんななかを喜和子が座る車椅子を押しながら、みちるがゆっくりと歩いているのが目に入った。今日は白っぽいワンピースを着ていたはずだが、夕焼けのせいで赤黒く見えている。ゴシックホラーのワンシーンのようでもあり、どこかノスタルジックな気分にさせられた。喜和子は口許に穏やかな笑みを浮かべ、満ち足りた時間を過ごしているのが窺える。そしてみちるはといえば、意外にも輝くような笑顔を弾けさせていた。演技とは思えない喜びを感じさせる表情であり、今この瞬間、二人は本当の母娘になっていた。

わたしは二人を目で追い、なんともいえない気持ちになった。喜和子は亡き娘との時間を取り戻し、みちるは両親との何気ない日常を再現しようとしている。特に親の愛情に飢えているみちるは、喜和子から注がれる慈しみに溺れてしまっているようだった。殺したいほど憎んでいる相手だったはずが、目の前の光景には殺意が微塵も感じられない。

人の気持ちとは不思議なものだ。わたしは二人から視線を外した。歪んだ関係が、はからずも二人を強く結びつけて癒やす結果となっている。それを目にしている自分も、胸のあたりがちくちくと疼いていた。この感覚は羨望と嫉妬だ。

「夕焼けが不気味なほど真っ赤なのは雨の前兆らしいですよ」

わたしはやり場のない気持ちを持て余しながら言った。買ってきた野菜をエコバッグから出して仕分け、再び窓のほうへ目をやる。ここからわずかに見える離れの外灯が一斉に灯り、時間差で庭の間接照明も点灯した。今さっきまで庭を散策していた疑似母娘の姿は消えていた。

「雨の降りはじめは片頭痛になりやすいんですよね。芳江さんもそういうのあります？」

「ありません」

芳江は即答で話を終わらせた。

「それにしても、今まで一人でこの屋敷を切り盛りしていたのはすごいですよ。三食のレシピを考えるだけでもたいへんなのに、芳江さんは家事のすべてですからね。そのうえ奥さまの介護もある」

芳江は顔が映るほどきれいに磨かれたシンクをさらに腰を入れて拭き上げている。話はしないという意思表示だ。わたしはかまわず喋り続けた。

「人を増やすことは考えてないんですか？　これじゃ休みなしでしょう。それにしても主婦業って際限なく仕事が湧いてくるんですね。初めて知りましたよ」

わたしは作業台にあるトレイの上に、黄色い花を咲かせているズッキーニを並べた。

「ところで夕食は花ズッキーニの詰め物にします。グリルかフリットか。色もきれいですしね。材料は豆腐とアンチョビ、それにパルメザンチーズと玉ねぎですよ。ああ、めしべとおしべは取ってください」

そう言うなり芳江はエプロンで手を拭い、小さなメモ帳をポケットから取り出した。その拍子に鍵の塊が落下し、キッチンに響きわたるような派手な音を立てた。形や大きさが異なる五本の鍵が、シルバーのリングに通されている。わたしは拾おうと腕を伸ばしたけれども、それよりも先に芳江がひったくるように取ってポケットにしまった。些細な行動のひとつひとつに緊張を孕《はら》んでいる。わたしは伸ばしていた腕を引っ込め、食材についての話に戻した。

「ヨーロッパ野菜もだいぶ日本で作られるようになってるし、農家と契約して届けてもらったら芳江さんの仕事も減るだろうと思いますよ」

これも無言のまま聞き流し、彼女は背中を丸めてキッチンを出ていったかと思えば食料の備蓄部屋から玉ねぎをいくつか手にして戻ってきた。わたしは暮れゆく空を感傷的な気持ちで眺めていたが、ふいに思いついてひとつだけ手を叩いた。

「提案なんですけど、今度庭でアフタヌーンティーでもしてみませんか。せっかく花盛りなんだし、テーブルとケーキスタンドを出して優雅な気分になりましょうよ」

「庭は飲み食いに適した環境じゃありません。今の季節は湿気があって虫も多いし、優雅どころではないです」

「そうなんですか。じゃあ、離れはどうです？」

わたしは少しだけ覗いているブーゲンビリアが絡みつく建物へ目をやった。

「あそこだけ見たらギリシャのサントリーニかミコノスですよ。庭も含めてそれをイメージして造られたと思いますけど」

「離れは物置同然です。車椅子を無理なく使えるように母屋に手を入れたときに、大きな家具類などはあそこへ移しましたので」

「なるほど。だから芳江さんは日に何度も離れに行くわけですか。防犯カメラを二台もあそこに割り当てていますしね。もしかして、かなりのお宝が眠ってたりします？」

芳江は唇の端をぴくりと動かし、今日はじめてわたしと目を合わせた。

「勝手に出歩いて物色しないでください」

「物色なんてしてないですよ。何があるのか気になってただけです。それに少しでも奥さまに喜んでいただきたくて、いろいろとイベントを考えてるんですよ」

「イベントなんて必要ありません。そもそも奥さまのお相手は川上さんのお仕事です。あなたは料理のレシピを教えてくれればそれでいい」

にべもなく言ってひと睨みした芳江は、大振りの玉ねぎに手を伸ばした。

この女がバラバラ事件に関与しているとしても、みちるの見立てでは芳江は人を殺していない。秋重と芳江が手を組む理由は金で間違いないだろうが、なぜそこにバラバラ事件が絡むのかがわからないままだった。

ここで仕掛けてみるべきか……。

わたしは玉ねぎの皮を剝きながら執拗に洗っている芳江を窺った。相手が行動を起こすまで待つという選択は、こちら側の危険が少ないときのみ有効だ。しかし、人を殺してバラバラにするような人間が近くにいるかもしれないと知った以上、暢気に構えている場合ではなかった。喜和子の財産を狙っているのは芳江と秋重だけとは限らないという不安もある。

わたしはさまざまな検証を繰り返してよし、と心のなかでつぶやき、唐突にその名前を口にした。

「秋重という男をご存じですか？」

言葉と同時に洗っていた玉ねぎがシンクに落ち、ごろごろと音を立てて転がった。

「ああ、やっぱり。あの探偵さんと知り合いなんですね」

芳江は表情こそ変えなかったけれども、厚ぼったい瞼の下にある目には驚きの色がはっきりと現れていた。わたしはしばらく無言のまま芳江を見つめ、急に場違いなほど満面の笑みを浮かべた。

「わたしも仲間に入れてもらえないですか？」

「何を言って……」

わたしは芳江が言い終わらないうちに言葉をかぶせた。

「ここには大金が稼げる予感があるんですもん。資産家の屋敷を舞台に、認知症の女主人、長年勤めている忠実な家政婦、悪徳探偵、死んだ令嬢と同い年のみちる」

わたしは芳江の近くに歩み寄り、頭ひとつぶんほど小さい彼女を威圧的に見下ろした。

「配役は完璧ですが、わたしだけ役をもらえなくて裏方なんですよ。どうにかなりませんか」

芳江は身震いするようにわたしから距離を取り、いささか声をうわずらせた。

「いったいなんの話をしているのか、あんたはいつだって意味不明だ」

「意味は芳江さんがいちばんよくわかってると思うんだけど。先週、下田駅で探偵と密会してたしね」

とたんに芳江は黙り込んだ。ということは、この推測も当たりだったようだ。わたしは彼女らの企てについてほとんど何も知らないが、芳江にしてみればどこまで知られているのか気が気ではない状況に違いなかった。

わたしが黒縁のメガネを中指で押し上げたのと同時に、芳江は乾いた唇を舐めてから慎重に口を開いた。

「あんたはいったい何者なんだ？　目的は？」

「それをあえて聞きます？　あなたがわたしたちに仕事を依頼したんじゃないですか」

「そのことを言ってるんじゃない」

「じゃあなんですかね。探偵とつながっている以上、こっちの情報はあなたに筒抜けのはずですよ。二十年前に戸賀崎グループの金を横領し、しまいには自殺した上条夫婦の娘がみちるであることもね」

芳江は表情を読み取れないように、顎のあたりにぐっと力をこめた。

「みちるが長い時間をかけて戸賀崎喜和子を捜していたことも当然知ってるんでしょう？　もちろん、復讐心に燃えていることもね」

「知るわけがない……。でも、それが事実なら大事《おおごと》だ」

わたしは手をひと振りしてははっと笑った。

「今さら演技しても遅いんですよ。みちるの復讐心を利用して、奥さまを殺させる計画なのかな。で、遺産はあなたに入る手はずが整っている」

「馬鹿なことを」

「そうでもないでしょう。芳江さんに容疑がかからない完璧なストーリーだと思いますよ。だれの目から見ても、みちるには奥さまを殺す動機があるんだから」

芳江は小刻みに肩を震わせながらわたしをねめつけてきた。

みちるが素性の知れないわたしと組んだことがわかった時点で、秋重は計画の見直しを考えたはずだ。いや、それ以前にみちるに情が湧き、罠に嵌めることへの戸惑いが先行していったとわたしは考えている。しかし芳江は強引に事を進めた。結果、面倒なわたしまで屋敷に招き入れることとなり、逆に追い詰められる羽目に陥っている。

芳江はわたしを無視して料理に集中することができなくなっていた。じっくりと時間をかけて練り上げてきたであろう計画が、ひとりの女のせいで失敗する絵が見え隠れしているに違いない。そしてここでの話は、すぐさま秋重にも伝わる。

わたしは努めて冷ややかな調子で釘を刺した。

「念のために言いますけど、わたしの口を封じようなんて考えないことですよ。この一件は全部調べてクラウド化しています。毎日ログインしないと、公表されるように設定してあるんですよ。もちろん警察にも送信されますし」

こんな陳腐な作り話も、今この状況ならば脅威に感じるはずだ。芳江は体を強張らせているのに目だけはしきりに泳いでいるという、追い詰められた者特有の動きをした。

「あんたは必ず後悔する。自分が何をやっているのかわかっていない」

芳江は声を絞り出している。わたしは投げやりな調子で返した。

「ものすごい捨て台詞だけど覚えておきますよ。ともかく、わたしを仲間に入れる件は考えておいてくださいね。お宝山分けを期待してますよ」

忌々しげに舌打ちした芳江は、口を歪めながらくるりと背を向けた。シンクに転がっている玉ねぎを拾い上げて再び洗いはじめる。

わたしの追及のほとんどがなんの証拠もないはったりだが、何かしらひとつぐらいは本質の近くを突いているはずだった。本当はもう少し時間をかけたかったけれども、状況的にそうも言っていられない。なにせバラバラ事件に関連があるのだし、弱みを握っていると先手を打っておかなければ最悪の事態に巻き込まれかねなかった。

「ああ、そうだ。スイートチリソースも作るので、ニンニクと唐辛子とヌクマムも用意してくださいね。メインはベトナム風にしましょう」

わたしは明るくそう言い、焦りの見える芳江を観察しながら依然として頭を回転させ続けた。

この状況で芳江と秋重ができることは三つだ。ひとつはわたしを仲間に引き入れ、計画自体は変えずに実行すること。二つ目はすべての計画を白紙に戻して、わたしたちとの関係を断ち切り証拠隠滅を行うこと。最後はわたしを殺してリスクゼロを求めるかだ。自分ならば迷わず二番目を選択するけれども、また一からのスタートとなることに今の芳江は耐えられそうにない。かといって、信用ならないわたしを仲間に加える選択もしないだろう。ゆえに、わたしを亡き者にするという選択が、彼らにはいちばん楽に見えるのかもしれなかった。

わたしは芳江に玉ねぎのみじん切りを指示し、買ってきた野菜を保存袋に小分けにしながら言った。

「生春巻きとモロヘイヤのスープでフィニッシュですね。奥さまは割と酸味が強い味を好むので、ライムを気持ち多めに使います。ライスペーパーを戻すの手伝います？」

「手出し無用」

「いや、端的すぎる」とわたしは噴き出した。「ここに立って指示だけっていうのも気が引けるもんですよ。一日十万もいただいてるのに」

「信用のない者に料理を任せられるわけがない」

「なるほど。だからいくら忙しくても料理人を雇うことをしないんですね。自分たちの計画よりも先に奥さまを毒殺されてしまったら困ると。全方位が敵なわけだ」

芳江は玉ねぎを刻んでいた手を止め、わたしに向き直った。

「あんたは本当にくだらない。今まで調子よく上っ面だけで世渡りしてきたんだろうが、ここではそんなものは通用しない。それは向こうの小娘も同じだ」

「みちるが世渡りできるような人間なら今ここにはいないよ。あなたと探偵に人生を操作され続けた成れの果てなんだから」

その言葉に対して芳江は一瞬だけ怯んで口ごもる。しかしすぐにいつものふてぶてしい態度に戻した。

「あの娘には覚悟が足りない。だから人に操作される」

「覚悟？」

わたしが問うと、芳江ははっと口をつぐんでまな板に向き直った。

「芳江さん。わたしに胸の内を全部打ち明けませんか。少なくともわたしはあなたの敵ではないし、いろんな悩みを聞いてあげられると思いますよ」

「いいから黙って仕事をしな」

芳江は鬱陶しそうに吐き捨てた。やはり、しおらしいアプローチは通用しないらしい。わたしはふうっとひと息ついてから、野菜を保存袋に入れはじめた。

6

喜和子の顔は色艶がよく、眼力も加わってぼんやりとした様子がきれいに消えていた。心なしか背筋も伸びて体幹もしっかりし、何よりも流れるような食事の所作が美しい。畝《うね》のある真っ白な髪をハーフアップに結ったのはみちるだろうか。中心がずれて後れ毛だらけだが、その不器用さが平凡な幸せを象徴しているように見えた。喜和子とみちるの間には確かな絆が結ばれている。

「このお料理はとてもおいしいわ。黄色いお花のなかにアンチョビやチーズが入っているのね」

「それは花ズッキーニですよ、奥さま。収穫のタイミングが難しいので、市場にはほとんど出まわらない野菜です」

わたしの言葉などまるで聞こえていないかのように、喜和子は斜向かいに座るみちるに目を向けた。

「スパイスは大丈夫？　宏美は辛いものが苦手だから」

「大丈夫。これはちょうどいい辛さだよ」

みちるはにこりと微笑んだ。食事の給仕に徹している芳江は奥のキッチンスペースからダイニングを凝視しており、わたしが余計なことを言い出さないかと目を光らせている。

「春巻きは好物だったわよね。ママのぶんもどうぞ」

「うん、ありがとう」

みちるは喜和子の皿から生春巻きをひとつ、箸で挟んで自分の皿に移動した。顔の半分を隠すような長い前髪はいつの間にか切りそろえられ、かまわなかったぼさぼさの髪も櫛目が通ってつやつやと輝いている。先ほど庭で見たときも感じたが、みちるは喜和子からの愛情を素直に真正面から受け入れていた。無意識だろうが、満たされなかった子ども時代をひとつずつやり直すことで爆発しそうだった負の感情を心の隅へと追いやっている。ここでの生活はまるで認知療法のようだとわたしは感慨深く思った。どれほど腕のいいカウンセラーでも、短期間での変化は望めない。だからこそ、別の不安が頭をもたげてくることになる。

「奥さま、デザートのイチジクはどうしましょうか」

わたしが料理を味わいながら問うと、喜和子はあいかわらずみちるを見ながら答えた。

「一昨日よりもカマンベールを多めにしてほしいわ。塩気と甘みを楽しみたいから」

「わかりました。タルト生地は前回と同じにしますね」

「いいえ、硬めでお願い。一昨日はちょっと柔らかすぎたもの」

「ああ、そうでした。ハードな焼き上がりをお試しになりたいということでしたよね」

喜和子は小さく頷き、みちるの空いた皿を重ねて世話を焼きはじめている。傍から見れば微笑ましく映る光景だろうが、わたしのなかでは違和感が最高潮に達していた。

喜和子が認知症だとは思えない。

わたしはみちると微笑み合っている女に意識を集中した。料理の細かなディテールを正確に記憶し、数日前に出された食事も忘れることがない。認知症のごく初期状態では必ず現れる「同じことを繰り返し言う、または聞く」という行動は一切なく、日付けや相手が誰だかわからないといった見当識障害も見られなかった。何よりもその顔つきだ。

わたしはモロへイヤのスープを口に運びながら何度となく喜和子を盗み見た。南伊豆のヴィラで初めて見た喜和子は、心配になるほど生気が乏しく心が宿っていなかった。どこも見ていないかのような目が特徴的で、まるで意思が感じられない顔つきだったことを思い出す。しかし、考えてみれば表情や立ち居振る舞いは演技でどうとでもできる部分だろう。まさかわたしは、この女に騙されているのか……。

背筋がぞくりとするのを感じていた。喜和子に見られる唯一の認知症状が、みちるを娘だと思い込んでいる部分だ。しかし、ここだけが極めて過剰でほかの症状との均衡が取れていない。娘を失ったことによる心の病の可能性もなくはないけれども、いささか完璧すぎやしないだろうか。

わたしの強烈な違和感をよそに食事は和やかに進み、デザートの終了とともに二人は自室へと戻っていった。食べ終えた食器の片付けを手伝おうとするも、芳江から邪魔だと言われて追い出される始末。わたしも自室へ戻って洗面所伝いにみちるの部屋を訪ねると、彼女はクローゼットを開けて衣類を出しているところだった。

「ああ、藍。お疲れさま」

みちるは躊躇なく労《ねぎら》いの言葉を口にした。

「今日のごはんもおいしかった。藍はすごいね。レシピが無限に湧いてくる」

「まあ、作ってるのはわたしじゃないから」

「そうだとしても、珍しい食材をあれだけ的確に使えるのはすごいって」

みちるは日を追うごとに明るくなっており、今では笑顔が自然でまったく無理がない。このあたりにも妙な抵抗を感じるのは、自分が蚊帳《かや》の外にいるような疎外感からきているのだろうか。

あまりにもみちるがみちるではなくなっている。

わたしは籐椅子に腰掛けて、熱心にパジャマやTシャツを選んでいるみちるに言った。

「マダムとはどう?」

「うん、順調」

みちるは淡いチェック柄のパジャマを広げて見ながら答えた。心がここにはない。

「そのパジャマが何? 林間学校にでも行くの?」

「何それ。今日は上で寝るからもっていく」

「え?」とわたしは思わず声を上げた。「上ってマダムの部屋で寝るってこと?」

「そう。そのほうがもっと親密になれる。これはチャンスだよ」

以前のみちるならば、喜和子の部屋で寝るとなればどす黒い殺意を剝き出しにしたはずだ。少なくとも、着るパジャマを熱心に選ぶようなことはない。

わたしは、浮かれた気持ちを必死になだめようとしているみちるをじっくりと観察した。喜和子と過ごす時間は喜びに満ちており、一瞬たりとも離れたくはないとその表情が語っている。パジャマをたたんでいるときですら、目が泳いで喜和子のそばへ飛んでいきたい気持ちがまったく抑えられていなかった。

「……すごいな」

わたしはぼそりとつぶやいた。これは母娘というよりも、教祖と信者の関係性そのものだ。ここに来てたったの三日間。その三日でみちるの洗脳が完了している。ただ優しく母親として接しているだけでは到底こうはならないし、恐怖心を与えて屈服させる手法もみちるには通用しそうにない。なのに彼女のもつ警戒心や攻撃性をすべて排除し、親愛の情を勝ち取ることに成功していた。

　わたしは立ち上がって慎重に声をかけた。

「みちるが今感じてる幸せはホンモノだと思う？」

　彼女も立ち上がってわずかに首を傾げた。

「どういう意味？」

「依存と幸せは違うって話。表面上はかなり似てるけど」

「わたしがママに依存してるって言いたいの？」

　もはやママと呼ぶことにためらいはないようだ。わたしはにこりとした。

「ふとしたときに思い出してほしいな。今初めてわかった。いつの間にかみちるはわたしの妹になってるんだ。だから気が気じゃなくてさ」

　わたしはきれいに整えられた彼女の髪に触れ、ぽんと肩を叩いた。

「おやすみ。また明日ね」

　そのまま洗面所に入って自室に戻り、メガネを外してベッドへ倒れ込むようにうつぶせになった。

　喜和子は芳江が財産を狙っていることに気づいているのか。それなら、なぜまだそばに置いて働かせているのか。みちるが解雇した元社員の娘だということを知っているのか。なぜ娘の身代わりにしているのか。なぜ認知症を装っているのか……。次から次へと疑問がひっきりなしに湧いてくる。それともすべてわたしの思い過ごしで、単にみちるがうまく取り入った結果なのだろうか。

わたしは仰向けになって白い天井を見つめた。よくわからない強烈な孤独感に襲われているが、これは自分が自分であることの証明だ。物事を俯瞰し、起きていることすべてを早急に把握しなければならない。

わたしはベッドに寝そべったまま時が経つのをじっと待ち、スマートフォンの時計が夜中の十二時を示したと同時にむくりと起き上がった。喜和子は十時過ぎには就寝し、芳江は朝食の仕込みや雑務をこなして十一時前には自室へ戻る。この時間はみな寝静まっており、時折風が吹き抜ける音だけが耳に届いた。

わたしは黒いTシャツとパンツに着替え、髪をひとつに束ねた。今ここでできることは屋敷の内部を探ることだけだ。これで何かがわかることはほぼないと思われるが、この建物を余すところなく知っていて損はない。

滑り止めつきのルームシューズを足にフィットさせ、わたしは部屋のドアを少しだけ開けて廊下を窺った。薄ぼんやりとした間接照明に照らされ、芳江によって磨き込まれたカリン材の床が鈍い光を放っている。わたしは隙間からするりと外に出て、音を立てずにドアを閉めた。一階はリビングとキッチン、そして客間が二つと食料の備蓄部屋がある。部屋数は少ないが、ひとつひとつにかなりの広さがあり空間を贅沢に使っている。地下にはランドリールームとワインセラーがあるという。

芳江は二階の左奥の部屋が割り当てられており、喜和子の部屋はその対極にある右奥だ。書斎やホール、かつては子ども部屋だった場所など家族のスペースは二階に固まっている。わたしは階段を駆け上がり、カーペットの敷き込まれた廊下を流れるように移動した。芳江の部屋のドアに耳をつけて中の様子を窺うと、小さくいびきが聞こえてくる。朝も早いし、ぐっすりと寝入っているらしい。

そのまま隣の部屋のノブに手をかけ、まわしながら引いた。が、施錠されていて開かない。その他三つの部屋も同じで、開かずの間のごとく閉ざされていた。

泥棒稼業は専門外だし、こうなってしまうとお手上げだ。わたしは周囲に目を配りながら一階に戻り、そのままリビングへ足を踏み入れた。あいかわらず広々として物がない。まずは出入り口の脇にある背の高い家具の前に立つ。小引き出しが無数にあるデザインで、洒落て見えるが実用性のないものだ。引き出しをひとつひとつ開けて中身を見ていったが、細々とした雑貨類がほとんどだった。

次に中央に置かれたソファやローテーブルの裏側なども見ていった。正直なところこの行動には目的がない。わたしが探しているのは違和感の正体であり、屋敷全体を包んでいる歪んだような気配はどこからくるものなのか、それを見極めたうえで今後を決めたいのだ。当初考えていた喜和子に遺言書を書かせるということよりも、このままみちるの養子縁組に持ち込むほうが流れ的には自然ではないかと考えるようになっている。

壁に掛けられている大型の液晶テレビの裏側にも目を向け、ちょっとした隙間があれば必ず確認しながらキッチンへ進んだ。ここはいわば芳江の縄張りだ。隅々まで掃除が行き届き、どこを見てもついさっきハウスクリーニングが入ったのかと思えるほどの清潔さだ。三十年以上もここへ出入りし、さまざまな料理を作って正負の感情を醸造させた場所……。わたしはシンク下の扉を開けて確認し、吊り戸棚も見ていった。鍋やフライパンなどの道具と調味料が並んでいる。続けて引き出しを開けると、いつも芳江がエプロンのポケットに入れている小さなメモ帳を見つけた。

わたしは小さく屈み、周囲の音に耳を傾けた。依然として風の音が響いており、人が動いているような衣擦れはない。窓辺へ寄って外灯と月明かりでメモ帳を見はじめた。

いつも書き取っているように、わたしが口にしたレシピが細かい文字でしたためられている。驚くのはその内容だ。わたしはページを繰りながらおおいに感心した。わたしが話したことのみならず、みずから調べたとおぼしき内容が追加されている。今日の夕食でメインにした花ズッキーニに関しては、花の中にキッチンペーパーを入れて冷蔵すると、三、四日間はよい状態で保存できると付け加えられていた。ほかの野菜も、だいたいは保存方法が書き加えられている。一度教わったレシピは確実に自分のものにするという意気込みが感じられる。さらに料理を食べた喜和子の反応が詳しく記されていた。

わたしは頭のなかの芳江のデータを上書きした。戸賀崎家の財産を手に入れるには、当然だが喜和子に生きていてもらっては困るはずだ。しかしこの密度のメモ帳は、手料理を食べてくれる者のことを心から考えていなければ作れないものだった。

わたしはメモ帳をあった場所に戻し、さらに周囲を物色してから食材や生活必需品をストックしている部屋へ入った。備蓄部屋といっても優に十畳はあり、木製の棚が等間隔で並んでいる。床には木箱や麻袋が固められ、ニンジンやジャガイモなどの根菜と米がストックされていた。

棚をひとつひとつ物色しながら奥へ向かった。調味料類や洗剤、文具やトイレットペーパーなど、ありとあらゆる物が商店並みにそろっている。

どこか釈然としない気持ちのまま、わたしは窓の先に見える離れに目をやった。地面に設置された間接照明がブーゲンビリアに乗っ取られたような建物を浮かび上がらせており、あらためて見るとどことなく禍々《まがまが》しい。日中に見る景色とは違い、浮かれた南国の雰囲気は消えていた。

あの離れも初日から気になっていた場所だ。一般的な民家よりも敷地面積は広く、築年数は母屋よりも新しく見える。後から建てたようだが、元々の用途はなんだったのだろうか。少なくとも倉庫の趣ではなく、かといって人が住むための建付けとも思えない。圧倒的な窓の少なさが理由だった。板ガラスを嵌め込んだ小さなルーバー窓は壁面のあちこちにあるけれども、これだけ大掛かりな庭を造っておきながらそれを愛でるための窓をつけなかった理由がわからない。

鍵を求めて引き出しという引き出しを開けてみたが、それらしきものはどこにも見当たらない。わたしは腕組みして動きを止め、しばらく考え込んだ。

ここへ来てからの三日間、芳江は欠かさず離れに出入りしている。単に窓を開け閉めして空気を入れ替えているだけかもしれないが、この家に関することは些細なことでもできる限り知っておくべきだった。

わたしはすぐさまキッチンへ取って返し、奥まった場所にある勝手口のセンサーを解除して鍵を開けた。ゆっくりとドアを押し開くと、強風に煽られて体ごと外へもっていかれそうになる。わたしは慌ててノブを摑む手に力をこめ、敷石に降り立って扉をそっと閉めた。

外は思っていた以上に風が強い。庭の草木が右へ左へとなぶられて揺れ、青臭さと花の甘ったるい匂いが混じり合って辺りに漂っている。外気はひんやりとして心地よく、こんな状況だというのにわたしはしばしの開放感を味わった。そして勝手口から防犯カメラの位置を確認し、わずかに腰を低くした態勢で足早に右手のほうへ進む。どこからともなく車のクラクションの小さな音が耳に届けられ、今はそれがとてつもない安心感を与えてくれた。この塀の向こうには今も何気ない日常が広がっている。

わたしはまず塀に向かい、ソテツや背の高いシャラの木を介しながら離れのほうへ進んだ。土は若干ぬかるんで下草もまんべんなく生えている環境なのに、鬱陶しい藪蚊の類が一切いないのは芳江の管理の賜物だろう。彼女とはわかり合えない関係だが、最高に優秀な家政婦であることは認めざるを得ない。

防犯カメラを意識しながら離れに近づき、母屋からは見えなかった裏手へとまわった。低い位置にあるルーバー窓から中を覗き込んでみたが、板ガラスがぴたりと閉じていて見通せない。裏口付近に木製のゴミ箱が置かれているのを見て、わたしはそれを傾け底へ目を走らせた。合鍵を隠す定番の場所だが、何も隠されていなかった。

「そううまくはいかないか」

小さくつぶやきながらノブに手をかけたとき、背後で草を踏む音がしてわたしは勢いよく振り返った。同時に肩を摑まれて思わず悲鳴を上げそうになった。

7

目に飛び込んできたのは上背のある黒いシルエットだ。黒っぽいニット帽に黒いジャンパーを着込んでいるのはわかるが、肝心の顔がよく見えない。しかし男であることは間違いなく、わたしは咄嗟に手を振り払って走り出そうとした。深夜に防犯カメラをかいくぐって侵入したとすれば、こそ泥とは呼べないプロだった。

今度は腕を摑まれてしまったわたしは、身をよじってなんとか抜け出そうとする。そのとき、押し殺した声が聞こえてわたしははっとした。

「暴れるな。声を立てなかったことは褒めてやる」

「まさか探偵……？」

外灯で逆光になっている男に目を凝らした。ニット帽を目深にかぶり、薄茶色の色のついたメガネをかけている。顔の下半分に広がる無精髭がむさ苦しく、痩せて丸まった背中がより一層しみったれた印象を加速させていた。見間違いようもなく秋重だった。

わたしは摑んでいる男の手を払ってわずかに距離を取った。この男からは危害を加えられるような気配がしない。

「ここにいるべきじゃない人間だね」

「あんたもそうだろ」

秋重は色つきのメガネを手の甲で押し上げ、さも煩わしそうにわたしを見下ろした。

「あんたらの目的は戸賀崎喜和子への復讐だったはずだ。今度は金に目がくらんで盗人にでもなったのか」

「あいにくこの程度の家やお金にはそれほど興味がない。そもそもそれはこっちの台詞だよ」

わたしは警戒を怠らずに秋重を見据えた。あらためて窺っても敵意や殺意は感じられなかった。

今この男にあるのは焦りだろうか。たびたび母屋のほうへ目をやっては苛立ったように唇を結んでいる。わたしは出し抜けに言った。

「芳江さんと仲間割れでもしたの？」

秋重はぴくりと肩を震わせ、わたしに視線をくれた。当然、芳江から連絡が入っていると思っていたが、まったく何も知らないといわんばかりの間抜け面だ。

秋重は無遠慮にじろじろとわたしを見まわし、小さくため息をついた。

「あんたのはったりもたいがいだな。嘘と欺瞞で世渡りしている害虫みたいな人間だ」

「お互いさまでしょ。探偵さんと芳江さんがグルでなければ、あなたはここのセキュリティーを破って侵入できない。手引きする者がいると考えるのが妥当だよ。スペアキーを持ってるんだね」

「いい推理だ。探偵になれる」

秋重は首を伸ばして再び母屋のほうを窺った。

最初に会ったときのイメージとまるで違う。わたしはいささか驚いていた。この男は若い女から金をせしめて生きている唾棄すべき小者だった。しかし、今はどうだろうか。目の前にいる男は強い決意を感じさせ、どっしりとした落ち着きさえも感じさせているではないか。

秋重はわたしなどどうでもいいと態度で示し、ジャンパーの袖を上げて手首にある長方形の腕時計に目を落とした。それを見た瞬間、わたしは忘れていた記憶が掘り起こされてすべてがつながるのを感じた。

「ちょっと待って……ロレックス、チェリーニプリンス」

そうつぶやくと、秋重は訝しげな顔をして振り返った。なぜすぐに気づかなかったのだろうか。これがすべてをつなぐ鍵だったのだ。わたしは信じられない思いで秋重を見つめた。

「あなたは探偵でも盗人でもない。医師だ」

わたしの言葉に、秋重は初めて顔色を変えた。

「その時計の別名はドクターズウォッチ。一九〇〇年代の初め、チェリーニプリンスは医師の間で流行ったんだよ。秒針が独立してるから、脈を取るときに見やすかった」

わたしの額には汗が浮き、血が下がるような感覚に陥った。

「あなたにはその時計を外せない理由がある。バラバラにした足首を遺棄するときも、リスクを承知で外さなかった。チェリーニプリンスは医師が自分で買うというよりも、昔からプレゼントされるもの。大事な人から贈られたものなんだね」

秋重は否定も肯定もせずにわたしの話に耳を傾けた。人の足を生きたまま切断したのはこの男だろう。靴箱に収められた足の切断面は滑らかで、マネキンのように無機質だと思った。技術のある者が切り落としたから、無駄な傷ひとつなかったのだ。

秋重は左手首にある時計に目を落とし、愛おしむような懺悔するような複雑な面持ちをした。芳江にしろ秋重にしろ、支配しているのは戸賀崎家ではないのか。二人は喜和子の財産を狙って結託しているのではなく、望んでいるのは戸賀崎家からの解放なのかもしれない。

ここ最近気持ちが安定しなかった自分は、知らず知らずのうちに人生最大とも言えるような問題に直面しているのは間違いなさそうだ。今すべきことを考えようとしても、それが叶わないほどの緊張で神経が昂ぶっている。

秋重はあいかわらず黙り込んでいたが、ふいに顔を上げてジャンパーのポケットから鍵を取り出した。離れの裏口を当然のように解錠して無言のまま中へ入る。選ばせたいらしい。ここから立ち去るのか、それとも中へ入るのか。

わたしは考える間もなくノブを摑んで屋内へ足を踏み入れた。今までの自分ならば、絶対にここから先へは行かなかった。このさまを元相棒のグレンダが見たら、なんて馬鹿な選択だと目を吊り上げて憤慨するに違いない。

わたしは戸口でごくりと喉を鳴らした。家のなかはしんとして、薄暗い照明がぼんやりと灯されている。人が生活できるような家ではないどころか、四角い空間を壁で無理やり仕切ったような建付けだ。床にはグレーのリノリウムシートが敷かれ、足を踏み出すたびにキュッキュと耳障りな音を立てる。少し先を歩いている秋重は、ドアのない間仕切りから明かりの漏れる右側の空間へ入っていった。

その瞬間、消毒薬の生臭さや病床の臭いが鼻先をかすめ、嫌な予感とともに足許から鳥肌が駆け抜けていった。これは人の臭いだ。しかも傷を負った人の臭い……。わたしは体を強張らせたままぎくしゃくと歩き、秋重が消えた先へ吸い込まれるように歩を進めた。

眩しいほどの光が天井から降り注ぎ、がらんとした白い空間を余すところなく照らし出している。目の前にあるのはまぎれもなく手術室だった。中央には昇降機のついたブルーの手術台があり、その周りには器具を置くのであろう見慣れない形の台や、キャスターつきのスチールバケツなどがぞんざいに置かれている。そんななかで不気味さを決定づけているのが、まるで枝を広げているようにも見える無影灯だ。初めて見る仕様だが、天井からぶら下がったさまが生き物のようで異様だった。

　わたしはわずかに息を上げながら、簡易的とは呼べないほど完成された手術室にゆっくりと足を進めた。スチール製の薬剤棚やキャビネットが壁に沿って並べられ、事務机にはバインダーに挟まれたカルテのようなものが無造作に放られている。ここで生きながら足首を切断された者がいるのだと考えるだけで身の毛もよだつのに、自分もその運命をたどるかもしれないという危機感はおかしいほど湧いてこなかった。それは、なぜか秋重が猟奇殺人者ではないと確信しているからだ。

　わたしは左奥へ目を向けた。四方をカーテンで仕切られており、明らかに人のいる気配がしている。わたしはカーテンの脇に突っ立っている秋重に問うた。

「中にだれがいるの」

　秋重はまたもや口を開かない。そのかわりに、カーテンを勢いよく開けることで意思表示をした。

　とたんに目の前の情報が頭へ流れ込んできた。隣り合わせて並べられた二台のベッドには、複数の点滴やさまざまな管につながれた二人の人間が力なく横たわっている。目や口許が落ち窪んでシワの寄った皮膚は黒ずみ、唇が乾燥して皮が剝けていた。髪はいずれも真っ白で、一方の人間は禿げ上がった頭頂部を晒している。年齢も性別もわからない。しかし、毛布から突き出た棒状の脚先にはあるはずの部位がなかった。分厚く巻かれた包帯が痛々しく、とても見ていられないありさまだった。

　わたしは大きく息を吸い込み、平静を保つことに専念した。

「だれ」

わたしがかすれた声を絞り出すと、秋重はベッドに横たわる二人を見ながら言った。

「だからかかわるなと言ったんだ。人生をだいなしにすることになると」

「そんなことは聞いてない。この二人はだれなの」

語気を強めて問うと、秋重はメガネを外して顔をこすり上げてから目を合わせてきた。

「上条雅俊《まさとし》と妻の久美子《くみこ》だ」

「か、上条……」

わたしはよろめいて口に手を当てた。

「ま、まさかこの二人はみちるの両親なの？」

「ああ」

そう言ったきり秋重は口をつぐんだ。わたしはあまりの衝撃でめまいに襲われ、しばらくその場に立ち尽くした。みちるの両親？　この二人が？　仰臥《ぎょうが》している二人の顔をおそるおそる覗き込んだ。肉が削げ落ちたような顔に以前の面影などあるはずもなく、写真で見た二人とはまったくの別人だった。ただただ呼吸している姿は哀れみと同時に嫌悪感も募らせる。わたしは長く見てはいられずに、顔を背けて必死に気持ちを落ち着けた。

そのとき、空気の抜けるようながさがさに乾いた小さな声が耳に入り込んだ。耳の奥をこすられるような不快な声色だった。

「……た、たすけて……たすけ」

その言葉を聞き取ったと同時に、わたしは声を荒らげた。

「いったいここで何をやってんの！」

わたしは止まらない額の汗を乱暴にぬぐった。少なくとも母親のほうには意識がある。意思がある。この事態を見なかったことにして立ち去れるほど、残虐にはなれなかった。

わたしは通報するために踵を返そうとしたが、秋重はなんの感情もない平坦な声を出した。

「今日、彼らを終わらせるつもりだったんだよ。あんたがうろちょろしていなければ、もうすべてにケリがついているころだ」

秋重は薬剤棚にある小さな袋を取り出し、ビニールを破って新品の注射器を出した。わたしは目を剝いて一歩前に出た。

「待ちなよ。何するつもりなの」

「わかっていることを聞くな」

そう言い、アンプルから何かの薬剤を注射器で吸い上げている。わたしはベッドへ走り寄って秋重の前に立ちはだかった。

「殺すつもりならなんでわたしを中に入れたの。ひとりで罪を背負い切れないとかバカなことは言わないでよ」

秋重は注射器から空気を抜いて顔を上げ、やがて口許に自嘲気味の笑みを浮かべた。

「罪は背負ってるつもりだ。この二人が戸賀崎喜和子の夫と娘を殺したんだよ」

わたしは声が喉に絡まりひとしきり咳き込んだ。

「こ、殺した？　事故死で決着がついてる話だよ」

「いや、車に細工して殺したんだ。本当は一家全員を始末するはずだったが、大事故のなかで喜和子だけが生き残った」

彼らが殺した？　自分の娘と同じ歳の子どもも躊躇なく？　わたしは言葉を失い、ベッドで蠢いている二人へ目を向けた。父親の雅俊は薄目を開けているけれども虚ろだ。しかし久美子のほうは目をかっとみひらき、涙を流して口をぱくぱくと動かしていた。

秋重は二人をじっと見つめ、再び口を開いた。

「そもそもこの二人は会社の金を横領していた。かなりの額になったことで発覚しそうになり、創業家の二人と娘を事故に見せかけて殺そうと企んだ。戸賀崎グループはワンマン企業だったし、トップの事故死のどさくさで逃げる算段だったわけだよ」

「それを信じる根拠は？」

みちるから聞いていた両親の優しい人物像と、秋重が語った事実がまるで合致しない。しかし彼はそっけなくひと言で終わらせた。

「薬で吐かせた」

わたしは、目に入りそうなほど流れてくる汗を乱暴に振り払った。

「車に細工する方法はすぐにバレる。警察が見逃すはずないんだよ」

「つくづくあんたは考え方が裏側の人間だな。確かに映画じゃあるまいし、細工して事故を起こさせるのは簡単じゃない。この二人はいわゆるベーパーロック現象を引き起こしたんだな」

ベーパーロック？　うろ覚えだが、ブレーキオイルが沸騰してブレーキが利かなくなる現象だったか。秋重は先を続けた。

「要するに、ブレーキ管内に水を入れたんだ。その日、戸賀崎一家は山梨の別荘へ行く予定だった。南アルプスが広がるあの辺りの山は、急勾配のうえに蛇行している。おのずとブレーキを踏む回数が増えるから、細工のせいでベーパーロック現象が加速した」

そう言った秋重は、拳と拳をぶつけて事故の状況を表現した。

「事故があった日、山の方では小雨が降っててな。大気中の湿気と気温差のせいでブレーキ管に水が溜まったと解釈された。警察の検証なんてこんなもんだよ」

「じゃあ、なんで二人がやったと結論づけたの？」

「それは喜和子の諦めの悪さだな。金にあかして大破した事故車を専門家に再検証させた結果、ブレーキフルードの油は交換したばかりで新しく、自然現象だけではベーパーロックが起こるほどの水は溜まらないという結果が出たわけだ」

そして以前からマークしていた二人の仕業だと確信したということか。わたしは二人に目を落とした。父親のほうは薬の影響なのか焦点が定まらず、母親は顔をくしゃくしゃにして涙を流し続けている。

喜和子が事故で家族を亡くしたのは二十一年前。その翌年に両親は三十一で命を絶ったとみちるから聞かされている。とてもそうは見えないが、彼らは今五十一歳であり、何よりも二十年間拉致監禁され、挙げ句に両足を切断されてなおも生かされているという事実。二人がしたことは利己的で鬼畜としか言いようがないし、被害者からすれば殺しても殺し足りないほど激しい憎しみがあるのはわかる。しかし、ここまで徹底して尊厳を奪うことができるだろうか。苦しみを与え続けられるものだろうか。

わたしは完全に言葉を失っていた。今の正解はいったいなんだ？　通報することか？　それとも、娘であるみちるに判断を委ねるべきなのか……。そう考えたが、わたしはぶるっと首を横に振った。みちるに引き会わせるなどできそうにない。これで受けるダメージは克服の範疇を超えており、完全に心が壊れてしまうだろう。

「理解できたか」

秋重が唐突に言った。

「俺はこの二人の娘を巻き込むことには初めから反対だった。そもそも関係がない。だが喜和子は違う。二人をさらに苦しめるために、娘を使うと言ったよ。切り落とされた親の足を、それとは知らずに気味悪がっているさまが見たいとな」

「それだけのために行く先々に遺棄したとすれば異常だ」

「政治資金パーティーに出席したみちるが法務大臣に興味をもったから、まずはその選挙区へ遺棄することに決めた。少しずつ近づけていくつもりだったが、よりにもよってあんたと接点をもつことになった。事がより複雑化しただけだな」

非道なことを軽く語っているように見えるが、秋重がみちるを喜和子から遠ざけようとしていたのは事実だろう。調査をだらだらと引き伸ばしていたのも、金が尽きて諦めることを待っていたのではないだろうか。だとすればいったいなぜ秋重は喜和子の下で手を汚しているのかがわからない。が、たびたび目を落としている左手首の時計に関係があるのは想像がついた。

「喜和子はともかく、あんたはなんでこんなことしてるの」

前触れなく話を変えたが、秋重はまったく動じなかった。

「それを話す筋合いはない。ああ、上条夫妻が長野の松本インターで撮られた写真は、わざと撮らせたものだ。自殺したと思わせるために、福井までの足跡を残した。後部座席には俺もいたんだよ。監視役でな」

　あの写真で見た異常に緊張したような面持ちは、自殺への恐怖ではなくこれから起こることを想像していたに違いない。逃げられないような細工をされていたはずだ。たとえば薬物。医師である秋重ならば、物理的な脅しよりも効果的なものを知っている。

「もういいか？」

　秋重は心底疲れたというような顔を向けた。

「さっさと終わらせて帰りたいんだよ」

「この二人、少なくとも母親のほうは死を望んでいない」

「だからといってこの状態で生かしたいのか？　喜和子は今後、二人の体を少しずつ刻んで遺棄し続けるはずだ。手首、腕、膝、太腿、眼球、舌、耳。もちろん、最後まで殺しはしない。俺の役割がそれだからな」

　わたしはまた言葉に詰まってしまった。今後、欠損していく自分を見ながら生かされるのならば、死を与えるのはある種の慈悲とも言える。通報すれば二人の命は助かるだろうが、みちるの将来に深刻な影を落とすことは必至だ。正直なところ、今この二人がどうなろうと無関心を貫くことはできる。しかし、いちばんの当事者であるみちるを無視することには抵抗があった。

　わたしの心臓が早鐘を打っていた。何もしていないのに先ほどよりも息が上がり、過剰に力が入って全身が痛みはじめている。秋重は父親の点滴に薬剤を注入しようとしたが、わたしは無意識にそれを妨害した。

そのとき、背後から何かを引きずるような音が聞こえて素早く振り返った。仕切りの向こうからゆっくりと姿を見せたのは、芳江に体を支えられている喜和子だった。グリップが銀色の光を放つ杖をついている。事故の影響か腰に重い障害があるようで、体の軸が大きく左に曲がっていた。

ベッドの上の久美子は見るからに怯え、目だけを喜和子に向けて首を横に振っている。秋重は小さく舌打ちをして注射器を持つ手を背後にまわしたが、喜和子はそれを見逃してはいなかった。

「その二人を死なせれば、あなたは代償を払うことになる。秋重さん、わかってるはずだけど」

喜和子の声はよく通り、何物をも寄せつけない威圧感がある。初めて見せる隙のない引き締まった顔だった。

喜和子は秋重をしばらく見据えてから、わたしと視線を絡ませた。おそらく、真正面から目が合ったのはこれが初めてだった。

「佐々木藍さん。これは偽名ね。調べても素性がわからない人には初めて会った。でもひとつだけ興味深い情報があったの。欧米で資産家の犯罪者が全財産を失ったうえに何人も収監されている。みんなアジア系の美しい女性と接点があったらしいわ」

わたしは無表情を心がけた。かなりの情報網をもっている。

「あなたには感謝しているの。宏美のブレインになってここまで連れてきてくれた。秋重さんがあの子を隠そうとするから時間がかかったけれど」

「隠してない」と秋重は即答した。「あんたは上条夫妻に夢中で、その娘にはそれほど興味がなかっただろう」

「そんなことはない。宏美は悪魔のような親許に生まれて、ここまで苦労ばかりだった。わたしは最初から宏美を気にかけていたわ」

「ねえ、宏美じゃなくてみちるだよ」

わたしは苛々しながら吐き捨てた。喜和子はわたしに視線を戻して食い入るように見つめ、そのままの眼力で口を開いた。

「あなたはあの子と同じで愛情に飢えている。お互いに似たような隙があったからこそ出会った二人だね」

「それが何？　あんたの犯してるおぞましい罪の前では、何を言われても空々しいだけだ」

「罪……罪ね。ここにいる全員が罪を犯しているわけだけれど、これだけがことさらひどいことのように言われるのはなぜ？」

喜和子はベッドのほうへ無造作に顎をしゃくった。

「この二人は会社のお金に手をつけて、発覚しそうになれば家族を皆殺しにしようと考えた極悪人。目をかけてくれた社長のみならず、六歳の子どもも平気で殺すような人間よ。同情する余地がない」

「同情はしていない。ある意味、自分のしたことが返ってきたに過ぎないからね。でも、みちるの親なんだよ」

「なら、あの子をここへ連れてきて意見を聞きましょうか」

わたしは顎をぐっと引いて喜和子を睨みつけた。

「ふざけるな。無関係のみちるを巻き込んでいる以上、あんたもこの二人と同類なんだよ。現に、探偵の弱みを握って汚れ仕事を強要してる」

「それは違う。わたしと彼は利害が一致しているビジネスパートナーなのよ。わたしはそこの二人を一日でも長く生かしてほしいし、彼はその見返りとして妻の命を支えてもらいたい」

秋重は天井を仰いで再び舌打ちをした。

「あんたは金を出しただけだ。命を支えてもらった覚えはない」

「支えてるわ。アメリカで臓器移植の順番を繰り上げた。その後も合併症やそれにともなう障害を一流の医師に診てもらえるように手配している。あなたも医師ならよくわかるでしょう。お金なしでは奥さんは一日も生きられないの」

そういうことか。わたしは憤りをなんとか嚙み殺している秋重に目をやった。あの時計は妻からのプレゼントであり、願掛けのような意味合いがあるのかもしれない。だから足首を遺棄するときも外すことができなかったのだ。

ふいに喜和子を後ろから支えている芳江と目が合ったが、彼女は唇を結んでさっと視線を逸らした。

「芳江さんも利害関係でここにいるの？」

「あんたには関係ない」

芳江はもごもごとそう言ったが、わたしの問いに答えたのは秋重だった。

「この女は利害を度外視してる。ＤＶの旦那から救ってもらった恩を未だに返し続けてるんだからな。教祖を喜ばせようと必死な信者なのさ」

秋重は嘲《あざけ》るように言い、芳江は鼻の付け根にシワを寄せて怒りをあらわにした。この三人は雁《がん》字搦《じがら》めに縛りつけられ、もう身動きが取れない状態になっている。凶悪犯であるみちるの両親も含めて、世にも醜悪な関係性が出来上がっていた。

体の芯から身震いが起きた。犯罪者のわたしはさまざまな人間を見てきたけれども、まるで腐臭が漂っているような陰湿な悪意は初めて目にするものだ。加害者はもちろんのこと、被害者であるみちるの両親も腐り切っている。

するとわたしの様子をじっと窺っていた喜和子が唐突に口を開いた。

「わたしとあなたは同じ考えね」

「バカなこと言わないでよ」

「だって、復讐ってこういうことでしょう」

喜和子は能面のような白い顔で、真っ赤に見える唇だけを動かした。

「あなたもあの子に助言したじゃない。『なすすべもなく絶望しながら、苦しみのなかで残りの寿命を全うさせることが最大の復讐』だって」

わたしは目をみひらいた。わたしがみちるの部屋へ行ったときに語った言葉だ。

「こうも言ったわね。『心底憎い相手は死ぬよりもつらい目に遭ってもらいたい』。同意見だわ。憎い仇を殺しても殺さなくても、被害者は一生苦しむものよ。ならば、その苦しみの一端を背負わせるのは理にかなっているもの」

「ふざけてる。盗聴器まで仕掛けるなんて」

「盗聴というより、ストーキングアプリというものみたい」

喜和子が秋重に目をやった。なるほど、探偵がみちるのスマートフォンにスパイウェアの仕込まれたアプリをインストールしたわけか。みちるは店舗ごとのポイントアプリを山のようにダウンロードしているから、それを装ったものがまぎれ込んでいても簡単に気づくわけがない。盗聴や盗撮はもちろん、位置情報も写真もメールもすべてが筒抜けになってしまう。

震えるほどの怒りが込み上げてくる。この女はずっと以前からみちるをマークし、生き地獄のような日々を見物していた。そして当然わたしの素性も把握済みだ。何度もみちるに過去を話して聞かせたのだから。

人を信用するのはデメリットしかないと言い切った元相棒を思い出す。気の許せる人間を作ればそこからすべてが露呈する。腹立たしい限りなのに、なぜか清々しいほど後悔の念は湧いてこなかった。

わたしは喜和子と秋重、そして芳江と順繰りに目を合わせていった。

「これで弱みを握ったと思ってる?」

「そのつもりはない。あなたに告発する意思がないのはわかっているから、弱みは必要ないのよ」

喜和子はそう断言して、ベッドに横たわる女を冷ややかに見やった。すると久美子はわたしに泣き濡れて赤くなった目を向け、すがるように瞬きをしてから言葉を送り出した。先ほどよりも声量があり、一縷《いちる》の望みに賭けていることがよくわかった。

「こ、ここにみちるがいるの? ここにあの子がいるのね?」

久美子は首を上げてわたしに顔を向けた。

「あの子に会わせて。ママはここにいるって伝えて。ひどいことをされてるって。苦しんでるって。み、みちるがこれを見たらなんて言うの？　あなたはこの人たちとは違う。お、お願い……みちるを連れてきて」

　わたしは助かろうと必死な母親から反射的に目を背けた。

「ごめん、無理。会わせないし、助けることもない」

「な、なぜ！　よく見てよ！　こんなこと、こんなひどいことがあっていいと思うの！　わたしの娘を連れてきてよ！　も、もう、じゅうぶんすぎるほど報いは受けたはずでしょう！　ここにいる鬼畜からわたしを救って！」

「あなた方がやったこともじゅうぶん鬼畜だよ」

「か、彼らは一瞬で死んだのよ！　痛みも苦しみも感じる間もなく一瞬で終わったの！　でもわたしは違う！　も、もう、何十年ここに監禁されていると思ってるのよ！」

　加害者意識のない聞くに耐えない暴言にわたしは顔をしかめたが、喜和子は微塵も表情を変えずに口を開いた。

「あなた方も痛みは感じていないでしょう？　ちゃんと麻酔をしてあげてるんだもの。それとも、次からは麻酔なしで手術しましょうか？」

　まるで世間話でもするように、喜和子はさらりと恐ろしい提案をする。決して脅しではなく、彼女の気持ちひとつでどうとでもなるという意思表示だ。久美子は怯えながらもなんとかわたしと目を合わせ、この機会を逃すまいと必死に命乞いをした。

「お、お願いよ！　あなたはこんなことを許せる人じゃない！　み、みちるのお友達なんでしょう？　あの子がこれを見て黙っているはずがないもの。わ、わたしはみちるを愛してるのよ！

あの子のママなの！」

この母親は、みちるを駆け引きの道具としか思っていない。母性は驚くほど感じられなかった。

わたしはぎゅっと目をつむってから、湧き出してくる雑多な感情や情けの類を切り捨てた。

「本当に娘を思うなら死ぬまでここにいて。悪いけど、もう会うことはない」

頭にこびりつくような悲痛な声をなんとか遮断した。久美子は根本的に何も悔いてはおらず、それどころか自分の悪意には怖くなるほど無頓着だ。そしてわたしはこれで共犯者になる。死ぬまで地獄を味わうのであろう彼らを素通りするのと同時に、みちるの親を奪うことに加担した。

出て行こうと喜和子の脇をすり抜けようとしたとき、彼女は咄嗟に腕を摑んできた。

「何日か一緒にいてわかったの。過酷な生き方をしてきたのに、あの子の心は驚くほどきれいなままだった。この悪魔たちの血を受け継いでいるのに」

「あんたもそれ以上に悪魔だよ」

わたしは無造作に腕を振り払った。

「みちるは連れて帰る」

「あの子は養子にするわ」

突然の申し出に、わたしは喜和子に目をやった。仇の二人を見ていたときの険しさは消え、どこまでも穏やかな表情だ。それがかえって強烈な違和感としてわたしのなかに刻みつけられた。

「きっと受けてくれると思うの。宏美が生きていれば、あの子みたいになったのかしら」

「みちるを娘の身代わりにするのはやめて」

わたしは感情を出さずに言った。

「だいたい縁組なんか親族が許すわけがない。あんたは会社を潰す気なの？」

「潰すどころかもっと大きくするわよ。すべてわたしの指示通りにしていれば、これからも戸賀崎グループは安泰だからね」

まさか、この女がずっとグループを仕切ってきたのか？　咄嗟に秋重に視線をやると、彼は苦々しげな面持ちで目を伏せた。現在の会社のトップには甥を据えて、自分は裏側からすべてを牛耳っているということらしい。まるで女帝だ。情け容赦がなく手段のためなら悪意を肯定し、自分に仇なす者は確実に抹殺する。ある意味では、迷いのない稀に見る決断力の持ち主だ。

わたしはふうっと息を吐き出した。

「あんたは復讐の駒としてみちるを使うつもりだ。死に際の両親でも見せつけて、みちるを壊すことで復讐を完結するんでしょう」

「誓ってそれはないわ。宏美を重ねているわけでもない。あの子にわたしのすべてを預けたいと思ったの。理由は好きになったから」

「何それ。あんたはこの二人を盾にしてわたしを封じるつもりだよね。みちるの両親が、なぜか今はわたしの弱みにもなっている。縁組を強行したとしても、小細工すればわたしは全力で妨害するよ」

間近で睨みながら言うと、喜和子も負けずに睨み返してきた。

「あなたは指図できる立場ではない。でも、小細工なんてするつもりはないのよ」

「ずっと監視するから。あらゆる伝手と金を使って、あんたが死ぬまで張りついてやる」

低く言い捨てて踵を返すと、喜和子の声が後ろから追いかけてきた。

「あの子には人殺しがわかるのよね。まるでおとぎ話だわ」

無視して先へ進んだとき、喜和子は急に生真面目な口調になった。

「ひとつ教えてあげる。松浦法務大臣は、学生時代に二人の同級生を自殺へ追いやっている。死ぬまでいじめることがストレス解消だったようよ。あの子に見えたのはこれね」

喜和子の話に耳を傾けながら、わたしは裏口を開けて外へ出た。未だ強風は収まっておらず、むしろ強くなりながら木々を豪快に揺さぶっている。誰もが羨むような白亜の豪邸で、今も粛々と復讐が遂行されている事実を知るのは四人だけ。あの二人は今後二度と空を見上げることもなければ、風を感じることもない。人生の半分以上を、にわか作りの手術室でよどんだ空気を吸いながら絶望し、それでも生きることになる。

母屋の勝手口から部屋へ戻ったとき、わたしのベッドにみちるが座り込んでいるのを見て驚いた。

「電気も点けないで何やってんの。びっくりした」

わたしは離れで見たものを頭のなかで封印し、せいいっぱいいつもの何気なさを装った。気持ちがまったく追いついていないが、すぐさま切り替えなければならない。

「どこ行ってたの」

「夜の散歩」

枕許のライトを点けてそう返すなり、みちるは何かを言い出しにくそうに口を閉じた。汗みずくのTシャツを脱ぎ捨てて着替えていると、みちるはまるで踏ん切りでもつけるように勢いよく顔を上げた。

「ここ最近、自分が自分じゃない。おかしいと思う」

「そうだね」

わたしは相槌を打った。みちるはベッドの上で脚を抱え込んだまま、素足を見つめて再び口を開いた。

「わたしは復讐するために生きてきた。なのにいまいち踏み切れない。その理由はずっと前からわかってたけど、どうしても認めたくなかった」

「喜和子に情が湧いたってことでしょ。いや、母親を重ねてる」

「そうじゃない」

みちるは眉根を寄せて苦しげな顔をした。

「わたしが初めて黒い輪郭を見たのは幼稚園のころだった。とにかく気持ち悪かったけど、小学校卒業するぐらいまでにはその意味がなんとなくわかるようになった。ニュースで見る凶悪殺人犯が同じように見えたからね。人を殺した人間は輪郭が黒くなる」

みちるは伏し目がちに喋った。まるですべてを吐き出してしまいたいと気ばかり焦っているように見えた。

「輪郭が黒く見えるのには条件がある。これは二十歳前後でようやくわかったよ。生きる価値がないほどのクズだけがそうなるって」

みちるはようやく顔を上げ、憂いを帯びた目でわたしを見つめてきた。

「わたしが初めてそれを見たのが両親だよ」

「え？」と思わず声が出たけれども、みちるはさらに踏み込んでいった。

「ずっと、これは偶然そう見えただけだと思おうとした。でも、ほかに例外は一度もなかった。たぶん、両親は人を殺してる。それも容赦なく楽しみながら……」

その通りだ。わたしは心のなかで頷いた。子どもをもつ人間でなくとも、幼い命を奪うことだけは回避しようとするものではないのか。そもそも自分の利益のためだけに、罪のない家族を殺すという結論にいたること自体が嗜虐以外の何物でもない。両親の強烈な悪意を肌で感じていたからこそ、みちるの幼い洞察が研ぎ澄まされて同類が見抜けるようになったのだ。ある意味、心の防御反応だといえる。

わたしはベッドの縁に腰掛け、みちるの顔を覗き込んだ。ショックを受けているというよりも、ようやく受け入れられたという安堵が見て取れる。

「これからどうしたい」

わたしはみちるに問いかけた。彼女は首を傾げて困り果てた顔をした。

「すべてがわからなくなった。復讐も喜和子も自分自身も。でも、ここを離れたくない気持ちがある。日に日に膨らんでる」

「ならここにいて気持ちを確かめたらいい。宏美じゃなくみちるとして」

「藍はどうするの？」

いささか不安げなみちるの頬に手を当てた。これからも、同じ敷地に両親がいることを知らずに過ごすことになるのだろうか。喜和子にとってはそれも復讐のひとつだが、仇の娘を養子に迎えることはみちるにとっての復讐にも通じていた。

わたしはふっと笑った。

「わたしはとりあえず松浦法務大臣を破滅させるわ。暇ができたから」

「なんで松浦」

「日本を救うため」

わたしは布団に倒れ込んで目を閉じた。しばらくすると、みちるも隣に仰向けになる。そしてぽつりと言った。

「わたしを妹みたいに思ってるって本心？」

「そうだね」

「朝になったら藍が消えてそうで怖い」

わたしたちはベッドに横になりながら、互いの機微を感じ取っていた。みちるはわたしの動揺をわかっているし、わたしにも彼女の不安が伝わってくる。

急な眠気に襲われながら、わたしは口を開いた。

「消えたとしても大丈夫。わたしはみちるを見捨てない」

とにかく今は眠りたかった。わたしたち二人はまっすぐに仰臥し、ほどなくするとみちるの寝息が聞こえてきた。

参考文献

『詐欺とペテンの大百科』カール・シファキス著　鶴田文訳（青土社）

本作は書き下ろしです。

この物語はフィクションであり、実在の人物・団体・事件等とは一切関係がありません。

装画　中島梨絵
装丁　西村弘美

川瀬七緒

1970年福島県生まれ。デザイナーの傍ら小説執筆を開始し、2011年『よろずのことに気をつけよ』で第57回江戸川乱歩賞を受賞し作家デビュー。21年『ヴィンテージガール 仕立屋探偵桐ヶ谷京介』が第4回細谷正充賞を受賞し、22年同作で第75回日本推理作家協会賞長編および連作短編集部門候補となる。主な著書に「法医昆虫学捜査官」シリーズの他、『女學生奇譚』『クローゼットファイル 仕立屋探偵桐ヶ谷京介』『四日間家族』などがある。

詐欺師《さぎし》と詐欺師《さぎし》

2024年5月25日　初版発行
2024年7月5日　再版発行

著　者　川《かわ》瀬《せ》 七《なな》緒《お》
発行者　安部 順一
発行所　中央公論新社
〒100-8152　東京都千代田区大手町1-7-1
電話　販売 03-5299-1730　編集 03-5299-1740
URL https://www.chuko.co.jp/

DTP　嵐下英治
印　刷　大日本印刷
製　本　小泉製本

Published by CHUOKORON-SHINSHA, INC.
Printed in Japan　ISBN978-4-12-005784-7 C0093